時間的影跡

—〈離騷〉晬論

許又方　著

時間的影跡——〈離騷〉晬論

目次

導言

　　這本論文主要從時間的層面來閱讀〈離騷〉。此一研究的構想早在我就讀碩士班時就已發端，因為當時看了陳世驤先生（1912-1971）的舊作："THE GENESIS OF POETIC TIME: The Greatness of Ch'ü Yuan, Studied With A New Critical Approach." 似懂非懂，頗受啟發。之後在博士論文的寫作期間，我嘗試對這個問題稍作處理，究因與論文主題相去略遠，遂僅點到為止。

　　一九九九年秋初，我始任教於東華大學中文系。時系上為促進同仁間學術砥礪的風氣，成立一個小型的學術研討會，命為「咖啡與學術」，顧名思義，喝咖啡之餘，以學術清談佐之，每學期二次，大伙輪流提出論文乙篇，以供刀斧之資。我本抽中第十三序，心想路漫漫其脩遠，迨我上場時，當在二年以後，大可輕鬆以待之。孰料後來這個順序因有其它考量而亂了譜，我的「批鬥會」竟然在下學期就要上演，遂閉戶趕工，草就一文，標曰：「路曼曼其脩遠兮：論〈離騷〉中的時空焦慮」，雖主要論學，卻兼揶揄自己之前不死不硬的虛緩態度及火燒眉目的焦躁難安。踉蹌提交，心中也始終惴惴惶惶。一直混到報告日，只能硬著頭皮上場。

　　是日不僅無和暢惠風，更替以雷雨交加，整個研討室中白蟻橫飛，底下坐客卻寥寥可數，一滿一空，甚為有趣。我

I

心下倒安歇不少，畢竟聽者「杳杳」，出的醜也就少人見悉。於是和著雨聲，把論文滔滔敷衍，十來分鐘的過程中，只見白蟻舞動更形猖狂。言畢，首位提問者即為楊牧先生，我心大駭，至今猶能聽見當時心臟發出的顫抖聲。曾聽瘂弦先生說，楊牧治學嚴謹，年輕時對魯鈍之人毫不假辭色，方思及此，更教我冷汗直流。還好先生或許基於提攜後學之用心，對我因緊張過度，以致於他的問題草草回覆並無責難，反而有所鼓勵；會後更面命我當就此題再多深研，最好能付梓獻曝。加上我本萬分景仰的鄭清茂先生亦同聲耳提，遂令我有勇氣在這個論題上繼續矇混，於焉誕生了眼前這本粗拙的小論文。

這本論文只是個人三年多來讀《楚辭》的心得匯整，談不上什麼創見。論述所及，集中在〈離騷〉，間有參酌屈原其他篇章者，但僅零星一二。有人問我，一本論文只討論一篇〈離騷〉，會不會有點小題大作？我想，自太史公發表對〈離騷〉的看法以來，歷漢、魏晉、唐、宋、元、明、清，以迄廿一世紀，不知有多少學者對〈離騷〉做過程度不一的闡發與研究，僅我手邊蒐集到關於〈離騷〉的論述，至少在數百種以上，我這小小的幾章論文，又算得了什麼？子漢兄說得好，優秀的文本（text）總是經得起一讀再讀的。我不過是千古以來，仰慕〈離騷〉輝光的眾生芸芸之一耳。當然，我對《楚辭》的研讀絕不僅於首篇，這三年來，我陸續寫了有關

《九歌》及《九章》的論文，並對《楚辭》學史多有關注，有些已經發表，有些則處於「俟時將刈」的狀態。

　　至於論文的闡釋理論與研究方法，於我而言則無定法，總是依著「細讀」（perusal）文本的原則，尋繹可以集結成義的思惟，將之組織成有條理的論述。這幾年西方理論大舉入侵，傳統國學之研究業已形成「西學為用」的潮流，吾人自不能置身事外。但我自認對西方文化的理解不夠深入，對於其理論即使研閱再深，也無法深入骨髓，隨心所欲以用之，所以也只能在行文中，忽有所契時，撿些自己稍有心得的理論來充充場面而已。本來我相當恐懼於對別人理論的誤解與誤用，後來讀了薩衣德（Edward W. Said）〈理論的旅行〉（"Traveling Theory"）一文後，才發覺理論在傳播到另一個時空環境後，經常出現被誤用、曲解的情況，似乎非僅本國如此。薩文有點在我心裏產生小小的安慰作用，在論文大言不慚使用西方言說時，也就不再如此膽怯了。但，我依然認為，只用一種理論來框設一個文本，難免有其削足適履的危險，撿其適用而用之，不適者只好當作沒看見，偷偷地放諸東流，這是可怕的習性。因此，我儘量循著文本的軌跡，不願輕易放過〈離騷〉中任何一個字句，文本先行，理論俟機或隱或現。

　　在〈離騷〉研究史上，所謂「知人論世」的詮釋法則，一直是〈離騷〉閱讀的主流，研究者採用文史互證的方法，

企圖揭示作者寄寓在文本中的情感與思想，身世與際遇，〈離騷〉被視為屈原一生的傳奇表述。這個方法對〈離騷〉研究的貢獻無可懷疑，而學者之所以必須這麼做的原因，即在於「時間」所造成的距離。相對於戰國，我們已然離得太遠，每個人都想回復到當時的景況去貼近作者，以求「真正」理解〈離騷〉的陳述宗旨。復因司馬遷上距屈子的時間較近，所以學者們都對《史記·屈賈列傳》所言深信不疑，時間影跡在〈離騷〉研究史上一如其他傳統文本般，深刻且亦步亦趨。

但是否抽離了歷史條件後，〈離騷〉便失去解釋的依據？是否無法回復作品生成的背景，學者就只能望文興嘆？在本論文第一章，我試圖從〈離騷〉敘述者稱呼自己——「正則」、「靈均」，之與馬遷所記作者「屈原」名字的差異中，建立一個不同於往昔「知人論世」法則的觀察角度，試著理解這組名字的差異提供了哪些值得我們重新思考的問題。至少在我的觀念裏，〈離騷〉敘述者的名字類似，但不同於史傳所載的作者名，一方面固然是某種引誘，是文史間的聯繫暗示，然未嘗也不是一種刻意的疏離。關鍵就在這若即似離，虛虛實實的懸疑（suspense）中，〈離騷〉的文字魅力，展露無遺，學者又何苦必得將之全然坐實於歷史陳蹟而方休？

所以我們選擇時間主題來審視〈離騷〉，暫時拋開歷史的糾葛，這多少宣示著同樣基於時間因素，對〈離騷〉的研究

仍可分為文本內與文本外的方法。在第二章中，我希望透過分析〈離騷〉中有關「時間性」的字詞，以作為本論文論述的基礎。這些詞語的解釋除可證明文本內滿佈時間的痕跡外，也可以間接觀察到敘述者所感受的時間意義及其心理反應。當然，這些字詞出自主觀的篩選，難免遺漏，唯挑選的標準以字義（包括本義及使用義）界定，在解釋過程中將儘可能清楚合理，避免望文生義，強作解人。

第三章討論〈離騷〉的時間意識，我希望能從文本敘述中掌握詩人理解、感受時間的方式及反應。每一個人看待時間的態度不同，時間在其意識層所激起的感發自然相異。這種獨特的時間意識造就文本敘述的特殊性，不僅止於語言意義的層次，甚至影響到敘事的方式及閱讀的感受。〈離騷〉的筆法在時間層次上有其忽快忽慢、忽前忽後的調性，這或是作者組織文本時有意為之，但同時可能受到敘述者（不同於作者）對時間的體認及整個文本情境的影響導致。我在本章中主要討論敘述者主觀的時間感受，並確立其感受具有足以影響文本意義的哲學內涵。至於敘事時間，如「跨度」（temporal duration）、頻率（temporal frequency）、次序（temporal order）等關於「敘事學」（Narratology）範疇的問題，只能點到為止。本應立專章討論之，但礙於截稿時間之「死限」（deadline）已至，只好留待日後專文補述。

第四章原刊於《東華人文學報》第三期，我將之修改、

增補，衍成本論文以下四章，首先討論〈離騷〉中所呈顯的時空焦慮感，此一焦慮自然源於詩人的時間意識，縮小、施壓、扭曲而成，進而展現在具體行為上。我以為對於時間的焦慮乃是〈離騷〉的中心意旨，故底下三章所討論的具體行為如「求女」、「夕餐秋菊」的深層意義，以及「路」這個意象在屈原作品——特別是〈離騷〉——中的寓義，莫不皆因時間的焦慮感而展開。

附錄的篇章原係蒙王文進先生推薦，參加二千年由香港中文大學主辦的「屈原研究國際會議」所發表的論文。此文的材料多犖括自我的博士論文，但經過相當程度的重新整理，修改、增補資料外，並加入許多新的論述。會後又經小幅度修繕，乃刊印於《大陸雜志》第一○三卷第五期。這篇論文主要訂正王逸：「(〈離騷〉)飄風雲霓，以喻小人」的主張，認為在屈原的作品中，「虹霓」的意象都指向「神奇」、「瑰麗」，用以增加天際巡遊的浪漫感，而非小人之象。王逸的觀點之所以偏狹，除了時代風氣外，特因其解釋並非以文本語境為主，而是將文本視作書寫者平生際遇的寄託，換言之，他著重的不是作品，反而是作者的意志，作品不是主角，乃是附庸。我把這篇小文章附在文末，用意是為了呼應本論文首章的論述。

任教東華三年多來，研究的壓力始終龐大，這所年輕的大學充滿學術朝氣，令人鬆懈不得。僅我熟悉的中文系，同

仁一年所發表的論文數量，就已相當駭人，更遑論全校教授的總合了。許多人質疑論文的量化是否具有任何意義？我也不例外。優質論文與優質研究計畫（含成果）才值得期待及讚許。不過，勤於寫作畢竟不是壞事，特別是文史哲科系，努力振筆有助於將學術氣息維持在一定的強度，逼自己因而必須多讀書，多了解一些學術動向，特別是對我這種懶散的人而言。才疏學淺如此，在論文的質上可謂幾無貢獻，只能追文逐字，草就這本小論文，也算是對這三年來教書領錢，有點交待。

二○○二年十一月，

誌於禿筆樓。

壹、論〈離騷〉作者與敘述者的差異所引起的閱讀問題[1]

　　本章的前提是：文本的「作者」（author）與「敘述者」（narrator）乃是二個不同的角色，特別是當他們被標上不同的符號時。在〈離騷〉與《史記·屈原賈生列傳》中，我們發現上述的情況，並且認為這個差異足以在文本的閱讀與分析上引起相當多元的反應，不必盡如傳統研究般，僅將〈離騷〉視為屈原的自述，對文本的解釋總離不開作者思想、情感、遭遇等層面，甚至將〈離騷〉視作考證的史料。這個論點並不表示輕視傳統研究的價值，而是試圖提出幾個問題供研究者參考：既然〈離騷〉中「敘述者」的名字不同於《史記》所載的「作者」，我們是不是能毫無疑惑地就將〈離騷〉「坐實」成屈原傳記式的自述？並引此來證成他的思想、他的生平？做為一個讀者，面對「敘述者」與「作者」這組差別時，會產生如何的困惑？這個困惑對於文本的解釋又將引起什麼樣的影響？帶來何種啟示？這些疑惑是不是作者有意引起的？假設它是蓄意造成，作者是不是對讀者具有特殊的閱讀期待，希望讀者發掘某些預伏的意義？

---

[1] 本章原刊於國立中山大學中文系《文與哲》學報第一期。

《史記‧屈原賈生列傳》（以下簡稱〈屈賈列傳〉）說：

> 屈原者，名平，楚之同姓也。……屈平疾王
> 聽之不聰也，讒諂之蔽明也，邪曲之害公也，
> 方正之不容也，故憂愁幽思而作〈離騷〉。[2]

這大約是現存最早有關屈原生平的記載。自此學者皆以
〈離騷〉乃屈原所作，也往往將〈離騷〉看作是屈原生平際
遇及心路歷程的自述。唯在〈離騷〉中，「敘述者」自言「名
余曰正則兮，字余曰靈均」，其名字顯然與《史記》所言「名
平（字原？[3]）」的「作者」有所出入。至於「敘述者」的姓
氏，只有首句「帝高陽之苗裔兮」，留下微薄的線索以供探尋。
據《初學記》引《帝王世紀》所載：「顓頊，黃帝之孫，昌意
之子，姬姓也。」[4] 那麼，〈離騷〉的「敘述者」似應姓姬，
或由姬所衍生的姓。但若要因而確定其究為何姓，僅憑一句
「高陽苗裔」，恐將如大海撈針般困難。

當然，由「正則」、「靈均」與「原」、「平」的對比中，
確可找出其關聯性——如「原則」、「平均」[5]。而屈姓也大概

---

[2] 見：漢‧司馬遷（約前 145 或 135-?）撰，民國‧楊家駱主編《新校本史
記三家注并附編三種》（台北 鼎文書局 1983）卷八十四，頁 2481。

[3] 王逸（?）注：「高平曰原，故父伯庸名我為平以法天，字我為原以法地。」
見：宋‧洪興祖（1190-1155）《楚辭補注》（臺北 漢京文化 1983）頁 4。

[4] 見：唐‧徐堅（659-729）撰《初學記》（臺北 藝文印書館影印宋本 1976）
卷九，頁 5。

[5] 洪興祖補注：「正則以釋名平之義，靈均以釋字原之義。」同註 2。

因楚武王之子屈瑕的封地而來[6]；加上《史記‧楚世家》謂：「楚之先祖出自帝顓頊高陽[7]。」亦正呼應〈離騷〉首句自述的系譜，這或多或少可以暗示〈離騷〉中的「敘述者」，其姓名可能依「屈原」二字而創。但問題也就因此而展開，倘若〈離騷〉的作者真是屈原，他為什麼要創設一個與本名稍有出入的「代言者」（即「敘述者」）（雖然宋人馬永卿認定正則、靈均為屈原小名小字，但實屬臆測，不足為訓[8]。）？而我們是否可以反過來推論：「屈原」這個名字實際上是依〈離騷〉文本捏造的？

這個問題概有三種可能：

第一、根本沒有屈原這個人，此人乃根據〈離騷〉而創設出。那麼，是誰先提出「屈原」這個名字？為什麼？〈離騷〉的原作者究竟是誰？是名「正則」，字「靈均」的傢伙（他又是誰）？又為何要寫作〈離騷〉？

---

[6] 《史記‧屈原賈生列傳‧正義》云：「屈、景、昭皆楚之族。王逸云：『楚王始都是，生子瑕，受屈為卿，因以為氏。』」（頁 2481）這段話大約羅括自王逸的〈離騷章句序〉及首句「帝高陽之苗裔兮」的注釋。洪興祖《楚辭補注》引《元和姓纂》亦謂：「屈，楚公族羋姓之後。楚武王子瑕食采於屈，因氏焉。」鄭樵（1104-1162）《通志‧氏族略三》（臺北 世界書局 1984，頁 40）所記雷同。據此，則屈姓乃出於楚武王之子屈瑕。

[7] 《新校本史記三家注并附編三種》卷四十，頁 1689。

[8] 馬永卿《嬾真子錄》（在嚴一萍輯《百部叢書集成》之一《儒學警悟》第五冊，臺北 藝文印書館）云：「〈離騷經〉曰：『皇覽揆余初度兮，肇錫余以嘉名。名余曰正則兮，字余曰靈均。』且屈原名平，而正則、靈均則其小字小名也。」蔣驥引都玄敬《聽雨紀談》也有相同的看法。參見：王叔岷《〈史記〉斠證卷八十四》。收在：《中研院史語所集刊》46 卷 1 期，頁 31-36。1974 年 6 月。

第二、屈原確實存在，但〈離騷〉並非其所作，乃後人偽作
　　　並託其名者。那麼，作者為何要託名屈原？這個可能
　　　性實與第一點互為因果，可以一併討論。

第三、屈原真有其人，〈離騷〉亦為其所作。但為何在〈離騷〉
　　　中不用本名，卻要使用令人一看便略知作者為誰的「化
　　　名」？有何寓義？[9]我們是否可以從這組名字的差異中
　　　獲得一些新的閱讀視野？

一、作者的困惑

　關於第一、二個問題，自從《史記》提出〈離騷〉的作
者是屈原後，二千年間，幾乎沒有人懷疑過[10]。直到清末學

---

[9] 清人王邦采《離騷彙訂》（《四庫未收書輯刊》第伍輯。北京 北京大學出
版社 2000）云：「文字之禍自古為然哉！……正則，隱其名矣；靈均，隱
其字矣，夫非憂讒畏譏之意乎？」孫作雲也認為：「〈離騷〉中稱自己的名
字，不曰屈平，字原，而曰『名余曰正則兮，字余曰靈均』，……假名是
為了減少麻煩。」見：氏著〈上官大夫的奪稿說到屈原因《離騷》而得禍〉。
收在：杜松柏主編《楚辭彙編》第十冊《楚辭論文集》（臺北 新文豐出版
1986）頁 306-325。這等於是「避禍說」。但，此一假名，未免太容易猜出
作者是誰，豈有為避禍卻又輕易令觀者察覺作者本名之事乎？此說實不可
取。臺靜農先生〈讀騷析疑〉（《東吳文史學報》第二期，頁 1-33。1977
年 3 月）則認為：「〈離騷〉鉅製，多以象徵手法抒其牢愁，為屈原所獨創，
故於個人之名字，亦以隱喻出之。」指出〈離騷〉「敘述者」之名乃「作
者」屈原的隱喻，但並未進一步闡釋其如此所可能蘊涵的意義。

[10] 宋・司馬光（1019~1086）著《資治通鑑》，不載屈原的傳說，《邵氏聞
見後錄》的作者認為：「屈原……所著〈離騷〉，漢・淮南王、太史公皆謂
其可與日月爭光，……《通鑑》並屈原事盡刪去之。《春秋》褒髮之善，《通
鑑》掩日月之光，何耶？公當有深識，求於《考異》中，無之。」顯然司
馬氏並未詳言為何不收屈原事蹟的原因。（何天行《楚辭作於漢代考》中

者廖平（1852-1932）的《楚辭講義》問世，一場關於屈原是
否真實存在的論辯，方於學界掀起軒然大波。廖平認為：《史
記・屈原賈生列傳》文義錯亂，既不能用來證明屈原的事蹟，
亦無法當成屈原寫作〈離騷〉的證據。所以他主張《楚辭》
的作者非屈原，而是秦始皇使博士所作之「仙真人詩」，〈離
騷〉首句：「帝高陽之苗裔兮」，其實是秦始皇的自敘。他這
麼說等於宣告〈離騷〉乃戰國以後的作品，但因這些看法多
半出於臆測，自然招來不少批評[11]；唯其中提及〈屈原賈生
列傳〉的問題，卻令人不得不著意深思：對於屈原，學者幾

即以此點質疑屈原的存在。）即如前言所論「當有深識」，亦不能遽斷其
是否不相信屈原的存在。《聞見後錄》又載：「司馬文正公修《通鑑》時，
謂其屬范純父曰：『諸文中有詩賦等，若止為文章，便可刪去。』蓋公之
意欲士立于天下後世者不在空言耳。」見：宋・邵博《河南邵氏聞見後錄》
（在：嚴一萍輯《百部叢書集成》之四十六　臺北　藝文印書館）卷十，頁
五 b。似乎《通鑑》未載〈離騷〉，是因此篇乃辭賦作品的緣故。考司馬光
有〈五哀詩〉，其中有〈屈平〉一詩，頌贊其人「冤骨消寒渚，忠魂失舊
鄉。空餘《楚辭》在，猶與日爭光。」顯然司馬氏並非否定屈原的存在，
只是基於特殊的因素未在《通鑑》中述及耳。清人顧炎武（1613-1682）在
《日知錄》（臺北　明倫書局　1979）卷二十七中曾提到：「李因篤詣予，《通
鑑》不載文人。如屈原之為人，太史公贊之，謂與日月爭光，而不得書于
《通鑑》。……予答之曰：『此書本以資治，何暇綠及文人？……』」（頁 764）。
據此，則司馬光不錄屈原事蹟的原因是基於其為「文人」。若顧炎武所言
確塙，那麼是否表示在司馬光的認知中，屈原並非出色的政治家，其事蹟
亦不足以供後世主政者殷鑑？趙逵夫則認為司馬光未敘屈原事，乃肇因於
與王安石間的傾軋（參：氏著〈日本新的屈原否定論產生的歷史背景與思
想根源初探〉。文刊：《西北師大學報・社科版》1995 年第 32 卷 4 期，頁
2-6）。
[11] 如謝无量《楚辭新論》（上海　商務印書館　1936）、聞一多〈廖季平論離
騷〉（收在：《聞一多全集・神話與詩》頁 335-338。臺北　里仁書局 1993）、
沈知方〈對於離騷作者的商榷〉（收入：《楚辭研究論文集》頁 410-416。
北京　作家出版社 1957）等，都對廖平有不少批評。而廖平的意見，本文
係參考：聞一多〈廖季平論離騷〉。

乎僅是透過《史記》在理解，但《史記·屈賈列傳》真的全然可信嗎[12]？

關於〈屈原本傳〉，胡適（1891-1962）在〈讀楚辭〉一文中即謂：

> 《史記》不很可靠，而〈屈原列傳〉尤其不可靠。傳末有云：「及孝文崩，孝武皇帝立，舉賈生子孫二人至郡守，而賈嘉最好學，世其家，與余通書。至孝昭時，列位九卿。」司馬遷何能知孝昭的謚法？一可疑；孝文之後為景帝，如何說孝文崩，孝武皇帝立？二可疑。[13]

胡適的問題不難回答，蓋《史記》後來曾經多人增補[14]。但也正因經過不少增補，使得錯亂旁生，史實的可信度亦緣此而失色。梁玉繩（1717-約 1792）《史記志疑》曾言：「自

---

[12] 現存有關屈原生平的資料，除了《史記》以外，尚有漢·劉向（前 77-前 6）《新序·節士》及唐人沈亞之（781-832）的《屈原外傳》。其中《史記》為正史，故多為學者討論〈離騷〉等作品的依據。

[13] 〈讀楚辭〉一文收在：《胡適文存》（臺北 遠東書局 1953）第二集，頁 91~97。

[14] 唐·劉知幾（661-721）《史通·古今正史》云：「《史記》所書，年止漢武。太初以後，缺而不錄。其後劉向，向子歆……等相繼撰續，迄於哀平間，猶名《史記》。」見：浦起龍釋《史通通釋》（臺北 藝文印書館 1978）卷 12，頁 306。另《漢書·司馬遷傳》（臺北 洪氏出版社 1975）張晏注亦謂：「遷沒之後，亡〈景紀〉……。元成之間，褚先生（褚少孫）補缺，作〈武帝紀〉……，言辭鄙陋，非遷本意也。」（卷 62，頁 2724-2725。）據此，《史記》成書後，概經多少增補，致錯亂歧出。

少孫補綴，正文漸淆。厥後元后之詔，揚雄、班固之語，代有竄入。或又易今上為武帝，彌失本真。」[15]崔適在《史記探原》中也不無感慨地說：

> 《史記》之文，有與全書乖；與此（指劉歆所補）
> 合者，亦劉歆所續也。至若年代縣隔，章句割裂，
> 當是後世妄人所增，與鈔寫所脫。其幸免乎此，
> 又有誤衍、誤倒、誤改、誤解諸弊。要不若竄亂
> 之禍為劇烈。[16]

今讀〈屈賈列傳〉，文義錯亂確實存在（但也不表示全不可信）。除了胡適指出的失誤外，湯炳正也提及所謂「王怒而疏屈平」、「屈平既絀」、「屈平既疏，不復在位」、「雖放流，睠顧楚國」等等敘述，一下言疏，一下又說絀、放流，夾雜不清，莫明究竟；而從「雖放流」云云到「王之不明，豈足福哉」一段評論〈離騷〉的文字後，忽接「令尹子蘭聞之大怒」，文義扞格，教人糊模難辨；又從「〈離騷〉者，猶離憂也」至「雖與日月爭光可也」一段，分明是評〈離騷〉之語，內容正接「其存君興國而欲反覆之」等段落，唯中間卻又插敘「屈平既絀」到「屈平既嫉之」，歷數數十年間秦楚興兵等

---

[15] 見：《史記志疑・序》（《史學叢書》本。在：臺北 藝文印書館《百部叢書集成》之八六）頁 1。
[16] 見：《史記探原》卷一〈序證・要略〉（臺北 廣文書局 1977 再版）頁 1。

事，致前後不相矇[17]。因此，他重新梳理〈屈賈列傳〉，認為本傳「屈平既嫉之」以下，當接「令尹子蘭聞之大怒，卒使上官大夫短屈原于頃襄王，頃襄王怒而遷之。」等句，中間一段文字則應為劉安（前 179-前 122）《離騷傳》所竄入[18]。經此考校，確實令原傳文理通順可讀，但本傳錯亂部分是否即是傳說中的劉安《離騷傳》（一說當為《離騷賦》）竄入所致，卻仍屬臆測。若真為後人竄入，其動機安在？有沒有可能即如「屈平嫉王聽之不聰也，……故憂愁幽思而作〈離騷〉」云云也係竄入？我們以為，一旦文本有竄奪的現象，那麼，隨處都將蒙上作假的陰影。若此，我們是否仍將相信《史記》所載屈原作〈離騷〉一事？然若不信，又該相信誰？身為讀者，面對〈離騷〉的作者，陷入將信將疑的窘境，我們顯得徬徨而無措，在閱讀伊始，便遭遇了頓挫。如果說文本（text）的意義有待讀者共同完成，而〈離騷〉「自傳式」（唐・劉知幾《史通》謂〈離騷〉為自序之祖[19]。）的敘述卻時時誘發讀者掀開作者面紗的慾望（「名余曰正則，字余曰靈均」，用一組名字來誘導讀者窺探作者），使得文本無法遂行其「封閉性」，我們必得朝著追尋作者軌跡的道路前進，外緣的閱讀勢

---

[17] 見：湯炳正《屈賦新探》（臺北 貫雅圖書 1991）頁 1-2。
[18] 前揭書頁 15。
[19] 劉氏《史通・序傳》云：「屈原〈離騷經〉，其首章上陳氏族、下列祖考，先述厥生、次顯名字，自敘發跡，實基於此。」見：《史通通釋》卷 32，頁 234。

不可免；但在努力想挖掘作者的骸骨時，卻馬上面臨「作者可疑」的險境，著令閱讀永遠在困惑中耽溺。所以讀者只能選邊站：信或不信，信者言之鑿鑿，以《史記》馬首是瞻，將〈離騷〉看成個人史實的另一種表述；不信者則視屈原本傳若無物，努力想證明屈原根本是虛構的人物。因此，不管信或不信，所有對〈離騷〉的研究幾乎都趨向「作者」。

由於〈屈賈列傳〉文義混亂，胡適於是認為此篇乃漢宣帝時人所補，並指出屈原忠君愛國的思想絕不可能出現在戰國以前，而是漢代儒生解釋而來，所以他斷定屈原乃如黃帝、周公一般，是屬於一種複合物，是一個傳說而非真實的人物；即使真有其人，也必不會在秦漢以前。廖、胡二人的論點都屬泛泛之論，缺乏精密的考證。之後，何天行著《楚辭作於漢代考》(原名《楚辭新考》)，則洋洋灑灑舉出了數十條證據，說明〈屈賈列傳〉絕非司馬遷所作；屈原本無其人，《楚辭》亦非著於漢代以前，蓋戰國以來典籍皆不見著錄；〈離騷〉的作者實為淮南王劉安，而後劉向校中秘，因嫉本身受淮南王煉金術誤導而下獄，遂將作者改植為「屈原」[20]。何氏的舉證，有些頗為成理，部分則牽強難信[21]，但較為翔實的考證工作卻將〈離騷〉作者的爭論推向最高峰。何書刊行後，陸

---

[20] 參見：氏著《楚辭作于漢代考》(上海 中華書局 1948) 頁 1-74。
[21] 有關何氏所提證據的問題，黃中模《屈原問題爭論史稿》(北京 十月文藝出版社 1987) 有頗為詳盡的批評。

續引起正反兩方的爭論：衛聚賢首表贊同，但認為捏造「屈原」之名的，當非劉向，而係賈誼（前 201-前 168）[22]。稍後，朱東潤也發表四篇關於此一問題的論文，結論大約是：傳說中的屈原可能存在，也曾創作〈離騷〉，唯此一〈離騷〉並非後來為學者所稱頌者；後代膾炙人口的那篇〈離騷〉，實為劉安所作[23]。郭沫若、游國恩（1899-1978）則力駁屈原懷疑論，堅信〈離騷〉乃屈原的作品[24]。日本方面也有學者加入懷疑屈原的考辯工作，較為知名的有岡村繁、鈴木修次、三澤玲爾及稲　耕一郎等[25]。綜觀以論，日本學者的考證與分析顯然較廖平、胡適等人細膩而有條理，對《楚辭》文本的分析更是具有啟發性，然而有關作者究竟是誰，屈原是否存在的關鍵問題，卻依然缺乏決定性的證據。可以說，不論中、日，有關屈畑的「身世」，總是臆想的成分居多。

　　懷疑屈原存在的人不少，但堅信屈原確為〈離騷〉作者

---

[22] 衛文原刊：《楚辭研究》（吳越史地研究會 1938）。此處參考：王輝斌〈中國究竟有沒有屈原〉（文刊：《貴州大學學報・社科版》1999 年 3 期，頁 31-36,52）

[23] 此四篇論文分別為：〈楚歌與楚辭〉、〈《離騷》底作者〉、〈淮南王安及其作品〉、〈《離騷》以外的屈賦〉等，一併收入作家出版社所編《楚辭研究論文集》頁 365-396。

[24] 郭沫若著〈評離騷底作者〉（作家出版社《楚辭研究論文集》頁 397-400），主要批駁朱東潤的意見；游國恩則著《屈原》（臺北 弘道文化 1973）一書，詳考屈原事蹟，兼析其作品，為屈原其人其文作有力的辯護。

[25] 有關日本學者懷疑屈原的論點，學者可參：高揚〈中日屈原否定論及其批判〉（刊：《天中學刊》第 13 卷第 1 期，頁 42-49。1998 年 2 月）。

的人更多，暫不擬徵引[26]。唯不論相信或懷疑，主要的依據
都是〈屈賈列傳〉與〈離騷〉。此處之所以凸出對屈原存在的
質疑，主要是希望藉以彰顯問題的關鍵性：倘若〈離騷〉的
作者真的不是屈原，那麼，以往學者根據〈屈賈列傳〉所派
生、信誓旦旦將〈離騷〉視為屈原生平自述的論述都將成為
令人扼腕的謬見。研究者是否當及時省思，暫時拋開「作者
生平」的糾纏，回歸〈離騷〉文本的單純閱讀？（有些學者
致力〈離騷〉文本的研究，如美學、修辭、象徵等，卻也經
常脫離不了「作者」的牽連[27]。）倘若沒有〈屈賈列傳〉傳
世（同時也無《新序‧節士》），〈離騷〉又將如何詮釋？必與
屈原生平有關方可？少了屈原本傳的參照，〈離騷〉所展露的

---

[26] 晚近學者對於「屈原否定論」批判最勤，亦最具見解者當推黃中模先生，
可參其著《屈原問題爭論史稿》（北京 十月文藝 1987）、《現代楚辭批評
史》（武漢 湖北人民出版社 1990）及《與日本學者討論屈原問題》（華中
理工大學出版社 1990）等。另趙逵夫〈日本新的「屈原否定論」產生的
歷史背景與思想根源〉、王輝斌〈中國究竟有沒有屈原——近百年來「屈
原否定論」與反否定研究綜述〉等，亦可資參考。

[27] 如鄭滋賓〈從《離騷》三言聖論屈原與儒家思想的關係〉（《大陸雜誌》
102 卷 3 期 頁 36~48，2001 年 3 月；102 卷 4 期 頁 1~4，2001 年 4 月），
係藉閱讀〈離騷〉來論證「屈原」的思想精髓；陳思苓〈屈原的愛國主義
與浪漫主義〉、潘嘯龍〈論《離騷》的浪漫主義表現及其精神特質〉（《中
州學刊》 1984 年 1 期）、黃陶陶〈屈原在《離騷》中的自我形象〉（新竹
師院《語文學報》第 5 期，頁 59~91，1998 年 12 月）、郭務渝〈由屈原悲
劇英雄的性格探討屈原賦的悲劇性〉（《空大人文學報》第 8 期，頁
101~124，1999 年 6 月）、郭曉燁〈從《離騷》談屈原的人格美〉（《唐都學
刊》第 14 卷，1998 年第 4 期，頁 54~56）等，則是主要透過對〈離騷〉
的閱讀來掌握「屈原」的「意志」與「人格特質」。類似的閱讀方式雖然
對〈離騷〉的文本都有頗為精細的分析，但終極目標卻仍在「屈原」／作
者身上。類似的論述其基本認知都是將〈離騷〉看成作者意志的真實反映。

悲劇情懷，會因此遜色許多嗎？再者，〈離騷〉與〈屈賈列傳〉
是一對脣齒相依的文本，往昔學者用前者映證後者，又用後
者詮釋前者。面對這種情景，我們到底該目之以「互文性」
（intertextuality），抑或是看成「詮釋循環」？此外，〈離騷〉
顯然是詩歌，帶著文學文本特有的虛構性；〈屈賈列傳〉則是
史傳，強調寫實精神（倘本傳基本可信的話），一虛一實，卻
互為對方的「副文本」（paratex[28]），如果一定得參照《史記·
屈賈列傳》，那麼，究竟在閱讀時，我們當趨實以觀，抑或挾
虛看待？抑或者，人生如戲，既虛且實，讀者本來就必須適
應這種虛實交錯的折磨？

　　上述有關屈原是否為〈離騷〉作者的問題，顯然無解，
但卻增加了閱讀〈離騷〉的樂趣。質言之，〈離騷〉「自傳式」
的敘述，總是引誘讀者朝著「作者生平」的方向前進，馴至
關乎作者的一切一切，都成了閱讀者前仆後繼的探索目標。
相信作者係屈原的人如此，否定屈原存在者亦不例外。但不

---

[28]　此術語依法國學者熱奈特（Gèrard Genette）而提出。他表示：「副文本
如標題、副標題、互聯型標題、磁帶、護封以及其它許多附屬標志，包括
作者親筆留下的、還是他人留下的標誌，它們為文本提供了一種（變化的）
氛圍，有時甚至提供一種官方或半官方的評論。」（見：氏著《隱跡稿本》。
收在：史忠義選譯《熱奈特論文集》頁 71。天津　百花文藝　2001）根據筆
者的了解，熱奈特所提出的副文本，實際可包括宣傳廣告、書名、標題、
書套、引言及任何形式的評論，這些訊息通常伴陪文本而產生。學者可參
熱奈特於 1987 年出版的 "Seuiles"，其中對副文本這個概念有充分且深入
的研究。我們以為，《史記·屈賈列傳》中引述〈離騷〉之言，並做為對
屈原生平的一種補充，實際也是評論、引言的另一種方式，故以副文本稱
之。

管作者究竟是不是屈原，這種「作者」之辯，對於任何一個
讀者而言，都將是一場「失落的追尋」。也正由於這種失落感，
才一再增添〈離騷〉文本的魅力，誘使學者摩頂放踵，皓首
窮之。然而，基於作者問題的糾結難辨，本論文將不做任何
有關作者是誰的考證工作，而是希望提醒研究者，也許可以
將「作者」概念化，放到文學的理路中去思索其與敘述者間
的「差異」關係，藉以探討這種差異在〈離騷〉的閱讀上將
引起如何可能的效應。

二、敘述者與作者的關係

從「敘事虛構」的角度來看，熱奈特指出：

> 在虛構體裁中，我們與關於真實的陳述無關，
> 而與虛構的言辭相關。發出這些話語的真正的
> 「最初之我」，既非作者，也非敘述者，而是
> 虛構出來的人物，他們的視點和時空位置主導
> 著敘事文的全部陳述行為，……在抒情詩
> 中，……就其本質而言，「抒情之我」既不可
> 能準確無誤等於詩人本人，也不可能等於另一
> 個確定的主體。一部文學文本的被推定的陳述
> 者永遠不可能是一個真實的人，他或者是一位

13

> 虛構人物（在虛構題裁中），或者是某個不確
> 定的「我」（在抒情詩中）──這等於在某種
> 程度上構成了虛構性的一種委婉形式。[29]

　　準此，不管〈離騷〉的作者究竟是誰，我們都不應將文本看作是作者個人抒發真實自我的歷程，尤其〈離騷〉中的敘述者顯然是一個虛構的人物，而〈離騷〉則是虛造（artificial）的文本，班固所說的「多稱崑崙、冥婚、宓妃虛無之語」云云，正透露〈離騷〉文本虛構性所在。中國自古有「詩言是其志」的傳統觀念，認為詩可以全然透明地傳達作詩者的內心感受，卻明顯忽略了作者──文本──讀者間交互作用所可能產生的落差。作者之意並不等同於文本之義，更與讀者之「臆」經常存在差別。從接受（reception）的觀點來看，埃瑟（Wolfgang Iser,1926- ）業已指出：文本潛藏的複雜義涵與錯綜關係，經常是讀者對文本的精心閱讀所導致，而非文本自身的字句、敘述與資料所可展現者。此種顯義的交互作用，並不發生於文本本身，乃是藉由閱讀而存在。「此一作用將文本之中所隱藏，但未經系統化的意圖，整理得井然有序。」[30] 這個論點似乎有助於將文本與實際的「作者意圖」（intention）區隔開，使得閱讀的關注點停留在文本的敘述

---

[29] 參見：《熱奈特論文集·虛構與行文》頁 93-94。
[30] 參見：氏著 *"Implied Reader"* (Baltimore: Johns Hopkins U. Press. 1974) p.p278-288.

過程，而非作者的中心企圖上。從表現的層次來看，此一觀點是有道理的，它至少說明當實際作者完成一個作品（或是表達一個完整的句子）的同時，所謂的作者意圖事實上已與文本分離，讀者所接觸的，是獨立自足的文本，而不是抽象的作者意圖。陸機（261~303）曾經提出：「恆患意不稱物，文不殆意。」[31]即已深刻說出作者之意與文本之義中間存在的落差。所以，歷來對〈離騷〉的「揭義」作用，與其說是將「作者」的意圖「重現」，不如說是研究者在閱讀時所創造出來的意義。例如曾有學者認為〈離騷〉中有許多與「車駕」相關的語句，如言「皇輿」、「先路」、「發軔」等，因而斷定「作者」屈原實為一位能誦善御的「輿人」；又因〈離騷〉充滿女性情調，遂認定屈原本是一位善於喬裝成女性，取悅君主的同性戀者[32]。令人不解的是，既然〈離騷〉多女性口吻，為何不直接論定〈離騷〉的敘述者本來就是一位女性？類似這樣的主張，無疑都是研究者（讀者）將文本視為作者史料的誤解在先，復以個人主觀之意附會在後，以致得到如此具爭議性的結論。也無怪乎 W.K.Wimsatt 及 Monroe C. Beardsley

---

[31] 〈文賦〉。徵自梁‧蕭統（501-531）《文選》（臺北 漢京文化影印清‧胡克家覆宋淳熙本 1983）卷十七，頁 239。

[32] 見：束有春〈由輿嬖現象看屈原身世的多維性〉。《齊魯學刊》1998 年第 4 期，頁 29-34。按：由《楚辭》的女性口吻論斷作者具同性戀傾向旳說法一度相當盛行，如張元勛《九歌十辯》（北京 中國廣播電視出版社 1991）即主此說。潘嘯龍對此亦有辯駁，可參：氏著〈略評屈原研究中的幾種"新說"〉。文刊：《雲夢學刊》1994 年第 2 期，頁 1-7。

要大聲疾呼所謂的「（作者）意圖誤謬」（the Intentional Fallacy）了。

這麼看來，對於〈離騷〉的作者之辯，似乎可以休矣！但這是否表示作者已不重要？當然不是。在許多作品裏，尤其是可以確知作者為何的作品中，孟子（約前 372-前 289）所謂「知人論世」的閱讀原則仍有其正面價值。一如對杜甫（712-770）許多寫於安史之亂時代的詩作，如果不能參照作者的處境與歷史條件，那麼將無法理解其詩最精髓的底蘊。某些作品甚至有作者的「聲明」（statements）在先，讀者更不能坐視不管。Culler 指出：

> 沒有任何主張可以說作者對一個作品的陳述沒有意義，對許多批評課題而言就特別有價值，它可以作為一個作品文本（text of work）的「對照文本」（texts to juxtapose with）。它們可能是具決定性（crucial）的，例如，當分析一位作者的思想時……。[33]

而即使沒有可靠的作者，我們看待〈離騷〉時，亦不能挾著讀者尊貴的閱讀身分，大肆「創造」所謂的「文本義涵」，因為文本是我們「詮釋」的界限。義大利符號學家安貝托．

---

[33] 參見：Jonathan Culler: *"Literary Theory: A Very Short Introduction"*(Oxford U. Press. 1997)p.67.

艾柯（Umberto Eco）曾經提出所謂「典型作者」（Model Author）
與「經驗作者」（Empirical Reader）的差別概念。他指出：「經
驗作者」是文本實際的作者（一如《史記》的作者是司馬遷）；
而「典型作者」則只是一個不知名的聲音，它安排敘事的各
種發展，可稱作一種「風格」：

> 套句狄達魯斯（Stephen Dedalus）的話，孤絕
> 於完美之中，「就像創造萬物的神，隱身於他
> 的作品之內、之後、之上或無上，無影無形、
> 精巧而無存在的痕跡，削他的指甲。」換言之，
> 典型作者是種聲音，動情地，或專橫地、狡詐
> 地對我們說話，要我們與它一致。這種聲音呈
> 現出來的即是敘事策略，如一套完整的指示，
> 一步一步地指引我們。[34]

因此，「典型作者」既不是實際的作者，也非文本中的敘
事者，但卻是安排文本進行的靈魂人物。艾柯宣稱，「典型作
者」才是文本閱讀時應當關注的重點，而非「經驗作者」，至
少相對於一個「典型讀者」（Model Reader）[35]時是如此。驟
括其言，「典型作者」的功能顯然是文本敘事──閱讀的指導

---

[34] 見：氏著《悠遊小說林》（黃寤蘭譯，台北 時報出版 2000）頁 24。
[35] 相對於「典型讀者」，也有「經驗讀者」的存在，指的就是一般的普羅
觀眾，習於用自身的感受與實際遭遇去理解文本者。參：艾柯《悠遊小說
林》頁 14-16。

者，艾柯強調，如果我們要當一個「典型讀者」，就必須「亦步亦趨跟著它（it，指典型作者）。」這同時也表明，閱讀並不是一個讀者漫天要價、肆意造義的過程。然而，普格利亞提（Paola Pugliatti）也提醒：

> 艾柯所謂的典型讀者，不僅解讀為文本的交互作用者和合作者，更進一步（就某種意義來說是退一步）而言，他／她根本是隨文本而生，是寫作者演繹佈局時的動力。因此，典型讀者的權限繫於文本輸送給他們的那種基因印記……，與文本共同創造，也圍限於文本內，享有的自由度端視文本願意給他們多少。[36]

這個論述表明：不管「典型作者」或「典型讀者」，其實都是依附「文本」而存在，閱讀的造義過程也必得跟隨文本的理路而生成。因此，即使吾人不能確定〈離騷〉的經驗作者為誰，但依然必須服膺文本中「典型作者」的指示，在文字的脈絡與縫隙中理性地穿梭。準此以觀，早期許多關於〈離騷〉的研究，過於專注文本以外的「佐證」，經常造成喧賓奪主的現象，將〈離騷〉變成屈原生平際遇的「副文本」、「旁證」，〈離騷〉文本失去了獨立的價值，單單成為一個附庸性

---

[36] 轉引自：《悠遊小說林》頁 26。

質的自傳形式。而其文本存在的許多意象，也往往被視為政治的象徵，如「虹霓」等同於小人，「求女」的過程成了君臣契合的願望表演場等，顯然都是受到〈離騷〉之外的文本（尤其是〈屈賈列傳〉）之閱讀觀點影響以致，而這種閱讀方式，只重外緣，與挾讀者之尊的獨斷臆測並無二致。仔細想想，〈屈賈列傳〉只是司馬遷（倘本傳真為司馬遷原作）對屈原生平的記錄，其中有關〈離騷〉的評論，也只是馬遷個人的閱讀觀感而已，並不表示〈離騷〉即成了屈原自身的現實際遇之記錄。這段論述旨在表明：我們並非不能從政治隱喻的觀點而將〈離騷〉讀作屈原生平遭遇之「隱喻」（或用其它名詞替代，如紀錄），但這種讀法通常是讀者根據某些資料引導（如《史記》）所形成的造義過程，同樣帶著相當成分的讀者觀點，並非全然是作者意圖的原貌，更不該錯認即「經驗作者」真實的人生。

　　傳說中的〈離騷〉作者與敘述者的差異迫使我們不得不重新思考上述的疑問。我們於是主張，對於〈離騷〉的閱讀，不應再像往昔某些學者般樂觀地將之視作實際作者真實人生的紀錄，虛構文本成為史料，間接抹煞了文本的獨立性，也錯估了文本的本質。但是，學者或將質疑：難道〈離騷〉完全沒有真實人生的寓意？〈離騷〉顯然帶著「自傳」的性質，自傳不就是作者根據本身的經歷所寫成的嗎？所以理應帶有真實的成分，劉德重就認為：「〈離騷〉就是屈原根據楚國的

現實和自己的遭遇，發憤以抒情而創作的一篇政治抒情詩。
其中曲折而又盡情地抒寫了自己的身世境遇、思想感情、理
想抱負，展現了一個具有豐富人格和鮮明個性的詩人形像。
從這個意義上說，〈離騷〉也可以看作詩人的自敘傳。」[37]那
麼，目之為全然虛構，似乎太嫌武斷。然而，我們以為，就
文本的角度來看，〈離騷〉即使帶有自傳的性質，其所反映的
人生也當是「敘述者」的經歷，而不是「作者」的。北京大
學教授褚斌杰指出：

> 我們證之全詩，所謂「正則」、「靈均」這一美
> 名美字，應是詩歌中的有機部分，是與全詩思
> 想內容、作品構思相聯繫的，是全詩象徵手法
> 的一部分，未必是由屈原的真名實字所直接化
> 出。

　　這就暗示了將〈離騷〉看作屈原生平實際自述的觀點是
不必要的，將〈離騷〉史實化的見解等於是「把屈原經過虛
構而在詩中塑造的自我形象與史實混淆了，從而陷入了近似
『索隱』派的泥沼。」因此，他反對把〈離騷〉視為屈原（作
者）自敘履歷的自傳[38]。況且，即使是自傳，也無法讓人全

---

[37] 參見：馬茂元等《楚辭注釋》（武漢　湖北人民出版社　1985）頁 6。
[38] 見：氏著〈《離騷》「正則」、「靈均」解——兼論對屈《騷》構思的理解〉。
收在《國文天地》8 卷 12 期，頁 38-41。1993 年 5 月。

然信服其中不帶任何虛構的成分,自傳主要依賴回憶,法國
著名傳記作家莫洛亞(Andre Maurois)即指出:

> 赫伯特·史本塞(Herbert Spencer)說得好,
> 在我們的一生之中,記憶力會遺棄、加強、省
> 略以及改變事實,因為記憶無法容納每日的生
> 活、簡單的事件,以及不曾發生意外事情的安
> 靜時期。但不曾發生意外事情的安靜時期卻形
> 成人類生活的基本要素。[39]

　　換言之,記憶如同史料,即使臨事紀錄,在涉及組合、
述敘時也會因陳述時的各種限制(如敘述順序)而出現誤差,
猶如史家根據史料重構歷史事件時一般。除此之外,自傳寫
作時的藝術(或美學)考量,也經常影響事實的陳述。莫洛
亞認為:自傳作者有時會蓄意遺忘某些事,這種現象往往「基
於美學理由」,他說:

> 如果一位自傳作者也是一位有天賦的作家,那
> 麼不管他願不願意,他都容易把自己一生的故
> 事寫成一件藝術品。[40]

---

[39] 見:氏著《傳記面面觀》(陳多蒼譯,臺北 商務印書館 1986)頁 120。
[40] 前揭書頁。

　　這等於是暗示了在藝術加工的過程，傳記因有所選擇而
變形、失真了。再者，文體、文類的選擇也影響著所謂自傳
的真實度。〈離騷〉雖然帶有自傳的況味，但真正涉及自身經
歷陳述的部分實在不多，更多部分是事涉玄虛的奇思幻想，
而且，它不折不扣是一首詩。詩與真實之間，由來已久存在
許多爭辯。語言可以指稱世界已經不止一次受到哲學家的質
疑，正如懷海德（A. N Whitehead）所言：

　　　　真實經驗中的差異與不整齊等特質，經過語言
　　　　的影響與科學的型塑後完全被隱藏不見。而此
　　　　一整齊化以後的經驗遂硬生生置入我們的思想
　　　　中，成為準確無誤的「概念」（conception），彷
　　　　彿這些概念即傳達了最真實的經驗。……我認
　　　　為：這樣一個世界其實只是觀念的世界，而其
　　　　內在的聯繫，也只是抽象概念的連結關係而
　　　　已。[41]

　　詩是更精簡化後的語言，其與真實世界間靠「想像」連
結的關係不言可喻。舉個例子，晉・陶潛（365-427）寫作〈歸
去來辭并序〉，在〈序〉中，他表明：「余家貧，耕植不足以
自給，幼稚盈室，瓶無儲粟。」而且註記寫作的時間是「己

---

[41] 見："The Aims of Education" (1929)(New York: The Macmillan Co.,
1967)pp.157-158。

巳歲十一月。」然而到了〈辭〉中，卻自道：「乃瞻衡宇，載
欣載奔，童僕歡迎，稚子候門。」又說「攜幼入室，有酒盈
樽。」一個家貧幾乎無以為繼的人，竟有家僕，還有滿溢的
酒等著他喝；而詩中觸目所即都是春意盎然的景色，所謂「農
人告余以春及，或將有事於西疇」、「木欣欣以向榮，泉涓涓
而始流」云云等，顯然與〈序〉所說的寫作時節（十一月係
冬季）不類[42]。這些矛盾緣自詩的想像特性，對真實世界做了
語言上的扭曲，用以自我慰藉，自我遣懷。換句話說，任何
真實世界的殘缺，詩人透過詩的表述改變、彌補了它們。我
們很難將〈歸去來辭〉看成陶潛自身真實的人生，又如何能
將〈離騷〉視為屈原生平的客觀證據？

此外，單就「敘事」（Narrative）的層面來看，敘事行動
本身就已經帶有相當程度的不確實性。「敘事意味著話語對於
實在的一種簡化，一種排列，同時也包含著一種解釋。」[43]換
言之，敘事經過作者精心的言語安排，帶著刻意造作的說明
態度，它本身早已存在不可避免的虛構成分。

三、述者與作者的差異所可能引起的閱讀反應

---

[42] 楊玉成對此有極精闢的分析，參見：氏著《陶淵明文學研究》（國立政
治大學中文系博士論文 1993）頁 241-264。
[43] 見：南帆《文學的維度》（上海 三聯書店 1998）頁 183。

　　承上所述，並不表示我們認定〈離騷〉「略帶」自傳意味
的陳述沒有任何潛在的訊息與「意義」可以提供讀者挖掘，
也不表示〈離騷〉的虛構形式全然不具真實的「寄寓」。正如
同羅蘭‧巴特（Roland Barthes, 1915-1980）所說：「所謂真
實，不是可再現的，而只是可證明的。」[44]這意味著讀者可
以在文本的敘述中找尋關於可說明作者心境的蛛絲馬跡，而
不是發現一個作者的真實人生，同時，這種尋繹朦朧而僥倖，
總是依附著文本而生，帶著讀者神奇的想像能力，至少面對
〈離騷〉時，是如此。

　　那麼，吾人究竟應該如何看待這組「作者／敘述者」間
的差別？前面所論，旨在廓清以文學文本充當作者實際人生
經驗，並且用史料考證方式以研究之的非必然性，但並不表
示在概念的層次上，本論文排斥「作者因素」在解析一篇文
本時的重要性。我們以為，如果將這種代言的模式比附成小
說，那麼〈離騷〉中的詩人（敘述者）顯然是一個虛構的主
體，但其功能卻在於時時映對出一個隱藏的「實際作者」。相
較於作者，敘述者是虛幻的；而作者則總是處身於現實面之
中。虛幻中的人物可以天馬行空，悠遊在想像的世界裏，我
們看〈離騷〉中的詩人即是如此：登帝閽、求宓妃，馴至折
若木以拂日，這斷然不是現實中人可為者。虛幻的敘述主角

---

[44] 見：氏著〈文學符號學〉。收在：李鈞篇《二十世紀西方美學經典文本‧
結構與解放》（上海　復旦大學出版社　2001）頁 417-433，引文見頁 423。

帶領實際作者的意志巡遊天際，如此則詩人變成作者的補充物（supplement），為作者實現不可能的行動，也在某種意義上協助作者完成自我意志的實踐。但同時，讀者也將發現，〈離騷〉的敘述者在面對現實環境與時空限制時，經常處於節節敗退的窘境。如云：

忳鬱邑余侘傺兮，吾獨窮困乎此時也。

曾歔欷余鬱邑兮，哀朕時之不當。

慨嘆自身陷入憂傷鬱抑的時局，有志難伸。其次如欲登帝閽而受拒，欲求神女而不及，即使連想要遠離家園都無法忍心堅意，其語句間所流露之挫折與悲情，覽者自悉。說得明白些，我們看到作者有意藉著虛構的詩人追尋沒有羈絆的永恒，如果作者可以虛構文本的主角，世界也可以是不真實的，一切都可能只是虛構。自我存在於虛構的世界中，也是虛構的。但即使在虛構的世界裏，詩人依然找不到方向，依然無法定位自我的屬性，一切總是徒然。這樣的描述無疑增加了〈離騷〉的悲劇情調——連置身想像的世界裏都無法得到暫時的滿足與寬慰。

再者，若從時間的觀點來看，設若〈離騷〉確實是某人生平的影射，那麼，當作者寫下如此自傳性的文本時，他正在進行的基本工作是「回憶」。而回憶中的自我與正在做回憶

25

動作的自我顯然是二個不同的角色：一個被回憶，另一個陷入回憶。同一個人，在時間的不同層次上成為兩種角色，這是一種自我的「分延」（difference 或譯延異），也就是自我的解構。這兩個角色既相沿又相異，既出於己又異於己，在重塑自我的過程中也同時在瓦解自我。它使我們困惑：到底文本中的自我建構是為了掙脫命運，抑或是重現被命運肢解的過程？同時，它使得樂觀地認為「文本」將是作者意旨之完全「表述」（representation）的希望全然落空。如果我們取自作者立場，則文本中的詩人毫無實際意義，他只是作者的「中介」而已；如果依文本內的主角展開，則作者將成為不必「在場」。兩者處在相互消解的狀態，卻不可排除地同時存在讀者閱讀的預設場域裏，不斷干擾我們閱讀。

此外，我們可以這麼想：如果〈離騷〉真的是屈原自身的傳記，那麼當他在文本中塑造一個代言者，便可能接近盧梭（Jean-Jacques Rouesseau）在寫作《懺悔錄》（"confession"）時的意圖，他筆下的詩人才是內在的真實自我[45]。從《史記》去了解屈原，我們是透過司馬遷的眼光在形成認知，並用以衡量〈離騷〉中的詩人如何可能是實際情況的折射，但卻未曾細思，〈離騷〉文本中的主角較諸史家筆下的屈原可能更加

---

[45] 關於《懺悔錄》的綜合意見，主要參考：雅克·德里達（或譯德希達 Jacques Derrida,1930-）〈……危險的增補……〉一文（收在：趙興國等譯《文學行動》頁 42-71。北京 中國社科出版社 1998）及 Jonathan Culler: *"Literary Theory: A Very Short Introduction"* (Oxford U. press 1997)第一章之評述。

真實。《史記》是後來的作品，上述的懷疑不言可喻；然而即使回到屈原的時代，當面對世局的紛擾時，置身其中的作者經常不能用真實的自我去面對世界，退回筆下，他才能坦然「說」出真我。這麼說來，虛構反而成為真實，〈離騷〉中的詩人，其實是被包藏在一種虛幻手法下的「原我」。張淑香指出：

> 自傳者既是寫作主體，又是被述說的對象，必然具雙重性格（a double character）。何況寫作本來就是有意識的自覺行為，尤其當作者所描述的對象就是自己時，則隱藏在其中的欲望書寫的微妙與複雜，更是不言而喻。……所謂「自我」（自傳是「自我」的發明——又方案）實則就是意識與想像力的一種創造，一種建構。這種論述，似乎瓦解了自傳的信用，但從更高的層次上來說，則是化簡為繁，揭開了自傳書寫內在的複雜與深刻。現實人生的經歷是零亂無章的，當達到一個困境的極端時刻，人必須「尋找自己內在的身分」（a search for one'sinnerstanding），澄清自我生命的蘊義時，只有在沈思中驀然回首之際，才能看清楚隱藏自我生命的內在跡線脈絡。

所以她特別強調：「這個『內在的自我（inner self）』，『心靈意象』（mind image）較之『歷史自我』（historical self）更為真實，虛構與發明引領我們走入更深邃的心域。」[46]這麼說來，我們與其想藉〈離騷〉斠證屈原的現實人生際遇，不如用來探索敘述者所喻示的生命情調較為真實。但問題在於，有誰能分辨呢？文本、作者、敘述者、讀者在此時全部陷入困惑。我們原本處在一個令人不解的世界裏，似實若虛，或虛或實，或許〈離騷〉的主題，正是困惑。

用德希達的意思說，我們以為透過文本可以理解事實本身，但實際上我們只是接觸到一堆符號，衍生更多文本而已。

這些問題顯然無法說得清楚，但至少讓我們意識到，〈離騷〉的代言模式提醒讀者：這是一個主體在反思自我與世界的互構中所體現的心靈投射，它不僅是單純的作者自傳而已，而是具有作者／詩人（敘述者）；作者／世界；詩人／世界；建構／瓦解；虛構／真實，以及讀者閱讀角度等，複雜對應關係的開放性文本，它具有多層次的意義等待尋繹。

伽達默爾（Hans-Georg Gadamer）指出：時間造成理解者與理解對象間的距離及成見，正是理解活動得以存在的條件，「解釋學的真正家園即在這中間地帶（指時間距離）。」

---

[46] 以上並見：氏著〈抒情自我的原型——屈原與《離騷》〉。收在：《臺靜農先生百歲冥誕學術研討會論文集》（臺灣大學中文系 2001）頁 47-74。

我們似不必急於想「再現」（represent）理解對象所處的時空環境或作者意圖，以求所謂的客觀性，因為傳統正是一個不斷加入新見解的開放性文本，一個不斷被理解的過程。所以，「每一時代都必須以它自己的方式來理解流傳下來的文本，因為這文本是傳統的組成部分，而這時代則在傳統中有一種客觀的興趣，並試圖在傳統中理解自身。」[47]在〈離騷〉研究史上，所謂「知人論世」的詮釋法則，一直是〈離騷〉閱讀的主流，研究者採用文史互證的方法，企圖揭示作者寄寓在文本中的情感與思想，身世與際遇，〈離騷〉被視為屈原一生的傳奇表述。於是許多學者專注於屈原畢生事蹟的考證，〈離騷〉理所當然成了最佳的舉證「史料」，與〈屈賈列傳〉相為表裏。這個方法對〈離騷〉研究的貢獻無可懷疑，而學者之所以必須這麼做的原因，即在於「時間」所造成的距離。相對於戰國，我們已然離得太遠，每個人都想回復到當時的景況去貼近作者，以求「真正」理解〈離騷〉的陳述宗旨。但是否抽離了歷史條件後，〈離騷〉便失去解釋的依據？是否無法回復作品生成的背景，學者就只能望文興嘆？上述討論試圖從〈離騷〉敘述者稱呼自己——「正則」、「靈均」，之與馬遷所記作者「屈原」名字的差異中，建立一個不同於往昔「知人論世」法則的觀察角度，試著理解這組名字的差異提

---

[47] 見：氏著〈時間距離的解釋學意蘊〉（甘陽譯，收入：《哲學譯叢》1986年三月）。

供了哪些值得我們重新思考的問題。至少在我的觀念裏,〈離騷〉敘述者的名字類似,但不同於史傳所載的作者名,一方面固然是某種引誘,是文史間的聯繫暗示,然未嘗也不是一種刻意的疏離。關鍵就在這若即似離,虛虛實實的懸疑(suspense)中,〈離騷〉的文字魅力,展露無遺,學者又何苦必得將之全然坐實於歷史陳蹟而後可?換言之,筆者以為,〈離騷〉的魅力,不全然只是在「作者」的問題上,也不僅偏向「敘述者」,而是由二者名字的不同所展開。

提出的問題顯然沒有全然解決,蓋受制於個人才學疏淺,此猶待方家賜教正之。

貳、〈離騷〉中關於時間的字詞析論

　　〈離騷〉中有相當多的字詞帶有明確的時間性，雖然不像西方語言般指示某一具體時態（如現在式、過去式等），此固為漢語特性；但卻深刻地流露出多樣的時間感受，如持續、停頓、流逝、倏忽等等[1]。辨析這些字詞，有助於理解詩人的時間意識，並以為論證〈離騷〉所蘊攝之時間焦慮的基礎。以下我們將先分析〈離騷〉中的「時」字義涵，再歸納、解釋其它具有時間性的語詞，而有些字詞沒有在本章仔細討論，是因在其它章節中將會述及，故不贅。必須指出的是，

---

[1] 楊玉成指出：「許多人認為漢語缺乏時態，嚴格來說這種看法是錯誤的，就語言學的觀點來看，漢語的時間表示的不是『時』（tense）而是『體』（aspect）。『時』描寫客觀的時間，像過去、現在、未來可以標識在時間座標上，是一種表層時間；『體』則描寫時間的狀態，如持續、已完成、未完成、瞬間、開始、重複、終點等，往往不能在時間座標上標識，它是一種深層時間。」見氏著：〈時間與詞語：陶詩詞匯研究〉。收入：《陶詩論文》（未刊行）頁 255。漢語缺乏如西洋語言般的時態變化是事實，例如英文 write 是現在式，wrote 則表過去，Written 則是過去分詞，漢語則一律稱為「寫」。但漢語經常透過虛詞、動詞及語助詞的輔助來表達時間的概念，如英文說："He came, but on seeing that all was not ready, decided that it would be better to go away and come back later." 為了傳達時間的先後順序，因此對字（word）的時態必須注意。但在漢語中，「來」（come）、「看」（see）、「離開」（go away）都無法用時態變化來表示，因此只能藉助虛詞及語序來形成時間的差序，對上述狀況的陳述就成為：「他來『過』，看到事情都『尚未』就緒，於是決定『先』離開，『等會』回來較好。」因此不能說漢語缺乏時態的概念。以上例證參考克洛德‧拉爾（Claude Larre）：〈中國人思維中的時間經驗和歷史觀〉。收入：《文化與時間》（鄭樂平、胡建平譯，臺北 淑馨出版社 1992）頁 28-58。（英文漢譯部分為筆者自譯，未參考原譯本。）

由於本論文旨在探討〈離騷〉中的時間感受，故對語詞的分析將不是孤立的「字典義」，而是切合文本語境的「使用義」、「潛在義」。這個原則建立在一個觀念上：即當書寫者（敘述者）選擇使用某一字詞以組織作品時，不管有心或無意，不論是否受到文化習性的影響，這些「符號」總是先為了完成文本語境而存在，因此文學批評方有所謂特殊「語言（文字）風格」的術語，它通常指向文字的組成方式、修辭技巧，甚至語義展延度而言。同時，分析這些語詞，其所欲發掘的通常不是作者的意圖，而是藉文字表現所形成之文本的特殊義涵，即使某些義涵是偶然形成的。簡言之，我們只是想理解〈離騷〉究竟說了些什麼關於時間的東西。

一、〈離騷〉「時」字解義

自古以來，「時」字在漢語中指示「時間」的概念，殆無可疑。《說文解字》「時」篆云：「時，四時也。从日寺聲。旹，古文時，从日㞢作。」段注：「本春秋冬夏之稱，引申之為凡歲月日刻之用。《釋詁》曰：『時，是也。』此時之本義，言時則無有不是者也。……之，聲也，小篆从寺，寺亦之聲也，漢隸亦有用旹者。」[2]依《說文》，則「時」本為「四季」的

---

[2] 見：清‧段玉裁《說文解字注》（臺北 黎明文化 1984 影印清‧經韻樓

指稱，當然就是指時間的推移。段玉裁（1735-1815）引《爾雅・釋詁》，認為「是」方為「時」之本義，實則「是」乃引申義而非本義。不過，「是」字結構「𠬛日正」[3]，古人計時以日行軌跡為準，日「正」處於何位置，則為何時辰，此應為「𠬛日正」的本義，所以「是」字顯然帶有時間的色彩，例如「是」常作「此」解，即白話所謂「當下」，時間上即是表示「現在」。至於《說文》所指的古文「旹」，即甲骨文，許慎認為字的上半部為「屮」（之），並解釋其義為：「之，出也。象屮過中，枝莖漸益大，有所之也。」[4]將「屮」視為草木之生長，基本不差。因此，古文旹字便與植物生長產生了聯繫，它一方面或許蘊涵太陽促進植物成長的概念；一方面又可能是指太陽從林間昇起的景象；當然，也可能是採用會意的造字方式，「屮」表示運動（「之」在漢語中可作「往」解），則旹字意指太陽的移動。不論其造字之動機為何，古文旹字表示時間的作用至為明顯。自此以往，「時」在漢語中便是「時間」的表述字（詞）。〈離騷〉所使用的「時」，亦都與時間有關。

「時」字在〈離騷〉中，計出現八次，多喻指詩人所面對的現實，即「時局」、「時勢」、「時俗」等等；少數則作「時

藏本）第七篇上，頁 305 下右。
[3] 見：《說文解字注》第二篇下，頁 70 上右。
[4] 前揭書，頁 275 上左。

間」本義，或寓「年歲」之意[5]，試列舉並分析如下。

> 余既滋蘭之九畹兮，又樹蕙之百畝；畦留夷與
> 揭車兮，雜杜衡與芳芷。冀枝葉之峻茂兮，願
> 竢時乎吾將刈。

詩人在此陳述自己栽植許多香草，主要是呼應前所言：「昔三后之純粹兮，固眾芳之所在」云云。王逸認為「眾芳」喻指「群賢」[6]，基本不差。是則香草的栽植，具有培養自我賢能美質的寓義。蓋詩人既遭「荃不察余之中情兮，反信讒而齌怒」的窘境，退以修己之賢德，乃暫時不得不之權宜。因此，「願竢時乎吾將刈」，說明詩人盼能等到一個適當的「時機」[7]，可以重新一展其才能。故「時」字在此指「時機」，也帶著等待「過程」的意味；更重要的，是其暗寓如「三后純粹」之「時代」的重現，此乃詩人衷心之盼，故云「冀」、「願」。是則此處「時」指向未來，卻隱含對「過去」的緬懷。

---

[5] 姜亮夫《楚辭通故》（昆明 雲南人民出版社 1999）云：「《楚辭》時字凡五十二見，皆一義之變。《說文》：『時，四時也。……』其引申之義，則一切時日，皆可曰時；又凡世俗之事，皆有時尚，故時俗亦得曰時。古時與是同聲，故又借為是。」（頁 87-88）。

[6] 見：宋‧洪興祖《楚辭補注》（臺北 漢京文化 1983）頁 7。

[7] 明‧汪瑗（?-約 1566）《楚辭集解》（北京 北京古籍出版社 1994）云：「然曰冀其峻茂，曰竢時，曰將刈，而不遽刈，可見不小用其道，不急於進取也。……此章比己積累眾善，冀其大成，待時而用。」（頁 45）所謂「待時」，即指「時機」之意。

固時俗之工巧兮，偭規矩而改錯。背繩墨以追
曲兮，競周容以為度。忳鬱邑余侘傺兮，吾獨
窮困乎此時也。

所謂「時俗」，乃指眼前所見之流行習慣，故「困乎此時」
之「時」，即目前局勢之謂。詩人在此喟嘆所遇非時，一己所
秉之特質不容於俗，致舉步惟艱（侘傺），心中鬱悶。

阽余身而危死兮，覽余初其猶未悔。不量鑿而
正枘兮，固前脩以菹醢。曾歔欷余鬱邑兮，哀
朕時之不當。

此處「時」字指詩人所面對的處境，即其身處的「時代」。
其亦可以解釋為「時機」，皆指詩人生不逢時。因此，這裏的
「時」字，其時序亦指向「當前」。

吾令鳳鳥飛騰兮，繼之以日夜。……吾令帝閽
開關兮，倚閶闔而望予。時曖曖其將罷兮，結
幽蘭而延佇。

這一段敘述詩人欲登天門的景狀。他發出命令，欲司閽
者將天門開啟，待其往來。這般的陳述看來威嚴十足，一個
「令」字彰顯詩人滿溢的自信，畢竟能命令天門為其開啟，
其尊嚴不容小覷。詩人沒有說出他的「命令」是否生效，但

旋接的詩句，所謂「結幽蘭而延佇」顯然讓人洩氣，亦即天門並未開啟，其只能眼巴巴在門外編著蘭草，獨自凝視即將沒盡的微光。「時曖曖其將罷兮」，一方面說時近黃昏，日光逐漸闇淡；另一方面也似是在嘲弄詩人「為時已晚」，人生的追尋，又面臨挫敗。因此，這裏「時」字在字面上指向「時光」之意，而「時曖曖」，也同時暗喻著某種希望的落空。倘結合以下所言：「世溷濁而不分兮」，則「時曖曖」，又具有時俗昏昧的寓義[8]。

> 說操築於傅巖兮，武丁用而不疑。呂望之鼓刀兮，遭周文而得舉。甯戚之謳歌兮，齊桓聞以該輔。及年歲之未晏兮，時亦猶其未央。恐鵜鴃之先鳴兮，使夫百草為之不芳。

詩人在本段中舉證許多先君、先賢間契合的事例，其目的顯然是用以自憐自壯。「苟中情其好脩兮，又何必用夫行媒」——只要自我懷抱賢能美質，自將有明君見識，不必央求他人代為引薦。故所謂「時亦猶其未央」，意指本身年歲尚輕，猶有可期，與前句「年歲之未晏」云云，義正呼應。是則「時」字在此，指向「年齡」之意[9]，同時也具有「現在」（當前的

---

[8] 王逸注云：「言時世昏昧，無有明君。」（《楚辭補注》頁30）即以「時」為「時世」之意。

[9] 明·汪瑗《楚辭集解》云：「時，即年歲，以其未來者而言也。未央，猶

年齡）的意味。

> 時繽紛其變易兮，又何可以淹留。蘭芷變而不
> 芳兮，荃蕙化而為茅。何昔日之芳草兮，今直
> 為此蕭艾也。固時俗之流從兮，又孰能無變化。

此處詩人以芳草之變，來比喻凡人皆從俗惡化，而往昔美德已然不再。故「時」字可兼有二個意涵，一即「時俗」，即下句所謂「固時俗之流從兮」之義；二則指向「時間」，慨嘆時間荏苒，沒有一個可以永遠存在而不變易的事物。

從上述的討論中，可以確定在〈離騷〉中，「時」字的意義具有指示「時間」、「時局」、「時勢」、「時俗」等多元用法，且隱約帶有過去、現在、未來等三維的概念。由此可見詩人對於時間的體認，即此「時」字的用法便已展現無遺。當然，詩人時間意識的展開，不一定只在帶有「時」字的文句中，更多是以其它的設喻方式表現，尤其是關鍵字彙（如虛字）的運用，析論如下。

二、〈離騷〉中具時間性的字詞分析

若將〈離騷〉中關涉時間意念的字詞加以歸納，大約可

未已也，言將來之時光尚有餘，而不至于卒晏也。曰年歲，曰時，曰未晏，曰未央，一反一正言之，互文也。」（頁93）本文從之。

以分成以下數項：

（一）明確指示「時刻」的語詞

　　所謂「明確指示時刻」，意指此類語詞本來就用為某一特定時間（段）的標示，如：
「朝」（指早上）、「夕」（指黃昏）、「日夜」（早晚）、「黃昏」、「庚寅」（計時單位）等。

　　另外，作為與「時間」同義詞者，也可歸併於此，如：
「年歲」：

　　〈離騷〉兩見，分別為：「恐<u>年歲</u>之不吾與」、「及<u>年歲</u>之未晏兮」。王逸注前句云：「言我念年命汩然流去」、「又恐年歲忽過，不與我相待」[10]，言「年命」，言「年歲」，是則「年歲」具有「年齡」、「時光」之意。後句亦同時具有此二義，故姜亮夫《楚辭通故》云：「《楚辭》年字……，一作年時，一作年齡，皆一字之引申也。」[11]至若「歲」字，本與「年」同指地球繞太陽所需的時間，《爾雅・釋天》：「夏曰歲，商曰祀，周曰年，唐虞曰載。」則「歲」、「年」乃異名而同實者。因此，「年歲」一詞乃「時間」的同義詞。
「日月」：

10　見：宋・洪興祖《楚辭補注》頁6。
11　見：《楚辭通故》第一輯，頁89。

如：「<u>日月</u>忽其不淹兮」，王逸注：「言天時易過。」[12]是以「日月」為「時間」的表稱。

「春秋」：

如：「<u>春</u>與<u>秋</u>其代序」。本句承上「日月忽其不淹兮」而來，亦表示時間的推移。日本學者松浦友久曾論證中國詩歌慣用「春」、「秋」來表示時間意識的特點，其中「秋」又較「春」常見[13]。〈離騷〉此句正以「春」、「秋」為時間之同義詞。

附帶一提的是，「朝」、「夕」、「日」、「夜」、「春」、「秋」、「月」等雖作為時間的單位，但在〈離騷〉句構中，卻往往帶有強烈的「匆忙」、「流逝」寓意，如「朝」、「夕」經常用為二句組詩的上下起始，若「朝飲木蘭之<u>墜露</u>兮，夕餐秋菊之落英」之類，其句式便隱喻著「匆忙」的意念。「日月」、「春秋」、「日夜」的連用也是如此，概皆為了表示時間流逝的迅速及詩人匆促的感受。當然，其同時也體現了時間的持續不斷。

（二）表示時間的三維

---

[12] 《楚辭補注》頁 6。
[13] 參見：氏著《中國詩歌原理》（孫昌武、鄭天剛譯，瀋陽 遼寧教育出版 1990）第一篇〈詩與時間〉，頁 5-11。

　　表達「過去」、「現在」、「未來」等「時間概念」[14]的語詞，我們歸併於此項。這些字詞並非只是帶有時間色彩，或寓涵時間性的虛詞，有些甚至是明確作為某一時間概念的代稱，如「昔」即是「從前」的代稱，「今」則為「目前」的代稱等。

1、表「過去」者，如：

「昔」：

　　「昔三后之純粹兮」、「何昔日之芳草兮」等，其中之「昔（日）」皆指向過去的某段時間中所存在的某些事物，而未延續到現在，或至少到了現在已經產生變化，不同以往。

「前」：

　　「前」字可以表示空間上的相對位置，如前、後，〈離騷〉：「前望舒使先驅兮」即然。但用在時間的標識上則指向「過去」，〈離騷〉中經常可見類似的用法，如：「固前聖之所厚」、「依前聖以節中兮」、「自前世而固然」、「及前王之踵武」、「謇吾法夫前脩兮」、「固前脩以菹醢」、「瞻前而顧後兮」等。上引詩句中的「前」，都是作為過去時間的形容詞，「前脩」指

---

[14] 過去、現在及未來、開始、結束等都是抽象的概念，雖然在比較上容有實際的時間段落，如西元一九九八年相對於一九九九年是過去，但卻沒有絕對的時間範圍。例如我們說「上午」，民俗上係指太陽運行至天空中點（即中午）前的時段；「黃昏」則指太陽將下山的時段。這些時段都有明確的時間範圍，與抽象而無具體時限的時間概念不同。

過去的賢人[15],「前聖」指過去的聖王,「前世」則為過去的
年代。至於「瞻前顧後」云云,字面上看似指對空間的辨識,
但從〈離騷〉原文的語境來看,此句上接論述古代聖王所以
成、暴君所以敗的段落,最後乃作成「瞻前而顧後兮,相觀
民之計極」的結論,王逸注云:「前謂禹、湯,後謂桀、紂。……
言前觀湯、武之所以興,顧視桀、紂之所以亡,足以觀察萬
民忠佞之謀,窮其真偽也。」[16]所以前(後)仍是用來表示
過去的人物、歷史,屬時間性詞彙。

2、表「現在」者:

「今」:

　　《說文解字》:「今,是時也。」段注:「是時者,如言目
前。」[17]則「今」係指現在的時段,〈離騷〉中對「今」字的
使用皆沿此義,如:「雖不周於今之人兮」、「今直為此蕭艾
也」、「芬至今猶未沬」等。特當指出的是,凡帶「今」字的
句子,都與表示過去的句子相連接,以形成對比,此為〈離
騷〉句法特點,如上引首句,下接「願依彭咸之遺則」,「遺
則」顯表前人留下之軌跡,是過去;次句上接「何昔日之芳
草兮」,「昔日」自然是指向從前;末句則上接「芳菲菲而難

---

[15] 王逸注「謇吾法夫前脩」句云:「乃上法前世遠賢」,蓋以「前世遠賢」
　　為「前脩」之謂。見:《楚辭補注》頁 13。
[16] 前揭書,頁 24。
[17] 《說文解字注》第五篇下,頁 225 下右。

虧兮」,表明一種由以前持續到現在,而不會消損的芳香,因此仍隱喻著過往。如此將「現今」、「過往」做成對比、聯繫的組句方式,主要是為了凸顯「變」與「不變」的題旨[18]:「過去」不同於「現在」,表明世俗易變的感慨;而詩人自「過去」延續到「現在」的堅持,則喻示了理想的永恒性。「變」與「不變」的對照,也同時彰顯出詩人處境的孤絕與崇高。

「茲」:

《爾雅》:「茲,此也。」乃經傳常語[19]。「此」可為「此時」、「此地」、「此物」、「此人」等義,但總是指「當前」而言,所以時序上可歸併於「現在」。〈離騷〉中用「茲」者凡四見,皆用作代詞(即「此」),如:「喟憑心而歷<u>茲</u>」、「委厥美而歷<u>茲</u>」,「茲」在二句中可解釋為「此等境地」,雖然因「歷」字的關係,而使「茲」帶有某種「過程」的意味,但語義上卻是明確述說「目前」的感受,因此「茲」字便在時間維度上指示「現在」。而「覽椒蘭其若<u>茲</u>兮」的「茲」,意即「現在這個樣子」;「惟<u>茲</u>佩之可貴兮」的「茲」,則是「眼前所指的這個」,皆是對當前所見的指涉。因此我們將〈離騷〉中的「茲」字,看成「現在」的時間維度之代稱。

---

[18] 清·賀貽孫(?)《騷筏》云:「(〈離騷〉)變與不變,是通篇柱子。」洵為有識之見。徵自:《歷代詩話論詩經楚辭》(蔡守湘編,武漢人民出版社 1991)頁 225。

[19] 見:王引之(1766-1834)《經傳釋詞/補/再補》(臺北 漢京文化 1983)卷八,頁 171。

3、表「未來」者：

　　〈離騷〉中對於「未來」概念的表達，泰皆以「將」字示之。但「將」字是一虛詞，並不是做為「未來」的代稱詞。吾人很難在〈離騷〉中找到一個全然做為未來代稱的字詞，最多只能說某些字詞帶有類似的性質，如「指西海以為期」的「期」，具有「未來將至」之義，時間維度上顯然指向「未來」，但卻不能邃如「昔」為「過去」之代稱般，將之視作「未來」的指稱詞。所以勉強把「將」字歸在此項下討論，並事先說明如上。

　　「將」字在漢語中常見，用以表示「將要」之意，它帶有「欲望」的色彩，但未必付諸實行，因此是偏向於「訴願語詞」（Constative utterance）[20]。然而「將」字後面總是接續某個「目的」，因此容易令讀者困惑於這個「意願」最後是否付諸實行，它具有「懸念」（suspense）的效果，也就造成後來解釋時的焦慮。如〈離騷〉自陳「吾將從彭咸之所居」，便被歷來許多注家視作詩人即將赴水而死的鐵證[21]。但本字畢

---

[20] 英國哲學家 J.L Austin 提出「述行語」（Performative utterances）與「述願語」（Constative utterances）的分別概念。前者並非僅止於描述，而是必須付諸實行，語言本身即是行為；後者則只停留於意願的表達，是否實行則有待驗證。參見：Jonathan Culler: *"Literary Theory: A Very Short Introduction"*(N.Y: Oxford Univ. Press 1997) pp.95-97.

[21] 王逸云：「言時世之君無道，不足與共行美德、施善政者，故我將自沈汨羅，從彭咸而居處也。」（《楚辭補注》頁 47）其他如錢澄之、賀寬、徐煥龍、張德純等，皆從此說。王邦采《楚辭彙訂》論之尤詳，參見：游國

竟帶著「將然而未必然」的色彩，因此，上引詩句是否為詩
人水死的指陳還是值得懷疑[22]。不過，有時「將」字也指陳
一個事實，成了「述行語」（Performative utterances），如〈離
騷〉：「老冉冉其將至兮」，當「老」字指「老化」時，此句是
「訴願語」，因為不見得每個人都會變老（如早夭者）；然而，
若「老」字作為「死亡」的同義詞，則此句便是「述行語」，
語言本身正在完成一個事實——死亡在說話的同時正逐步逼
近，沒有人可以免於一死。「將」字在本句中不再搖擺不定，
而是指陳「即將到來」的事實，形成壓力，引發焦慮。如此
一來，藉著詩句述行性質的組成，詩人便為自己構築了一個
「向死而在」的處境，它並非複述世界的慣常性概念，而是
提出「自我」（因此不是任何人）「存在」（因此具有時間性）
的真實景況，死亡總是詩人自身的死亡，而非大眾化的、世
俗化的死亡。所以，透過「老冉冉其將至兮」的表述，詩人
用「將」（即將）凸顯自身的時間性存在，這絕對是不容忽視
的重點。

　　回到時間主題，除上述「老」句之外，〈離騷〉中凡有「將」
的句子往往都帶有懸念的疑惑（對讀者而言），如：「汩余若
將不及兮」、「延佇乎吾將反」、「退將復脩吾初服」、「將往觀

恩《離騷纂義》（臺北　新文豐出版公司　1982）頁 499-506。
[22] 如：明・汪瑗便不認為詩人終究投水而死。參：氏著《楚辭集解》頁
107。

乎四方」、「吾<u>將</u>上下而求索」、「朝吾<u>將</u>濟白水兮」、「巫咸<u>將</u>夕降兮」、「吾<u>將</u>遠逝而自疏」、「吾<u>將</u>從彭咸之所居」等。這些「將」字多半以「我」為主詞，皆指「將要」，就時間感受而言，總是對尚未到來之時空的一種「預期」，所以帶著「未來」的時間性。唯「將要」雖然說明一個意願，一個計畫，卻具有「未定」之意，無法確定是否達致，因此便具有「懸滯」的特性。

類似這種「預期未來」的語詞，在〈離騷〉中還有「指」、「期」等。如「<u>指</u>西海以為<u>期</u>」，「指」具「指望」、「期望」之義；「期」則更明確是對未來的等待。因此，「指」、「期」都是帶有「未來」意向的時間性字詞。

（三）表示時間的「開始」與「結束」

1、表「開始」者：

〈離騷〉中表示「開始」、「當初」之時間概念的字詞計有：「肇」（如：「<u>肇</u>賜余以嘉名」）、「初」（如「<u>初</u>既與余成言兮」）等。至於「發軔」一詞，在〈離騷〉中凡二見，後世雖用以為「開始」的代稱，但在〈離騷〉中係作動詞用，表示「出發」的動作（如「朝<u>發軔</u>於蒼梧兮」，即言早晨從蒼梧出

發），因此並不屬於概念的代稱詞。

　　特別要討論的是「初」字，在〈離騷〉中，「初」字除了表示「開始」的概念外，同時具有詩人原生美質（或說秉自前世的理想堅持）的隱喻，如云：「覽余初其猶未悔」，即指回顧自我原先秉持的理想而無所悔恨，此處「初」即帶著上述的隱喻性。或者「初」字與「服」、「度」等連結成詞組，同樣具有「夙美」、「夙志」的義涵，如「退將復脩吾初服」，「初服」字面上義為「原來的裝扮」，引申則為「天賦的美質」，或說「原先的理想」。又如：「皇覽揆余初度兮」，所謂「初度」，朱熹認為「初度之度，猶言時節也。」[23]以「初」字表示「初生」，「度」表時刻，則「初度」一詞，只是單純表達「誕生的時刻」而已，並沒有特殊的義涵，明人汪瑗即主此說[24]。但觀下句云：「肇賜余以嘉名」，及所謂「紛夫既有此內美兮，又重之以脩能」，則似乎詩人「初度」並非僅一平凡的過程，故王逸乃謂：

　　　言父伯庸觀我始生年時，度其日月，皆合天地
　　　之正中，故賜我以美善之名。[25]

　　這固然是因王逸相信「攝提貞于孟陬」是一個神聖的「三寅日」，遂有此議，但未嘗不受有「紛吾……」等組句的啟發。

---

[23] 見：《楚辭集注》頁 3。
[24] 見：《楚辭集解》頁 298-299。
[25] 見：《楚辭補注》頁 4。

姜亮夫基本上認同王逸的說法（雖謂其僅得一偏），同持也採納戴震、錢杲之所謂「出生時形容端正」的意見，並且引證自先秦以來的「相貌觀」佐論，因確定「內美確為初度之一端」[26]。由此看來，「初度」二字自有其不平凡義，唯注家多將此特殊性放在「度」字上，細繹〈離騷〉原文，「初」字既指示「原生」之點，顯然才是秉具內美的關鍵所在，否則詩人也不必在「服」、「度」等字上標加「初」字來做區隔，更無法單用「初」字來形容自我堅持的理想、美質矣！

2、表「結束」者：

「結束」即某一時間終點的到來，如一天的終結、生命的終結，以及歷史（事件）的終結等。〈離騷〉中表述「結束」概念的字詞，計有：

「終」：

如：「終不察夫民心」，此處「終」即「總」之義，具有總結、總計等完結義，可以視作是對某一人物及其所代表的歷史（從〈離騷〉文本來看，此人物是「靈脩」）的最後評價，因此在時間概念上，是屬「結束」的指稱詞。

又：「余焉能忍而與此終古」、「終然殀乎羽之野」等，「終古」、「終然」都是表示生命的結束，雖然二個詞在語句中的

---

[26] 見：《楚辭通故》第二輯，頁 533-536。

性質不同，但「終」作為時間結束的指稱並無差異。其次，「固亂流其鮮終兮」，王逸注：「身即滅亡，故云鮮終。」[27]則「鮮終」即白話文「沒有好下場」的意思，「終」在此做為「死亡」的代稱詞，顯然也具「結束」之義。

「暮」：

「暮」之本義為「日入」，即黃昏時刻，因此經常引申為「結束」。〈離騷〉：「欲少留此靈瑣兮，日忽忽其將暮」，即以「暮」比喻時間即將結束，故不能稍停。而「恐美人之遲暮」，則用「遲暮」來形容年歲老去，死亡將至，故亦具「結束」的意義。類此表達生命結束的字詞，在〈離騷〉中尚有「體解」、「亡身」、「顛殞」、「零落」等。

（四）表示持續（連續、延續）的時間感

1、形容時間的持續：

對於「時間」這個概念，〈離騷〉用「汩」字來形容其持續感。這是對時間的直接描述，與其它字詞不是用來描述時間，卻明顯帶著時間感不同，故獨立一項析論之。

「汩」：

---

27 《楚辭補注》頁 22。

其本義為水流，王逸注：「汩，去貌，疾若流水也。」[28]
〈離騷〉：「汩余若將不及兮」，是以水流不間斷來比喻年華的
消逝，故具有時間持續的意念。與此近似的有「代序」，如：
「春與秋其代序」，即表示時間持續更迭，無所停止。至於「恐
年歲之不吾與」，用意也與上述雷同。由此亦可見「時間」對
於詩人而言，是一持續不斷的運動，甚至消失後便無法回復。

2、含有時間延續感的字詞：

此類字詞初不用以描述「時間」，但卻具十足的時間感
受，令人有「不間斷」、「總是如此」、「一直如此」的延續感，
某些甚至具有超越時間的限制之永恒性。如：
「歷」：

此字在〈離騷〉中凡三見，都具有時間的色彩，其中一
義作「選擇」、「計算」解，具有「等待」的意味，如「歷吉
日乎吾將行」[29]。觀本句既表示將選擇一個「吉日」出發，
則此「歷」字便在觀念上通向「曆」字，即「日期」之義，
與時間有關。經傳「歷」、「曆」可以同用，如《易‧革卦》：
「君子以治歷明時。」即借「歷」為「曆」。「選擇」一個吉
日，必須「計算」，也必須「等待」，時間的運動並未停止，

---

[28] 《楚辭補注》頁6。
[29] 王逸注引五臣曰：「歷，選也。」洪興祖補注則云：「《上林賦》云：『歷
吉日以齋戒。』張揖曰：『歷，筭也。』」見：《楚辭補注》頁42。

所以在時間感受上是持續的。

　　「歷」字的第二種用法，是指示「過程」，如「喟憑心而歷茲」、「委厥美而歷茲」。「歷茲」二字連用，意即「至此」，故洪興祖皆以「逢」釋此二句之「歷」字[30]，表示「遭逢此境遇」之義。「至」、「逢」或「經歷」都是動詞，顯示從某一點移動到另一點，時間持續的運動顯然可見。若從句義上來看，「茲」指「此」，時間上是「現在」，至於此，自然有一個曾經存在的過程連接[31]，我們不妨借用海德格（Martin Heidegger,1889-1976）的術語，稱之為「曾在」（Gewesen）。「曾在」並非指示過去的某個段落，而是未來延續的基礎，所以並未間斷，是時間持續的現象[32]。

「己」：

　　「已」字在古漢語中經常作為「完成」的表述詞，王引之《經傳釋詞》謂：「已，既也。」義近現今白話的「已經」，

---

[30] 王逸解釋「委厥美而歷茲」之「歷」為「逢」（《楚辭補注》頁 41），「喟憑心而歷茲」則訓為「數」（前揭書，頁 20），洪興祖則一律釋為「逢」（同前頁）。又五臣云：「歷，行也。」不管是「逢」、「數」、「行」，實則都含有「過程」之意。

[31] 故「歷」字又具有「連接」之義，裴學海《古書虛字集釋》（臺北 廣文書局 1962）即云：「『歷』猶『連』也。」並引《書序》：「虞舜側微，堯聞之聰明，歷試諸難。」等證之。見：頁 518-519。

[32] Walter Biemel 指出：「海德格對曾在和過去作了區分。生存者沒有過去，只有曾在。曾在意謂著還是，即還存在著。事實性之所以能作為構成此在的基本要素，是因為此在在其時間化過程中沒有拋棄他的曾在，而是始終在他的曾在中。」這表示「曾在」持續著。參見：氏著《海德格爾》（劉鑫、劉英譯，北京 商務印書館 1996）頁 58-59。

說明一個完成的狀態。「已」同時可作為語尾詞，顏師古
（586-645）注《漢書・宣帝紀》：「已，語終辭也。」王引之
解釋道：「為語終之詞，則與『矣』同義，連言之則曰『已矣』。」
[33]表示語終，當然也具有「完成」之義。〈離騷〉中「已」凡
二見：「不吾知其亦已兮」、「已矣哉！國無人莫我知兮。」皆
與「不我知」——不被人了解——的感歎銜接，以表現無奈
且消極的語氣。「已」字在此即如白話所言：「算了吧！」不
再追溯、留意，它顯示某個時間的完成與遺忘，又像是開啟
另一個新階段（時間）的契機，雅洪托夫認為：「『已』表示
句中描述的事物的狀況，這種狀況被看作是新出現的，與以
前的狀況是相對立的。」[34]換言之，當我們說「算了吧！」
即表示對過去（某一完成時間）的揚棄，並向一個新的未來
敞開。從這一點來看，「已」字既表示時間的完成，也寓示時
間的延續。

「既」：

「既」字本義，據《說文》乃「小食」之謂，段玉裁注：
「引伸之義為盡也、已也。」[35]此為漢語最廣泛的用法。〈離
騷〉中常見此字，分二種用法，一單用，一與「又」、「將」
連用，分論如下。

---

[33] 以上舉例並見：王引之《經傳釋詞／補／再補》頁 22-23。
[34] 見：氏著〈上古漢語〉（收在：唐作藩編《漢語史論集》。北京大學出版
社 1986）頁 212。
[35] 見：《說文解字注》第五篇下，頁 219 上左。

　　單用例，如「既遵道而得路」、「靈氛既告余以吉占兮」、「初既與余成言兮」、「余既不難夫離別兮」、「鳳凰既受詒兮」等。姜亮夫先生釋云：

> 即以〈離騷〉一篇論之，則「初既與余成言兮」、
> 「靈氛既告」、「閨中既已」、「既于進」諸句可
> 訓為「已經」；「既遵道而得路」此當訓「畢竟」；
> 「余既不難夫離別兮」，此亦言畢竟不難離別
> 也。[36]

依其說，則不論「已經」、「畢竟」都具有「完成」的意思，因此我們視其為「時間之完成」。它主要說明一個已成的事實，時間上似乎是過去；但從語法上來看，卻經常作為另一句話的連結詞，最常見的就是如下的用法：「既……，又……」、「既……，將……」，因此《穀梁傳》乃謂：「既者，盡也，有繼之辭也。」[37]「有繼」說明其持續性。〈離騷〉中如：「紛吾既有此內美兮，又重之以脩能」、「吾既滋蘭之九畹兮，又樹蕙之百畝」、「既替余以蕙纕兮，又申之以攬茝」、「既莫足與為美政兮，吾將從彭咸之所居」等。「凡此等詞句皆有前事既竟，而又庚續他事之義。」[38]因此在時間上是屬於持

---

[36] 見：《楚辭通故》第四輯，頁 258。
[37] 參：前揭書頁。
[38] 前揭書頁。

續的感受，亦可以歸併於「時間之持續」項中。

「固」（故）：

本字在〈離騷〉中常見，如：「固眾芳之所在」、「余固知謇謇之為患兮」、「固時俗之工巧兮」、「自前世而固然」、「固前聖之所厚」、「固亂流其鮮終兮」、「固前脩以菹醢」、「固時俗之流從兮」等。這些「固」字，雖然注家認為有不同的使用義，如姜亮夫《楚辭通故》云：

> 《楚辭》固字三十見，其義則大別為二：一為
> 堅固本義。一為虛助字。而虛助字又復別為三：
> 一為本然之義；一為常然之義；一則故字之借
> 字也。[39]

其實，在我們看來，不論是作為「堅固」、「本然」、「常然」之義，或當「故」（原因）的借字，都帶有時間持續的概念。指示「本然」者，具有「本來如此」、「向來如此」之義，因此時間上必能持續；指示「常然」者，意指「已經如此」，並具有「長久不變」之義[40]，是則時間上也具延續之色彩；而作為「故」的借字者，通常用來表示因果關係，如〈離騷〉：「不量鑿而正枘兮，固前脩以菹醢」，前句表「因」，後句以「固」連結「果」。但這種因果的表述帶有強烈的「必然性」，

---

[39] 見：《楚辭通故》第四輯，頁 269。
[40] 前揭書，頁 270。

依舊具有「總是如此」的傾向，不論過去、現在或未來皆然，因此時間上仍保有「持續」的痕跡[41]。依是，則所謂「豈其有他<u>故</u>兮」之「故」，即表「原因」，也可以看作是時間的延續。

　　至於作為「堅固」之義，〈離騷〉中也有，如：「恐導言之不固。」王逸即以「堅固」釋之[42]。《說文解字》云：「固，四塞也。」段注：「四塞者，無罅漏之謂。《周禮》：『夏官掌固。』注云：『固，國所依阻者也，國曰固，野曰險。』按凡堅牢曰固，又事之已然者曰固，即故之假借字也。」[43]固字本義為古時國家防禦之要塞，因此有「堅固」之義，從時間概念來看，堅固的物品具有「長久」的特質，可以在時間中持續存在，因此方能引申「堅固」之義為「常然」、「本然」之指示。

「猶（未）」

　　在〈離騷〉中，「猶」經常與「未」連用，表示一種永不妥協的精神，我們可以稱之為「時間的超越」。其例如：「雖九死其猶未悔」、「唯昭質其猶未虧」、「雖體解吾猶未變兮」、「覽余初其猶未悔」、「芬至今猶未沬」等。雖然「猶」字一

---

[41] 楊玉成指出：「因果律常常與時間觀，尤其是時間三態：過去、現在、未來有關。『故』字一方面正是指過去，或曾在（一種持續狀態，通『固』），它形成因果現象。」參：氏著〈時間與詞語：陶詩詞彙研究〉（未刊行）。
[42] 《楚辭補注》頁 34。
[43] 《說文解字注》第六篇下，頁 281 上右。

般均釋為「尚」，為經傳常用之語[44]，「猶未」可解為「尚未」，時間上似乎只是指一個將到而未到的點，〈離騷〉中亦有此用法，如：「時亦猶其未央」，即指時間尚未過半，仍有可期；「覽察草木其猶未得兮」，則謂對草木之認識尚未有得，凡此都是取「猶——尚」之義，其時間感受都是屬於「未來」。但上引〈離騷〉文句中的「猶未」云云，顯然都讓讀者強烈感受到其處在「一直如此」、「總是如此」，甚至不會改變的狀態。它可以看成如「固」字所展現的時間持續感，也同時具有永恒不變的意向，超越時間的限制而存在。這種意念從「九死」、「體解」等喻示時間有限的組詞中更能體會：生命終會結束，但某一堅持的理想（或特質）永不（猶未）遺失。

　　深入思考，其實不論用作「尚」，或寓「永遠」之義，「猶」字總予人不能確定之感。如我們說：「他到今天猶未出現。」此一「猶」字，代表從「以前」某一時間開始，到目前（現在）說話為止的一段時距，故具有時間的持續感；但未來（「猶未」之「未」顯然具「未來」之義）是否會出現，根本沒有把握，而尚未完成的事不表示不會完成，故時間（等待的疑惑）會繼續往下走，甚至無止無境。從這點上來看，「猶未」可以感受到永恒性，超越時間限制，邏輯上就有可理解之故。

---

[44] 參：王引之《經傳釋詞／補／再補》卷一，頁 24。

（五）時間的落後感

「及」：

　　《說文解字》釋「及」為「逮也，从又人。」段玉裁注：「及前人也。」[45]意即在人之後，具追趕之義。姜亮夫指出：

> 按（《說文》）從人意不甚顯，甲文作 ⟨圖⟩，像人
> 後以手隶之，即今逮捕本字。像後有人追捕之
> 形，為純粹之像事字。[46]

對「及」字的「追趕」本義，解釋更為明確。由於「及」字表從後追趕，因此在時間感受上經常凸顯出「落後」、「急迫」的意味，從而讓文義充滿緊張與焦慮的色彩，〈離騷〉中凡帶「及」字的組句都有如此的性質，迻錄如下：「汨余若將不及兮」、「及前王之踵武」、「及行迷之未遠」、「及榮華之未落兮」、「及少康之未家兮」、「及年歲之未晏兮」、「及余飾之方壯兮」。除了「及前王」一句外，其他皆以「及」與「未」、「方」等表示「尚未」、「尚且」之義的虛字連用，其「急迫」的意蘊相當明顯。至於「不及」，則顯然是表示「追趕不上」，同樣具有焦慮、急迫的感覺。袁梅的《楚辭詞典》認為「及前

---

[45] 見：《說文解字注》頁 116 下左。
[46] 見：氏著《楚辭通故》第四輯，頁 261。

王」的「及」指「追趕」，餘則皆指「趁著」⁴⁷，以今日白話

文的角度檢視，並無疑義。但「趁著」一語亦有「追趕」的

意味，若說「及前王之踵武」（追趕前王的腳步）是追趕他人，

則「及少康之未家兮」等句，即可以說是「被人追趕」，亦即

自己趕在他人他事之前。故不論是「追趕」或「趁著」，明顯

都有極強烈的時間急迫性，換言之，它暗喻著時間快速的流

逝，同時也凸顯詩人經常處在與時競走的焦燥狀態，特別他

總是落後。

「先」：

　　「先」本義為「前進」⁴⁸，引申為空間上在前的位置詞，

同時也做為時間的相對標識。〈離騷〉中「先」字不外乎上述

二義，除「先路」一詞指「車名」外。如：「忽奔走以先後兮」、

「鸞皇為余先戒兮」，皆指位置上之「前」而言。至於「恐高

辛之先我」、「恐鵜鴂之先鳴兮」等，則是用作時間上的指稱，

且句前皆以「恐」字開端，說明詩人惟恐時間上落後的焦慮。

（六）時間的遺忘

「忽」、「忽忽」：

　　〈離騷〉中「忽」字常見，如：「日月忽其不淹兮」、「忽

47　參見：氏著《楚辭詞典》（濟南　山東教育出版社　2000）頁 91。
48　見：《說文解字注》第八篇下，頁 411 上左。

奔走以先後兮」、「日忽忽其將暮」、「忽反顧以流涕兮」、「忽
緯繡其難遷」、「忽馳騖以追逐兮」、「忽反顧以遊目兮」、「忽
吾行此流沙兮」、「忽臨睨乎舊鄉」等。順應句義，這些「忽」
字概有二種解釋：第一，做「迅疾」義，如「忽奔走以先後
兮」，洪興祖補注即謂：「忽，疾貌。」[49]其他若「日月忽……」、
「忽奔走……」、「日忽忽……」、「忽馳騖……」等等，皆可
做此解。第二，訓為今白話「忽然」之義，帶有「不經意」、
「惘然」的意味，如「忽臨睨乎舊鄉」之「忽」，即為此義[50]。
考「忽」字本義為「忘」，「忘」之本義則為「不識」[51]，亦
即不復記憶、未能專注之謂。《漢書‧王嘉傳》：「記人之功，
忽于小過。[52]」即用「忽」之本義。現代白話文說「忽略」、
「忽視」，亦皆取「忽」字「不經意」的原義。因此，「忽」
字後來被用作「迅疾」之義，我們以為當係循著「快速而致
無法留意」的邏輯引申[53]。故不論如何解釋，〈離騷〉中的「忽」
字皆與本義「忘」息息相關。而仔細閱讀這些帶有「忽」字
的詩句，其實都關涉到時間的意識。「日月忽……」、「日忽
忽……」等直接以時間同義詞起啟者固不待言，即如「忽馳

---

49 見：《楚辭補注》頁 9。
50 參見：袁梅《楚辭詞典》頁 82。
51 見：《說文解字注》第十篇下，頁 514 下右。
52 見漢‧班固《漢書》（北京中華書局縮印本）頁 887。
53 雖然《說文通訓定聲》（清‧朱駿聲撰。臺北 藝文印書館 1994）以為係
作為「颮」的假借（按：《說文》：「颮，疾風也。」），但「颮」既从「忽」
得字，自然是因「忽」本亦具「迅疾」之聯想，方能成之。

鶩⋯⋯」、「忽奔走⋯⋯」、「忽吾行⋯⋯」等,則是連接表示「行動」的語詞,用來說明行旅的匆促與迅疾,無疑是「時間短暫、倉促」等意念的暗示。至於「忽反顧⋯⋯」、「忽臨睨⋯⋯」等,則具有「瞬間」的感受,其時間之短暫,甚至是無法計算、知覺的。較需解釋的是「忽緯繣其難遷」一句,王逸注云:「緯繣,乖戾也。」[54]參照前句:「紛總總其離合兮」,可知「緯繣」正與「離合」義近,都具無法合同之意。蓋既言「紛總總」,則表示忽離忽合,糾雜而難定[55],據此以觀,「忽緯繣」云云,似亦指在瞬間形成乖戾,其變易之速,令人無法及時反應。故此處「忽」字,亦可做「忽然」、「迅疾」之義解,同樣帶有時間的影跡。

因此,若追究「忽」字的時間性,我們似乎可以將之歸於「遺忘的時間」,楊玉成早有此說[56]。進一步說明,「忽」是轉瞬間的事,經常令人無法預料,亦不能即時反應,它總是在不經意中出現,甚至讓人忘了究竟經過了多久、多少時間,因此許慎用「忘」來解釋「忽」字,可謂深得字義之三

---

[54] 《楚辭補注》頁 31。

[55] 「紛總總」一詞,〈離騷〉二見,一在「紛總總其離合兮,斑陸離其上下。」王逸注云:「紛,盛多貌。總總,猶僔僔,聚貌。斑,亂貌;陸離,分散也。言己遊天下,但見俗人競為讒佞,僔僔相聚,乍離乍合,上下之義,斑然散亂,而不可知也。」(見:《楚辭補注》頁 29。)移至此處為訓,亦自可通。故明‧李陳玉解釋「忽緯繣」之上句「紛總總」云云時,便謂:「所言無頭緒,忽離忽合,不能結言之狀。」參見:游國恩《離騷纂義》頁 310 引。

[56] 參見其著〈時間與詞語:陶詩詞匯研究〉。

昧。〈離騷〉中對於「忽」字的使用，實則都帶著「遺忘」的意境，但這種「遺忘」並非詩人主動的遺忘，而是時間流逝、現實轉變之迅速，令人無從感知的「被動遺忘」。詩人被拋擲於時間之流，他無力干預時空的變化，驀然驚覺某個情境倏然形成的同時，卻也是這個情境形成「過程」的遺忘，甚至是無知無識。換句話說，是時間遺忘（棄）了詩人，而非詩人遺忘了時間。面對時間，他永遠只是一個被動者，一個被拋者。

「溘」：

「溘」字表「忽然」之義，〈離騷〉中凡三見，分別是：「寧溘死以流亡兮」，王逸注：「溘，猶奄也。」洪《補》：「奄，忽也。」[57]又「溘埃風余上征」，王逸注：「溘，猶掩也。」洪《補》：「按：溘，奄忽也，……言忽然風起，而余上征，猶所謂忽乎吾將行耳。」[58]其次，「溘吾遊此春宮兮」，王逸注：「溘，奄也。」[59]因此，其於時間意識上與「忽」字義近，都是表「瞬間」、「不經意」之義。若返回語境中考察，則〈離騷〉中凡言「忽」、「溘」者，似皆為了表現行旅者「無心」之舉止，換言之，由此二字所連接的行為，概皆起於「偶然」，而非預期。這樣的表述將詩人推向一個截然被動的情境，讀

---

[57] 《楚辭補注》頁 16。
[58] 前揭書，頁 26。
[59] 前揭書，頁 30。

者可以感受到詩人恍惚、無所措的失魂狀態,對於眼前的一切,他是極其迷惘的。既是如此,故吾人謂其為「時間之遺忘」。

「延佇」:

〈離騷〉二見:「延佇乎吾將反」,王注:「延,長也。佇,立貌。」[60]又「結幽蘭而延佇」,王注:「……故結芳草,長立有還意也。」[61]故「延佇」即「長立」,近於長時間的呆立狀況。朱熹則謂:「延,引頸也;佇,跂立也。」[62]將「翹首跂盼」的神情特意標注,十分符合〈離騷〉的語境。故「延佇」一詞,從動作上來看是指長時間的站立,而從心理的角度看則是帶著無限的期望,近乎哀求。它給人一種奇特的感受,既充滿失望,又十分期待,以致盤桓呆滯,留連不捨。如此的心境令當事人忘了時間的流逝,以致長立而不自覺,因此也是屬於「時間的遺忘」。

(七)時間的懸滯

時間不可能停留,因此所謂「時間的懸滯」,主要是心理上希望時間停頓的反映。〈離騷〉有許多字詞強烈表達出此種

---

[60] 前揭書,頁 16。
[61] 前揭書,頁 30。
[62] 見:氏著《楚辭集注》頁 10。

時間感受,前面所提到的「延佇」便帶有類此的色彩。雖然
長久站立是對時間運行的忽視與遺忘,卻並非置身於時間之
外,反而具有希望時間可以延長、停頓的慾念。想像詩人立
於天門之外,久久不忍離去,其欲望莫非希冀自我到達的時
間能早一點,天門開啟的時間能長一點,甚至時間的運行可
以暫時停止,所以我們說「延佇」賦有時間懸滯的意味。但
類似這種情形畢竟是引申、推論的看法,若就字詞直接表述
而言,不如以下所論諸字來得直接而明確,「時間懸滯」的意
識,呼字而出。

「淹」:

　　在〈離騷〉中,「淹」字總與表示時間的詞聯結在一起:
「日月忽其不淹兮」、「時繽紛其變易兮,又何可以淹留」,「淹」
字在這裏,都指示「停止」[63]之義,即時間的停頓。雖然詩
人明白時序之更迭乃自然不可抑扼之勢,所以用否定的語詞
來表述時間不可能停止。但也正因意識到時間的不停,乃遂
有企盼時間稍停的欲望,卻亦同時寓諸這自然之勢的陳述
中。我們看前句「日月⋯⋯」云云,底下所接者為「恐美人
之遲暮」——憂心年華的消逝,當可感受其欲時間暫停的渴
望;後句言「又何可以」,正洩露其原希冀可以,卻顯然無望

---

[63] 雖然王逸注「淹」為「久」(見《楚辭補注》頁6),允為塙解,但就〈離
騷〉文義而言,言「淹」、「淹留」實皆具有停止之意,即時光流逝,不暫
停留之謂。故汪瑗《楚辭集解》乃云:「不淹,不久停留也。」(頁39)

的徬徨心態。換言之,「淹(留)」原是詩人之願,「不淹」則是無可改變的事實,意識之願遭逢無可如何之勢,悲劇性於焉暈染,詩人遣字迻詞之痕,且昭昭然矣!

「留」:

留」字在〈離騷〉中的使用,同樣具有「時間懸滯」的感受。上句與「淹」字合用者固不待言,即如:「欲少留此靈瑣兮,日忽忽其將暮」、「及少康之未家兮,留有虞之二姚」等,亦皆如此。所謂「欲」者,顯見「欲念」之由;「少留」,即稍停之意,但接續而至者卻是日忽將暮,其企欲時間懸滯的意念,見於言表。而「及少康」云云,之前我們已經推證「及」字的時間性,故此言「留有虞」者,雖然說的是留人,但無疑也是留住時間之欲望的展露。

「望」:

〈離騷〉「望」字凡三見:「望瑤臺之偃蹇兮」、「吾令羲和弭節兮,望崦嵫而勿迫」、「吾令帝閽開關兮,倚閶闔而望予」等。姜亮夫以為:「(望)主要含義,即相望、看望,凡有所望,必有所思,故引申為相望,為希望。《楚辭》四十見,不出此諸義矣!」[64]此就字面義而論,或無稍差。唯從語境的角度來看,〈離騷〉所言之「望」,實深蘊相當的「時間懸滯」

---

[64] 見:《楚辭通故》第二輯,頁 330-331。

意識，如令羲和日御（時間的象徵）「弭節」（停下腳步[65]），「望」崦嵫（日所沒處，象徵時間之結束）而勿迫，明白是指干預時間的運行，「望」字便具有「裹足不前」之義，類今吾人所言「觀望」者。是故此處「望」不僅僅是「望見」的字面義，而是具有深刻的時間意識者，代表的是「時間的懸滯」。

其次，「倚閶闔而望予」云者，亦同上述。蓋所謂「令帝閽開關」，意為讓帝門保持敞開的狀態，時間上已具凝滯的意圖，而倚門相「望」，更明白表示讓這種狀態持續下去，直到詩人來訪。此一「望」字不折不扣是「等待」的意思，就時間意識而言，不免具有焦慮、持續、甚或遺忘的感覺；但從慾望的角度來看，則不妨亦有「時間停滯」的閱讀感受，反映出詩人對時間能為其稍停的渴望。

「望瑤臺之偃蹇兮」一句可能較具爭議。此處「望」字為「眺望」之義，殆無可疑，故下句「見有娀之佚女」，「望」與「見」正是對文。但若深入語境分析，此組句出現於〈離騷〉最負盛名的「求女」段落，其中自高丘之女開始，歷宓妃、簡狄，至有虞二姚，計五位女子，皆係神話（歷史）典故之運用。詩文用典並不稀奇，揆其目的通常不外凝鍊意象，造成換喻的效果。但〈離騷〉用典，已至不著痕跡之境，讀者甚或懷疑彼非典故，而為詩人親身經歷者。正因這種令人以

---

[65] 王逸注：「弭，按也。按節，徐步也。」（《楚辭補注》頁 27）實則既言「按」，與「按兵不動」之「按」義正可通，目之為「停下腳步」可也。

為親身經歷、但實為過去典實的錯置,詩人遂於文本中化身為
時空穿梭的旅者,過去與現在,恍然已無隔閡。質言之,詩人
是不可能望見簡狄的,除非出於想像,而我們知其想像,卻又
不免疑其真實,於是時空的靜滯,彷彿因一個「望」字而造成,
過去沒有消失,因為它一直都以「現在」之姿存在著。

「假」:

「假」字在〈離騷〉中雖只出現一次,但卻相當耐人尋
味:「奏〈九歌〉而舞〈韶〉兮,聊假日以婾樂」,王逸對「假」
字無注,只云其字或作「暇」。洪興祖補注則云:

> 顏師古云:「此言遭遇幽厄,中心愁悶,假延日
> 月,苟為娛樂耳。」今俗猶言借日度時。故王
> 仲宣《登樓賦》云:「登茲樓以四望兮,聊假日
> 以消憂。」今之讀者改「假」為「暇」,失其意
> 矣!

依其說,則「假日」意即「借日」,也就是顏師古所謂之
「假延日月」。但是時間又如何能「借」?考《集韻》云:「假,
休告也。」白居易(772-846)〈春寢〉詩云:「是時正月晦,
假日無公事。[66]」賈島(779-843)〈賀龐少尹除太常少卿〉也

---

[66] 見《全唐詩》(上海古籍 1986)卷 430,頁 1057。

說：「太白山人終日見，十旬假滿擬秋尋。[67]」是則到了唐宋，「假」字已成了「休假」之義，而這一固定指稱顯然與〈離騷〉之「假日」云云一脈相承。蓋回溯〈離騷〉文本，詩人所以欲「假日媮樂」，主因於其決心放棄原來的巡遊，而以西海為期，遂有極其盛大的準備工作，甚至因此「神高馳之邈邈」。是故所謂的「假日」，即是在一連串的出發準備工作就緒後，放下所有事務，僅求尋樂放鬆而已，意與吾人現今所謂之「放假」略無二致。休息之日通常帶來一種奇特的時間感受，它彷彿不屬於日常的生活，不屬於人們慣常體驗的時間質性，似乎是連續時間中歧出的一點，可以不遭吞噬於汩汩的時光之流中，所以詩人竟然用「假（借）」字來標識之，用「媮（偷）」字來描述之。因此，「假」字不折不扣是一個時間性字詞，它所呈現的意識是時間的暫出，猶如一場球賽，當裁判喊出「Time out」（暫停）時，計時器停止，時間也因而懸滯。「假日」一詞，不管用作動詞，或名詞，就是帶給人們這樣的感受，因而我們將之歸入「時間之懸滯」。

從上述的討論中，不難發現〈離騷〉中滿佈時間的影跡，即使一個看似平凡的虛字，都帶有相當深刻的時間意識。而此章的分析，正可做為本論文後來研究的基礎。當然，上述的分類並非全無可議之處，畢竟有些字詞的時間感受可能同

---

[67] 見《全唐詩》卷 574，頁 1471。

時具有二類質性，如「已」字有時便可作為「時間結束」的
狀詞，如云「逝者已矣」即然，但我們在本文中將之歸於「時
間之延續」。這固然是因本文對詞彙的分析是依〈離騷〉的文
本語境而設，但也不免涉入幾分的主觀見解導致，此猶待語
言專家指正為禱。

參、論〈離騷〉中的時間意識

　　時間意識所引起的焦慮與追尋，可謂是〈離騷〉文本敘述的主軸，陳世驤先生對此曾有詳盡之通論[1]，筆者亦曾在陳文的啟迪下對此論題做了進一步的推敲[2]。陳文主要結合中西方重要的時間觀念，綜述中國古籍中所反應的時間意識，藉以凸顯屈原作品（特別是〈離騷〉與〈天問〉）中所展現的特殊「主觀時間」（subjective time）感受，並昭示其在時空所引致的焦慮中，堅守其「在世存有」（being in the world, in-der-welt-sein），以面對失望與追尋美善的勇氣。拙作則試圖透過文本的敘述分析，去開顯〈離騷〉在意象表現下所蘊攝的時空焦慮，及其對永恒的企慕與追尋的永遠失落。因此不論是系譜的陳述、植物的採集與神女的追求，在筆者看來，其深層隱喻都指向對「永恒美好」的企慕，同時也就彰顯了詩人在時空中永遠落後的悲哀。此處我們擬就〈離騷〉中所展現的時間意識再做更深入的探索，嘗試指出詩人將客觀世界的時空變化轉換為主觀的時間感受（時間性）所引起的衝

---

[1] 見氏著：*"The Genesis of Poetic Time: The Greatness of Ch'ü Yuan, Studied with A New Critical Approach"*（《清華學報》10:1，頁 1-44。1973 年 6 月）。本文後經古添洪翻譯，定名為〈論時：屈賦發微〉，刊於《幼獅月刊》45:2，頁 51-62；45:3，頁 13-21。

[2] 參見拙著：〈路曼曼其脩遠兮─論《離騷》中的時空焦慮〉。文刊《東華人文學報》第三期，頁 381-416，2001 年 7 月。本文經改寫擴充，收入本論文第四、五、六、七章。

突，並透過詩性語言加以表述的過程、及其間所蘊涵的生命
情懷。這意味著我們必須對〈離騷〉的文本做更精細的閱讀
與分析，對語言表述的深層釋義殆不可免。同時，本文也是
對筆者之前論述的補充與修正。

一、時間的發現：向死存在

「時間」具有兩個層面，暫時稱為「具體的」與「抽象
的」：前者即量化的時間，如一秒，一分，一天等；後者則是
對於時間的感覺，或說因時間而引起的感覺，如「消逝」、「漫
長」、「迅速」等。由於量化作用，使得時間帶有實體感，也
成了客體化的事物；但卻又因為沒有人真正看過時間的樣
貌，它總是憑藉人的主觀意識而存在，因此是否具有一個「人」
與「時間」的主客對應，一直是哲學上難以周論的問題[3]。每
個人對於時間的感受不同，或快或慢，或喜或悲，故其關於
時間的描述也不同，此即本文所謂的時間意識。不過，時間
的「作用」確實在事與物上具體展現，特別是任何無法回復

---

[3] 例如古希臘時代，將世界區分為本體界與現象界，時間是屬於現象界，
是變動不居者，而人所追求的，是屬於本體的永恒。因此，時間也就成為
感官的幻覺，是非本質與非現實之事物。這個觀念一方面將時間與人的意
念相連，卻也形成對立，後來經過中世紀哲學的探討，及近代物理學時間
的研究，時間與人之間的關係，發生許多觀念上的變化。參李文閣：〈時
間：從絕對形式到生命本質〉（刊：《江漢論壇》2001.1，頁 30-36）。

的「轉變」，都被人當作是「時間作用」來看待[4]。因此，與其說人看到了「時間本身」，不如說人意識到「時間寄寓的方式」。換句話說，人都相信時間存在，卻不知其究為何物，正如奧古斯汀（St. Augustine）所言：「時間是什麼？沒有人問我時，我很清楚；但需要解釋時，我卻感茫然。」[5]故而時間一直藉著人的語言描述而被掌握與傳達。從人對時間的描述中，我們可以察覺時間影響個人意志的程度，也可以理解個人的人生觀與精神取向。時間因素對於〈離騷〉中的詩人，不論在意志或人生經驗上都產生關鍵性的影響，此在陳世驤先生論文中已有詳述，筆者之前的論述也作了些許補充。此處我們要優先討論的是：在〈離騷〉的敘述中，詩人如何發現時間（的作用）？其次，時間在詩人主觀意識中具有如何的性質？是連續體，抑或可以割裂？是直線流逝，還是循環往複？時間如何影響詩人？最後，面對時間在主觀意識所形成的困境，詩人如何超越？

---

[4] 如近代「熱力學第二定律」所強調，任何孤立系統中都有一種毫不留情的傾向，使得有序程度降低，而無序程度增加，例如紅茶加牛奶變成奶茶，當分子的「無序性」──即「熵」（entropy）達到極大值而致平衡狀態時，即不再具有任何混合能力。這其間隱含著時間作用的意義，因為除非時間可以倒轉，否則奶茶將不能還原為茶與奶。參：Peter Coveney & Roger Highfield：《時間之箭》（江濤、向守平譯，臺北 藝文印書館 1993）頁155-165。

[5] St. Augustine: *"Confessions"* (translated with an introduction and notes by Henry Chadwick. N.Y.: Oxford University Press, 1998): p.285.

時間的真實存在，表明時間有其特定的、不容人為干預與改變的特質，換言之，它具有某種必然性，超越人所能理解與控制的範圍。時間的存在非惟人之憑空設想而得，它總是展現在某些具體的事象上，以引起人們的注意，並激發人以具象的設喻來描述它。從前章關於「時」字的分析，我們可以輕易看出，〈離騷〉中的詩人確實意識到時間的存在。除此之外，在許多段落中，時間的魅影忽隱若現，甚至是文本意義的關鍵。如〈離騷〉啟始云：

> 帝高陽之苗裔兮，朕皇考曰伯庸。攝提貞于孟
> 陬兮，惟庚寅吾以降。

雖然「攝提貞于孟陬」一句的確詁，歷來有不同的見解，但其與「庚寅」一句皆指向某一特定的時間，卻是學者所共識。準此，詩人對自我誕生的陳述，便具有了時間性。此處所以言「時間性」，主要是為了彰顯一個主體的認知作用，因為我們很難確定在本組句中，時間只是一個旁觀的參考系（測量值），而不具任何特殊意義。從下句「紛吾既有此內美兮」來看，「紛」表示「眾多」之意，則其美質不會只有一項，故之前所提示的「高陽後裔」、「庚寅以降」及「皇覽賜名」等等，應皆屬「內美」之一。此組句主要指陳其系譜之優秀，即太陽神後裔的純

美血統；而同時也關涉到誕生時辰的特殊性[6]，如同後世許多
學者所言，那是一個「三寅日」——寅年、寅月、寅日，這個
非常的日子充滿無限神聖的想像空間[7]。我們以為，「攝提貞于
孟陬」、「庚寅」云云作為一個時間的標記當無疑義。「標記」
說明某個特別的意義，因為意識到此一時間所代表的特殊性，
因此予以標記，並形成人我差異。所以說標記的行為表明時間
真確存在，同時暗示了時間特殊的意義。中國傳統上有「吉
時」、「凶時」的觀念，〈離騷〉中即有內證：「靈氛既告余以吉
占兮，歷吉日乎吾將行」，此言詩人欲接受靈氛「勉逝而無狐
疑」的建議，於是將選擇[8]一個「吉日」出發。準此，倘若詩
人對於生日的敘述確實賦予了不凡的意義，那麼時間對於詩人
而言，就不會僅止於一個客觀的計量單位，而是將與人的意識
產生無限糾葛的「某種東西」。質言之，也只有當時間與個人
意識發生互動，關於時間意識的討論，也才具有意義。

然則詩人究竟如何發現時間的作用？又如何描述它？
〈離騷〉云：「汩余若將不及兮，恐年歲之不吾與。」所謂「年
歲」，指的即是時間。「年歲不吾與」，王逸注云：「恐年歲忽

---

[6] 中國古代雖多以月亮計日，然筆者以為，太陽亦具有時間的指標。詩人
自承為太陽神之後裔，其中或亦隱藏著時間的意識。

[7] 可參蕭兵：《楚辭的文化破譯》（武漢　湖北人民出版社　1991）頁 25-60，
對詩人生日的神聖性有極豐富的論述。

[8] 五臣注云：「歷，選也。」張揖則謂「筭也。」（參：《辭辭補注》頁 42。）
不論是選或筭，皆指向「挑選」之意。

過，不與我相待，而身老耄也。」[9]是則詩人的恐懼是緣於自身的老化，亦即時間之存在及作用所以為人確知，即因人終會老化而死亡。試觀「汩余若將不及」一句，「汩」肯定是用以形容年歲的「流逝」[10]，即將年歲的消逝比喻成水流的迅速與不間斷，這裏面所暗示的，是一種「連續」的時間觀。而關鍵詞「不及」、「不與」，一方面顯示人之「在世時間」的有限性，總是處在必須「及時」的緊迫中；一方面則似是將歲月（時間）看成追逐的對象（如流水），詩人無時無刻，都在與「時」競走，時間因而具有「藉人之主觀意識而存在」之外的客觀實存性。換言之，時間藉著年歲的形式、藉著老化的事實向人宣示其存在，人之懼老怕死、追求仙鄉，或是企盼在死前功成名就，死後名垂千古，都可以看成是對時間的追逐。據此，我們大概可以認為：詩人所意識到的時間，是「一去不回」的直線運動，卻也隱含可以追求，甚至干預的可能。這也是為什麼在後來的敘述中，詩人竟然動起干涉時間「運行」之念的原因（詳後述）。

　　類似的陳述旋接於下：「日月忽其不淹兮，春與秋其代序。惟草木之零落兮，恐美人之遲暮。」日、月不停留，春、秋更迭，指的都是時間接續的消逝[11]。而其引起的感知則是透過現

---

[9] 見：《楚辭補注》頁 6。
[10] 洪興祖《補注》引五臣注云：「歲月行疾，若將追之不及。」前揭書頁。
[11] 克洛德·拉爾指出：「在中國各地，一年分為四季，……通過『季節』

象的表述來比喻：草木零落與美人遲暮。草木的凋零明顯指向
死亡，而美人之遲暮，如果我們暫時不論「美人」所寓指的對
象[12]，僅以一般意指看待，則「遲暮」云云也是對死亡的另一
種表示。據此，可以明確掌握詩人對於時間存在的感知，其實
是建立在死亡的預期上，其心理意識上對「時不我與」的恐懼，
亦因死亡而生。這令我們聯想到海德格（Martin Heidegger）
所宣稱，是死亡的可能性令人感到時間的限制與緊迫，因而讓
「此在」（Dasein，即人的生存[13]）成為一個「有限、具時間性
的存在」，是「通向死亡的存在」（Being-unto-death）[14]。死亡
對於「此在」具有幾個關鍵的意義：第一，死亡總是自己的死

可以輕易地獲致紀元、時間和時代的概念。」他同時指證了「日」、「月」
在漢語時間表述中的意義。參見氏著：〈中國人思維中的時間經驗知覺和
歷史觀〉。收入：《文化與時間》（鄭樂平、胡建平譯，臺北 淑馨出版社 1992）
頁 28-58。

[12] 前人每云美人乃國君之喻，如王逸即主張美人係指懷王。參見：《楚辭
補注》頁 6。

[13] 海氏以「此在」與一般「存在者」作成區分，「此在」的本質，在於它
「去存在」（Zu-Sien），Walter Biemel 解釋：「這種特定的存在，不是單純
存在者，而是有待實現的東西。」（參見氏著：《海德格爾》頁 40。劉鑫、
劉英譯，北京 商務印書館 1994）例如：石頭存在，但其與自身沒有關係，
亦不能與自身生發關係；樹木、桌椅等其它非人之「存在者」無不如此，
他們的本質、成規性都屬現成，是「本質先於存在」。但人不同，人可以
領悟自己、開顯自己，同時可以發展其與他人及非人之存在者的關係，此
為本體，而為現象界之存在，且其不具現成的本質或成規，只是一種「可
能」，只有在其自身存在之過程去實現、規定自己的本質，因此是「存在
先於本質」，故海氏用「此在」稱述之。

[14] 參見： M. Heidegger: *"Being and Time"* (1927) (trans. By J. Macquarri & E.
Robinson. N.Y. Happer& Row Press, 1962) p.71.並參：李文閣，〈時間：從
絕對形式到生命生質〉、胡自信，〈時間是存在的本質——海德格爾論黑格
爾的時間概念〉（刊：《晉陽學刊》1995.1，頁 62-68）及陳俊輝，《海德格
論存有與死亡》（臺北 臺灣學生書局 1994）頁 63-115。

亡，是「最本己的可能性」，只有透過死亡方能使「此在個別
化」，自己開顯自己，從而「本真地為自己而存在」。非本真性
的存在總是依從他人所給定的可能性，或聽從「平常人」的決
定，以致失去本我，成為「此在的沈淪」。第二，「此在」雖有
認清自身死亡的個別性與可能性，成為「本真地向死存在」，
那麼，他也方能擔當起死亡這一「最本己的可能性」，憑自己
的良心選擇自己、規劃自己，而擺脫了「常人」（das Man）的
虛假，獲得自由。第三，死亡總是「未來」之事，「向死的存
在」只有在「未來」的時間維度中方能理解，因而「此在」便
具有「時間性」。而「只有當此在擁有未來時，他才是本己的
曾在（Gewesen）。曾在以某種確定方式產生於未來中」。換言
之，「此在」所以能向死存在，就在於它實際存在（現在）、已
經存在（曾在，過去）。所以，「此在」的「時間性存在」，即
是未來、現在與過去的統一。Biemel 解釋道：

> 這對那種認為時間就是從過去到當前、再到未
> 來，均勻流逝著的常識觀點來說是一個根本的
> 顛倒。對「此在」來說，過去并不是源始的；
> 源始的是對還未出現，但必然屬於我的存在，
> 即我的死的預備。正因為「此在」可以預先行
> 動，他才擁有未來，也才可以回到他的曾在中

去，才不失去他的曾在，而是保持它。[15]

我們無意用海德格的觀點去比附〈離騷〉中的死亡焦慮，但他的論辯卻具有深刻的啟示：人的存在不可避免、無從選擇地將被拋擲（thrown）於時光之流中，而唯有認清其生命在時間中的有限性、虛無性（一切終將結束，終歸「無物」nothing），亦即對死亡作出「預期」，他才能召喚自己的良心，開顯自我本真的存在，並進而了解存在真實的意義，不再隨俗幻化。海氏說：「死亡和死者的領域是存在者整體的另一面。這一領域是『另一種牽引』，也即敞開者之整體牽引的另一面。」[16]在〈離騷〉中，詩人早已預知了死亡的必然性，體認了生命的有限，因此他總是懷著與時競走的志忑在抗拒世俗的侵染，向其存在的世界敞開。必須指出的是，並不存在一個時間上的永恒被詩人當作追逐的目標，因為其既已體認時間所帶來的限制，那麼，生命的終點，也就是個人時間的結束，其實是空無一物（nothing）的。人生最真實的，莫過於自我存在的過程，莫過於在世界中發現，並開顯自我存在的價值。就這點來說，詩人堅持自身的美質，不隨俗變易，我們以為這方為永恒的寄寓。陳世驤先生指出：

> 人命定「被拋」（thrownness）於時間中，德國
> 哲學家海德格在其存在哲學著作《存在與時

---

[15] 氏著：《海德格爾》頁 57。
[16] 見海德格：《林中路》（孫周興譯，臺北 時報出版公司 1994）頁 279。

間》中稱之為「Geworfenheit」(又方按：即「被
拋性」)，他將此聯結於「存在的可能性」
(potentiality-for-being)。一方面，這「被拋」
被發現係人短暫存在過程中，所有焦慮、恐懼
與失望的基礎；另一方面，也是自我(Self)
因「堅毅(resoluteness- -Entschlossenheit)而
真實存在，以獲致自由的可能。屈原詩的偉
大，即在其自我的堅毅，……。詩人在充滿焦
慮、失望與疑惑中，將自我拋擲於未知，無以
名狀的未來。正因這些痛苦是所有人類短暫存
在中、與生俱來的本質，使得英雄(詩人)對
堅持與相信人類那源於自我選擇的人性道德
之珍貴美質，所顯示的決心，益形英勇、感人
與輝煌。[17]

　　陳先生在此特別凸顯詩人面對不得不存在所展現的堅
毅，而這種堅毅的勇氣之所以為人感動，即因其所映照的，
是一個有限且終歸殞滅的人生。詩人不因俗世的變化與虛無
而放棄追求「永恒之美」的理想，卻每每於時間的競逐中退

---

[17] 氏著： *"The Genesis of Poetic Time: The Greatness of Ch'ü Yuan, Studied with A New Critical Approach"* p.30.

敗，其崇高的悲劇情懷，可謂澎湃於行句之間。

二、沈淪與超越

詩人看穿生命的有限性，也體認「時不我與」的無奈，故其「開顯自我存在之價值」的舉止，也愈形匆忙而焦慮。而其用以堅定自我存在價值的方式，便是以天賦的美質來對抗「時間」與「時俗」所引發的「變易」。同時，透過世俗的沈淪，來襯映、淨化自我崇高的堅持，並彰顯其存在的孤獨與絕對性，以發現真實的本我。在這個過程中，詩人不斷以「過去」對比於「現在」，透過追憶的方式凸顯自我處境的艱難，「時間」對詩人意識影響之鉅，不言可喻。試看：

> 忳鬱邑余侘傺兮，吾獨窮困乎此時也。
> 曾歔欷余鬱邑兮，哀朕時之不當。

這些敘述都讓讀者輕易理解詩人所處「時局」的困躓。抑鬱、徬徨、感慨都直接表明一種「生不逢時」的悲哀，亦即眼前的局勢著實令人難堪與無奈。這種困窘的時勢，所以如此明白地為詩人感知，主要是起於自身美質與世俗潮流的扞格；而自身美質則又源於古聖先賢的支拄與比附，〈離騷〉中一再強調這種「自我／群體」、「昔／今」的對比：

> 昔三后之純粹兮，固眾芳之所在。

謇吾法夫前脩兮，非世俗之所服。雖不周於今
之人兮，願依彭咸之遺則。

鷙鳥之不群兮，自前世而固然，何方圓之能周
兮，夫孰異道而相安。

伏清白以死直兮，固前聖之所厚。

依前聖以節中兮，喟憑心而歷茲。濟沅湘以南
征兮，就重華而陳詞。啟《九辯》與《九歌》
兮，夏康娛以自縱。不顧難以圖後兮，五子用
失乎家巷。羿淫遊以佚畋兮，又好射夫封狐。
固亂流其鮮終兮，浞又貪夫厥家。澆身被服強
圉兮，縱欲而不忍。日康娛而自忘兮，厥首用
夫顛隕。夏桀之常違兮，乃遂焉而逢殃。后辛
之菹醢兮，殷宗用而不長。湯禹儼而祗敬兮，
周論道而莫差。舉賢而授能兮，循繩墨而不頗
。皇天無私阿兮，覽民德焉錯輔。夫維聖哲以
茂行兮，苟得用此下土。瞻前而顧後兮，相觀
民之計極。

所謂「三后」、「彭咸」、「前聖」、「重華」云云，都是往昔曾
在的人物，是詩人心中理想的典型，每當其喟嘆「不周於今
之人」時，便引前賢以自激勵；或是將自己喻為鷙鳥，卓爾
不群本來就是前世遺傳的特質。整篇〈離騷〉不斷展現對過
往的懷念，在時間的維度上經常停留在「已逝」的階段。這

種敘述方式藉著時間一去不回的特性試圖彰顯某種失落的感傷：表面上，前世的典範是自我堅持美質的精神支柱，然而，它畢竟是已經逝去的東西，而且隨著時間的推移，它在人們的記憶中逐漸模糊，也浸漸殘缺。同時，往昔的美好對映現在的墮落，使得美好愈形遙遠，而墮落更顯邪惡。盛世的衰敗或許不是時間所造成，這一點詩人不容不知，但放在時間的段落中去審視，那種衰敗顯得更清楚，也更無可奈何，因為既已消逝的東西，不會重現。

　　話雖如此，但過去畢竟也有可資保存的東西遺留，以待追尋。在〈離騷〉中，詩人用「道」來稱呼之，其內涵則與他所秉具的美質相互表裏。〈離騷〉云：「彼堯舜之耿介兮，既遵道而得路；何桀紂之猖披兮，夫唯捷徑以窘步。」又說：「夏桀之常違兮，乃遂焉而逢殃。后辛之菹醢兮，殷宗用而不長。湯禹儼而祗敬兮，周論道而莫差。舉賢而授能兮，循繩墨而不頗。」綜合以論，則所謂「道」，其實便是耿介、祗敬、舉賢授能、循規蹈矩。「道」既可「遵」，可「論」，表明其是一具體已存的法則，換言之，是早已形成、值得保存的「古物」，不應在時間的推移中消失，凡是遵從它的，都能成治世；相反的，拋棄它者，都將落入失敗的噩運。這種觀念凸顯出強烈的「歷史必然性」，看似一種道德原則，與時間無關；但仔細深思，實則是將歷史段落化的結果，也就是將時間分割成幾個完整的片段，方能成功地作為比較的事例。如

81

此可分割的時間，斷不是無時停止的「自然時間」，而是詩人
意識中的「歷史時間」，透過敘事並置的方式，幾乎在同一個
時間被呈現於讀者的眼前，過去與現在，變得交錯而重疊；
而這樣的交疊，卻是出現在詩人展開追尋，向「重華陳詞」
的「未來」行動之中。亦即，旅行總是向著「未來」出發，
但這一趟「濟沅湘」的行程，目的卻是曾經存在的人與事。
如此一來，過去、現在、未來在這些正、反的古人事例中交
會，形成一個特殊的時間感受。人如何能向過往前行，這是
矛盾而不可置信的，除了對「歷史」的追述外。李紀祥指出：

> 「歷史」顯然是一種人類進行「古今並存」性
> 的活動或存在；換言之，「歷史」揭示著人類
> 存在的「今古並存」與「古今共在」之本性，
> 而「歷史敘述」則為其提供了場域。[18]

既然人類存在「今古並存」的本性，方使得歷史成為可理解
者，那麼，歷史將無可避免帶著「想像」的特質，一如蒙太
奇式畫面並置所必須具備的想像力，方可明白其意旨般。因
此，在對往昔的追述中，詩人其實脫離了現實的「自然時間」，
而進入意識與心理幻設的時空中，在這種情境之下，時間的
三維變得模糊難辨，正如弗洛依德所言：

---

[18] 見氏著：《時間・歷史・敘事》（臺北 麥田出版社 2001）頁88。

（幻想）彷彿在三種時間——和我們有關的三

個點——之間徘徊。精神活動是與當時的印

象、與當時的某種足以產生一種重大願望的誘

發性的場合相關連。……精神活動「現在」創

造了一種「未來」的情景，代表著願望的實現。

它這樣創造出來的，就是一種白日夢，或稱幻

想。這種白日夢或幻想帶著誘發它的場合、和

往事的原來蹤跡。這樣，過去、現在和未來就

聯繫在一起了。[19]

簡單來說，過往的美好帶給詩人某種信心，他在眼前雖然遭

受困頓，但依循著曾經存在的軌跡，讓他堅信昨日的盛況可

以在未來重現。時間的三個維度，在意識的想像中共存交會。

　　此外，類此的敘述模式同時給予讀者奇特的時間感受，

敘述者站在公元前二百多年左右的時空下，論列二千年間曾

經發生的人與事，卻僅僅耗去二、三百字的篇幅，讀者用去

的閱讀時間、作者使用的書寫時間，顯得短暫而不成比例。

易言之，二千多年的時光被敘述者輕易縮短為一瞬，如同將

之召喚於眼前般，這似乎在心理上暗示了「往事重現」的可

能。不論對於詩人或讀者而言，遠古的盛世與衰敗的根源變

---

[19] 見：氏著〈創作家與白日夢〉。收在：伍蠡甫等編《西方文藝理論名著
選編》（北京大學出版社 1987）下卷，頁 1-10。

得不再遙不可及,而是如同昨日方逝,要再造它、或迴避它,都成了清晰可循的殷鑑。

三、變易與永恒

時間如流水,印證在人的年華一去不回的事實上,因此,這個抽象的時間層,對於詩人而言,具有實際且客觀的作用。但它不僅止於客觀的計量,而是進入意識與心理的層次,成為詩人憂慮的根源。我們說時間焦慮是〈離騷〉的中心主旨,主要是從其對年歲流失的憂懼、「脩名不立」的恐慌及時不我予、過往的盛世不再的敘述中察覺。而時間除了給「此在者」生存期限的壓力外,最重要是在其推移下,幾乎沒有什麼是不會改變的。「變易」是時間作用最顯見、也是最令人驚駭的結果,在〈離騷〉中,詩人對此頗有感慨。清人賀貽孫在其《騷筏》中已意識到此點,其謂:「變與不變,是通篇柱子。大凡君子所以成其為君子,不過好脩,好脩故不變;小人所以成其為小人,不過偷樂,偷樂故易變。[20]」只是他沒有點明時間因素在其中的關鍵。〈離騷〉云:

> 時繽紛其變易兮,又何可以淹留。蘭芷變而不
> 芳兮,荃蕙化而為茅。何昔日之芳草兮,今直

---

[20] 〈騷筏〉收入:《水田居全集》,此處徵自《歷代詩話論詩經楚辭》(蔡守湘等編,武漢人民出版社 1991,頁 225)引清道光敇書樓刊本。

　　　為此蕭艾也。

　　　固時俗之流從兮，又孰能無變化。

　　　惟茲佩之可貴兮，委厥美而歷茲。芳菲菲而難

　　虧兮，芬至今猶未沬。

詩人自認「時繽紛其變易」──時間的推移造成世事多變，
既然如此，又有什麼可以永存（淹留[21]）而不易？故底下以
蘭芷、荃蕙的變化來涉喻世轉時移，並用「今／昔」對比的
模式抒發事物經不起時間消蝕的感慨。這令吾人強烈意識
到，能禁得起時間考驗的事物，才是詩人戮力追求的目標。
其中邏輯清楚可辨，再美好的盛世，都在時間的荏苒中消逝，
即使透過想像作用，能使之歷歷在目，彷彿可得，但終究是
空中樓閣、水底幻影，吹彈即破。一如人之存在，不論如何
抗拒，死亡終將來臨，因此在時間的化滅中，沒有事物是不
變的。既然如此，能禁受時光淘汰的事物，自然彌足珍貴。
那麼究竟在詩人意識中，能於時間之流中倖然獨存、彌足珍
貴的是什麼？「固時俗之流從兮」開顯了吾人理解之路。

　　　所謂「固時俗之流從」，「固」即「本然」之意，說明以
下所言者，乃本然常見、甚至必然如此之事。「時俗」指眼前
所面對的一般習慣，或說流行觀念、行為。至於「流從」，五

---

[21] 王逸注云：「言時世溷濁，善惡變易，不可以久留，宜速去也。」（見：
《楚辭補注》頁 40）此就字面義揭之。實則引伸來看，此二句頗有「時移
事變，永恒不在」的意味。

臣注云：「流行相從。[22]」明·汪瑗則曰：「謂隨時變易，如水之流，無有窮極。[23]」清人錢澄之則謂：「流從謂前者流，後者從，所謂隨波逐流也。[24]」綜括前人之述，則「流從」具有「流行」、「隨時變易」、「隨波逐流」等多元意旨，而中心義則指向「眾人皆然」的現象，也就是說，一般人都在隨波逐流、隨時變易，而忘了自身的存在。這就如同馬庫色（Herbert Marcuse）所說的「單向度的人」（one dimensional man），順應世俗的普遍價值觀，失去了批判、超越的獨立精神，而「流從」於單向度的社會中。馬氏指出：

> 制度化的俗化趨勢似乎是單向度社會在「征服超越性」方面所取得的成就之一。……這一結果反映了如下信念：現實的就是合理的，已確立的制度不管如何終會不負人們所望。人們被引導到生產機構中去尋找其個人的思想和行為能夠且必須任之擺布的有效動因。在這一轉變過程中，生產機構充當著道德動因的角色，良心則依靠物化、依靠事物的普遍必然性而得到解脫。[25]

---

[22] 見：《楚辭補注》頁 41。
[23] 見氏著：《楚辭集解》頁 96。
[24] 轉引自游國恩：《離騷纂義》（臺北 新文豐 1982）頁 433。
[25] 見氏著：《單向度的人》（*"one dimensional man"* 劉繼譯，臺北 桂冠圖書公司 1990）頁 83。

在這樣的社會信念裏，道德、良心都因物質的生產與消費之普遍價值觀而重新定義，順應大眾化、流行化成了人存在的目標，每個人都是其他人的「複制品」，失去個性，也失去自我的獨立性。〈離騷〉中的詩人所處的現實，無疑是一個「單向度的社會」，因此其所面臨的一切，都朝著某個世俗化、群體化、單一化的方向在演變。「覽椒蘭其若茲兮，又況揭車與江離」，像「芳椒」、「香蘭」這樣名貴的香草（象徵人格高尚的知識分子）都隨俗沈淪矣！又如何阻止似「揭車」、「江離」的尋常百姓隨時變化？因此，能抗拒世俗化的事物是最可貴的，它標誌著人存在之獨立價值，也就是詩人踽踽獨行、奉行不渝的「天賦美質」。

除了盲目順應時勢外，「流從」又令人聯想到時間之流。詩人暗暗以流水比喻時間的消逝（汩余若將不及），「流從」則顯然也是以流水比附人的隨俗漂浮，兩相對照，則「流從」云云，其中便帶著深層的時間底蘊，一方面說順應俗務，另一方面則意味著人一旦被拋擲於時間之流，便失去了堅毅獨立的精神，消極地隨時變化。

故而，保存天賦美質，與追尋一個適合這個美質存在的世界，成了詩人畢生努力的目標。也因此，詩人所展開的空間追尋，其實是其時間意識的延伸，所以在〈離騷〉中所述

及的遊歷,無時不帶著時間的隱喻,甚至對時間表達干預。
如:

> 朝發軔於蒼梧兮,夕余至乎縣圃。欲少留此靈
>
> 瑣兮,日忽忽其將暮。

　　縣圃在崑崙之上,是仙鄉,筆者以為其具有暗示不死,
以抗拒時間流逝的喻示作用[26]。〈離騷〉中「朝⋯⋯,夕⋯⋯」
之句法,朝夕交替於短短二句的敘述中,予人以時間倉促的
感受,顯見詩人行動上、意識上之匆忙。而「欲少留此靈瑣
兮,日忽忽其將暮」說明詩人意念上想在此仙鄉稍作停留,
但日已西迫,又是另一個「時不我予」的表述,此令讀者錯
愕者在於,既是仙鄉,時間依舊無情地催促、銷蝕著詩人對
理想的追尋。再如:

> 吾令羲和弭節兮,望崦嵫而勿迫。路曼曼其脩
>
> 遠兮,吾將上下而求索。

　　路之脩遠,上下求索,都是空間上的追尋。唯前述之條
件是詩人欲令羲和放慢腳步,勿迫近歇息之處。這無疑是企
望時間為其停留的陳述,「羲和」,王逸謂係「日御」,郭璞注
《山海經・大荒南經》則云:「羲和,天地始生,主日月者
也。⋯⋯故堯因此而立羲和之官,以主四時。」[27]因此〈離

26　參見本論文第四章:〈論《離騷》中的時空焦慮〉。
27　見:袁軻《山海經校注》(臺北 里仁書局 1982)頁 381。

騷〉用作時間的比喻;「崦嵫」,傳說中是太陽下山的地方[28],也就是象徵著時間的結束。詩人既然希望日御羲和勿迫崦嵫,其干預時間流逝,以利巡遊的企圖至為明顯,此亦暴露了他的空間追尋,帶著強烈的時間焦慮。

類此之例如下:

> 飲余馬於咸池兮,總余轡乎扶桑。折若木以拂
>
> 日兮,聊逍遙以相羊。

「咸池」為日所浴處[29],「扶桑」則為太陽即將升起之處[30],吾人可以視之為「時間之起點」,詩人遊歷於此,不論其居心如何,又與時間產生了無可分割的關係。後二句云將折若木以拂日,依《山海經》所言,「若木」為「日所入處」[31],則詩人似趕在太陽下山前,將若木折取,用以干擾日之運行,也就是說,影響時間的流動。如此看來,在其意識中,時間似成了可以干預的客體;另一方面,太陽隱匿、復出,其再生標識著一個循環的時間運動,詩人既涉喻之,則其觀念中似乎也應有時間往復的概念。但從整個〈離騷〉的敘述來看,時間流逝而不可挽留確是詩人焦慮的來源,所以我們只能說,在詩人的意識中,時間的表現方式一再機械地重複,而

---

[28] 王逸注云:「崦嵫,日所入山也。」見:《楚辭補注》頁 27。
[29] 王逸注引《淮南子・天文訓》:「日出於湯谷,浴於咸池。」前揭書頁。
[30] 《淮南子・天文訓》:「(日)登于扶桑,爰始將行,是謂朏明。」前揭書頁。
[31] 《楚辭補注》頁 28。

時間的不斷消逝，則一去不回。故〈離騷〉乃云：「春與秋其
代序。」說明時間以重複的方式表現其確實流動（運動）；而
「汩余若將不及」，則喻示時間的直線消逝，不會回頭。此外，
折若木以拂日，幾近於異想天開的瘋狂，此一敘述顯見詩人
意識的非理性，似乎因某種嚴重的焦慮而導致精神失常，在
文學的想像作用下，有其令人不勝悲憫的感染力。易言之，
時間在此段落裏，由不可挽留的作用轉變成可以干預的客
體，恍惚之中，理性與非理性的交錯，愈益顯得詩人追尋的
頓挫，在無計可施，時運交迫的窘迫下，只有借助神話的力
量，方能使其精神繼續昂揚。這種猶如致幻巫術的方式，一
方面也許是〈離騷〉巫系文學的遺痕，但就文學的手法來看，
無疑更具悲劇的力量。

　　空間的追尋帶著強烈的時間焦慮，令吾人意識到詩人的
遠遊，是一個與時競走的過程，但卻經常透露出無可奈何、
浪費時光的心境。例如：「折若木以拂日兮，聊逍遙以相羊。」、
「欲遠集而無所止兮，聊浮遊以逍遙。」、「和調度以自娛兮，
聊浮遊而求女。」所謂的「聊」，顯指「姑且」、「無聊」之意
[32]；而「浮遊」、「相羊」、「逍遙」則都是漫無目的的閒晃。
這些詩句充分展露詩人在面對時不我予的窘況時，無奈又不
知所措的尷尬。追尋本來應是積極的，但落後於時的事實卻

---

[32] 王逸注云：「聊，且也。」見前揭書頁。

令詩人只能故作逍遙狀，試圖減輕其受挫的頹唐。這種消極
的「殺時間」與積極的巡遊恰成強烈的矛盾，似乎是在申明
一個殘酷的事實：在有限的生命裏，任何與時競走的努力，
終將無濟於事。這令吾人聯想到「夸父追日」的故事，其妄
圖超越時間的努力一如〈離騷〉的詩人，一種介於自不量力
與明知不可為之間的頑固趨使其奮力向前，最終卻只落得渴
死對手跟前的悲哀。但其堅毅也就建立在其愚昧上，明知死
亡虎視眈眈，卻依然大步前進、毫無畏懼。易言之，一個追
逐的過程也就是向死的旅途，詩人斷不能無知，斷不能無慮，
但他以故作的逍遙企圖掩飾並超越。我們看他強調：「及榮華
之未落兮，相下女之可詒。」、「及余飾之方壯兮，周流觀乎
上下。」、「及少康之未家兮，留有虞之二姚。」等，可以想
見其希望「及時」掌握有限光陰的心緒，也就是說，時間對
他而言何等寶貴，豈容用來逍遙徜徉？從無聊的浮遊中，我
們深刻看出類此詩句所蘊涵的悲情，明知時光悠悠，卻不知
何去何從。

　　如果依照蕭兵的看法，〈離騷〉共述及了三次飛行（巡
遊），而且每次都「清清楚楚」[33]。但依前述，這些巡遊顯然
都帶著不知所從的徬徨感，即便其所行止皆有目的地。質言

---

[33] 蕭兵認為：〈離騷〉的三次巡遊分別是：「朝發軔于蒼梧兮，夕余至乎懸
圃。」、「朝吾將濟于白水兮，登閬風而緤馬。」、「朝發軔于天津兮，夕余
至乎西極。」參見氏著：《楚辭文化破譯》（武漢 湖北人民出版社 1991）
頁 118。

之，一次、二次、三次的出發，正好可以旁驗詩人舉止的躊躇與不定，也正顯露其無所適從的不安。換句話說，詩人總是無法找到其將可以安適的場域。從這點來看，其實〈離騷〉還有第四次巡遊，這次追尋詩人預設了一個目標：「指西海以為期。」而他顯然相當在意本次的計畫，所以出發的隊伍至為浩大，可以說是前所未有。但是，這次的出發在車隊升空、太陽綻露光芒之際，詩人回頭望見自己的故鄉，「僕夫悲余馬懷兮，蜷局顧而不行」，行動宣告失敗。這可以說是詩人追尋行動中，因為「回顧」而引致的第二次失敗，第一次是在其宣示「朝吾將濟於白水兮，登閬風而　馬。」之後，因「反顧」而哀「高丘之無女」，遂決定改變行程，追求「神女」的過程[34]。筆者在另一章中探討「高丘無女」的深層義涵，認為「高丘之女」乃涉喻詩人始祖，象徵其生命的根源，同時也可視作其國族命脈的隱喻。高丘之女失佚，暗喻其生命之安適、國家之生存出現失根的重大危機。詩人本欲登崑崙以求仙鄉，但無論如何也不能坐視祖脈將亡而不顧，遂毅然改換行程。對照最後一次追尋的「忽臨睨乎舊鄉」，其不經意性相同（皆起於「忽然」），而對原鄉的眷戀，在意象表達上也若合符節。最重要的，是這個令人改變心意、盤桓躊躇的原鄉情結全起因於一個動作——反顧。不論是「忽反顧以流

[34] 所謂「吾將……」將字表將然而未然，是屬於未來可能性，可見詩人本欲登閬風，唯因反顧見高丘無女，遂改變心意，轉而展開求女歷程。

涕」，抑或「忽臨睨乎舊鄉」、「蜷局顧乎不行」等等，都是回
首望視的描述。「睨」字似指「瞥眼」，但由於「舊」字的牽
引，也帶上了回望過去的意味。反顧實則具有回憶的潛質，
時間上屬於過去、曾在，詩人因反顧而無法遂行其既定的巡
遊，可以說係受到回憶的誘使，令其在時間意識上產生退行
的作用。簡言之，曾經存在的美好世界，只有在過去的記憶
中才能體驗，也才能得到保存，過去雖然因失落而帶來痛苦，
卻也形成慰藉。楊牧先生說：

> 樂土是已經失去了，在神話的時代便已經失去
> 了，這是人生永恒的惆悵。每一個人都來得太
> 晚，生不逢辰，然而樂土還是可以追求尋覓的，
> 這追求尋覓必須自人的心臆開始。有人在想像
> 中為自己為大眾設計一個完美的國度，發而為
> 哲學的結構，為詩的遠景，我們不認為那想像
> 的馳發是不著邊際的遁走，反而是充滿責任感
> 的良心寫照。[35]

〈離騷〉無疑是對往昔曾在之樂土的追尋紀錄。但追尋
樂土，必須放棄自己的故鄉，所以詩人終於不捨。如果說詩
人最後真的選擇水死，那麼，他的死亡並非另一形式的遁走，

---

[35] 見：氏著〈失去的樂土〉。收入：《失去的樂土》（臺北 洪範出版社 2002）
頁 15。

而是對故鄉的身殉，一種即使真有樂土，也不能棄舊獨享的深情表現。同時，我們也可以設想，詩人的水死，正帶有退回母親子宮的象徵，回到充滿羊水的原生地，因此是一種「回歸」，此一意念在第六章論「求女」時將有論略。

　　從上述討論中，我們更進一步確認時間因素在〈離騷〉文本脈絡中的關鍵作用，正因在詩人的意識中，時間一逝不反，過去的美好已無法複現；而死亡在前閒暇地招手，刻刻都對努力尋求生命安適的人造成恐慌與焦慮。於是詩人一面懷想過往的盛世、哀歎現實的醜惡，一面向未來（曾在）展開追尋。但過去、現在及未來，在詩人的時間意識中，並非一個刻度，而是一連串的過程，它甚至在幻想的作用中形成三維的交錯，過去召喚於眼前，未來則顯然是向著過往前行，詩人的眼光似乎總是帶著回憶的神采，卻又置己身於現實的掙扎與未來的行旅中，表層的時間在其深層的心理意識裏，被消解、轉化，既而溶解於詩的敘述裏，隨著閱讀的反複推敲，隱隱重現。

肆、論〈離騷〉中的時空焦慮

　　從〈離騷〉中，我們看到一個明顯的「時空焦慮」。所謂「時空」，名義上雖可割裂為「時間」與「空間」，但在〈離騷〉中，經常以空間的追尋影射時間的焦慮[1]，換句話說，空間的尋遊導源於對「時」（時光與時局）的不安。因此，在本章的討論裏，「時空」的定義主要落在「時間」的概念上。我們可以這樣概括：〈離騷〉事實上是一個企圖向「永恒」回歸的過程，詩人追尋的終極是在時間一去不返的俗世中找到邁向永恒的「出口」。從這個觀點來看，我們發現〈離騷〉隱含一個由「神聖」與「世俗」、「永恒」與「化滅」、「美好」與「醜惡」，甚至是「孤獨」與「群體」交織而成的對立結構，它佈滿於時間的影跡中[2]。

---

[1] 蕭兵指出：「〈離騷〉的時間感確實是突出的。空間的變換一直跟時間的追求聯繫在一起，其結構是多維的，立體的。詩人的求索和尋求也確實帶有一種追求人生的永恒、人生的價值、人生的理想的深刻意義。這跟〈離騷〉裏那種噴薄而出的緊迫感、危機感是一致的。」見：氏著《楚辭的文化破譯》（武漢　湖北人民出版社　1991）頁 121-122。此與筆者的見解基本上一致。

[2] 前人每以「莫足與為美政」的政治隱喻觀點解釋〈離騷〉，若就文本之寓意而論，此種觀點當無疑義。唯從敘述結構來看，〈離騷〉的中心主軸大致是沿著時間的焦慮感展開，並藉以收納任何可能的寓意。本文的論述，並非有任何重新檢視〈離騷〉中心寓意的企圖，而係勾勒其依時間焦慮所逐步呈現的敘述主軸，並略論當中所可能存在的語言深層意義。

一、系譜╱神聖與世俗的對立

〈離騷〉啟首即云:

> 帝高陽之苗裔兮,朕皇考曰伯庸。攝提貞于孟
> 陬兮,唯庚寅吾以降。皇覽揆余初度兮,肇錫
> 余以嘉名。名余曰正則兮,字余曰靈均。

這是一段出生系譜的紀錄。系譜的功能除了證明血統的純粹性外,同時也作為自我認識的參考架構。它記錄過往,集腋成裘,逐漸在時間的流逝中形成秩序,也形成概念。這個概念會向自我訓勉「該是什麼」而「不該是什麼」、「該成為什麼」而「不該成為什麼」[3]。因此,從自述系譜開始,〈離騷〉的敘述結構便引進了時間線索。「高陽」、「伯庸」是時間形成的「祖系」[4],它一方面述說著光榮的傳統(傳統由時間

---

[3] 參考:瀨川昌久《族譜:華南漢族的宗族、風水、移居》(錢杭 譯,上海書店出版社 1999)頁 1-25。

[4] 許多學者以為「伯庸」係詩人父親,故曰「皇考」,如王注。唯宋·洪興祖《補注》則引唐五臣注《文選》云:「古人質,與君同稱朕。又以伯庸為屈原父名,皆非也。原為人子,忍斥其父之名乎?」見:《楚辭補注》(台北 漢京文化鉛印本 1983)頁 3。是不以伯庸為詩人父名。唐·劉知幾《史通卷九·序傳》謂:「蓋作者自敘,其流出於中古乎?案屈原《離騷經》,其首章上陳氏族,下列祖考,先述厥生,次顯名字。自敘發跡,實基于此。」見:浦起龍釋、白玉崢校《史通校釋》(台北 藝文印書館 1986)頁 234。揆其意,蓋以高陽為氏族,以伯庸為祖考(祖先之泛稱),而非逕指為詩人之父。本文雖不擬辨別孰是孰非,然亦以伯庸實非詩人之父,而僅是其先人之泛稱,故以「祖系」稱之。

浸累造成）——所以說「紛吾既有此內美兮」；但也因此而帶來壓力——故後來詩人每每言及「老冉冉其將至兮，恐脩名之不立。」、「汩余若將不及兮，恐年歲之不吾與。」之類的話。「攝提貞于孟陬」、「庚寅」則更是時間的指標，有些學者強調其所指的是一個特殊的日子——「三寅日」，王逸注此句時只云「太歲在寅」、「庚寅之日」，並未明言此即寅年、寅月、寅日之「三寅日」[5]。但到了唐人陸善經《文選離騷注》時卻云：「歲、月、日皆以寅而降生，為得氣之正也。」[6]之後學者便認定〈離騷〉中的詩人生辰乃一「三寅日」，更賦于祥瑞之兆，如宋人錢杲之云：「原自以寅年寅月寅日生，若有禎祥然。」[7]即是。我們雖然無法確定〈離騷〉對生辰的敘述是否即「三寅」之日，事實上有許多學者反對此一看法[8]，但詩人在此特意標出，對照其下所云：「紛吾既有此內美」等，「紛」字表示「多」的意思，高陽後代是一項可炫揚的美質，皇考為伯庸，似也是美質之一；除此之外，既言「紛」，顯然這個生日也算是一項，象徵著詩人誕生的「不凡」與「神聖」。蕭兵指出：

---

[5] 見：《楚辭補注》頁 3。

[6] 參見：饒宗頤《楚辭書錄》（香港中文大學 1956）頁 119。饒先生在此說旁注云：「按此本王逸說。」然細觀王注，並未明言「寅月」。

[7] 轉引自：蕭兵《楚辭的文化破譯》頁 26。

[8] 如湯炳正便駁斥三寅之說，認為此乃後人之誤解。參見：氏著《屈賦新探·歷史文物的新出土與屈原生年月日的再探討》（臺北 貫雅圖書 1991）頁 23-46。

古代人認為某些「不平凡」的人物往往誕生在
不平凡的時刻，或者說正因為其不平凡的時刻
而可以證明其「不平凡」。因此他們出生時往
往帶著某種與生俱來的「靈性」（Mana）。屈原
引以自豪的內美（王注說：「言己之生內含天
地之美氣」），就帶有 Mana 的意味。[9]

「降」字尤其需要注意：字義上，「降」指由上而下，彷
彿「神諭」般下臨眾土[10]。《詩・商頌・玄鳥》：「天命玄鳥，
降而生商。」[11]義正如此。《楚辭》多內證：〈離騷〉云：「巫
咸將夕降兮」、「百神翳其備降兮」，所言皆指神靈之由天而
降，其神聖莊嚴固不待言，而〈湘夫人〉：「帝子降兮北渚。」
亦以「降」字彰顯湘夫人的神性[12]。從「文本互涉」
（Intertextuality[13]）的角度出發，「降」在古代應具有指示「原

---

[9] 見氏著：〈屈原名字生辰民俗解〉。收入：馬茂元等編《楚辭研究論文選》
（武漢 湖北人民出版社 1985）頁 69。
[10] 姜亮夫《重訂屈原賦校注》（天津古籍出版社 1987。頁 7）：「降字原義
當以自天而降為本義，此屈子自言天生，猶孔子之言：『天生德于予』之
義云爾。」。董楚平《楚辭譯注》（上海古籍出版社 1986）亦云：「先秦降
字很神聖，其主語一般是天與神，大多用於自天而降，或指王公貴族從臺
階上下來。……〈離騷〉篇首的降字，猶下文『巫咸將夕降兮』、『百神翳
其備降兮』的『降』，一個『降』字，活現了一個神話人物從天降臨的高
大形象。」（〈附錄〉二：〈離騷首八句考釋〉）。二說皆相當具啟發性。
[11] 引文見：宋・朱熹《詩經集注》（台北 群玉堂出版社仿古鉛印本 1991）
卷八，頁 192。
[12] 洪興祖云：「此言帝子之神，降於北渚，來享其祀也。」既言「帝子之
神」，可見其神性。前揭書頁 65。
[13] 「文本互涉」（Intertextuality）在現代文學批評中指的是：一個「文本」

生所在」的功能，表明其係由一個神聖的處所降臨，與系譜的作用相當。那麼，這個處所何在？粗略地說，我們以為其實就是「天」，亦可以用其它的符號表述或比喻，如「神界」、「仙界」等。與其說天是一個自然體，毋寧說它是由符號定義出的、一個不可測的神聖「存在」（exist，它同時也是人由世俗「出走」的唯一「出口」〔exit〕與歸依，後來詩人所展開的追尋都可以看作是向著「天」／原生回歸的象徵，也因此可以看做是一切的「中心」，〈離騷〉中明顯的「聖／俗」對立即由此展開。）「降」既是由上而下，似乎也正暗示一個由神聖轉向世俗的過程，為「神聖」與「世俗」的對立埋下了前提。「攝提貞于孟陬兮，唯庚寅吾以降」，說明了在某個特定時間卜所展開的空間，時間與空間在此作了緊密的聯繫，我們不認為此可等閒視之。易言之，〈離騷〉一開始關於系譜的陳述，猶如為詩人標上了不同於世俗的符號，也開展了因此而來的時空焦慮。

　　這個在特定時問下誕生所象徵的「神性」由〈離騷〉自述「嘉名」中取得可靠的論證：據《史記》，屈原名「平」，則「原」係其字；而〈離騷〉中的自述者名為「正則」，字為

（text），無論其屬文學性（literary）者，或非文學性者(non-literary)，都無可避免地與「之前的」或其他的文本產生聯繫。閱讀因此不再只是單一性的，而必須游走於各種相聯繫的文本間，因為「意義」（meanings）必待如此方可獲致。參見：Graham Allen: *"INTERTEXTUALITY"* (London: Routledge Press, 2000) pp.1~2.

「靈均」，很顯然是依「平原」二字創造出的假名[14]，重點在於「正」、「靈」二字的指稱作用，彷彿是在告訴閱讀者，他是天下之正，萬靈之均。換言之，其具有神聖的特質，可以視為神界在俗世的代言人，是一切世俗的準則[15]，故其特別強調自己的「內美」與「脩能」－「紛吾既有此內美兮，又重之以脩能。」王逸說：

> 言己之生，內含天地之美氣，又重有絕遠之能，
> 與眾異也。

我們認為這一解釋觸及了重點，「與眾異也」尤其是關鍵所在。「內美」與「脩能」，學者或以為一乃「天賦」，一乃「後習」[16]，亦即將「脩」釋為「治」，則「脩能」成了後天學習而得之才能，非天生稟賦。但從〈離騷〉文義來判斷，「內美」與「脩能」，都是詩人自別於他人的特質（尤其是「美」與「脩」

---

[14] 這可以只看作文學創作時的想像特性，如此能增加文本閱讀、詮釋時的多重性，但也能想得更複雜些，除非司馬遷誤認屈原的本名本字，否則這個問題便具有很大的討論空間。意即：屈原為何要創造一個依自己名字命名的「代言者」（或說「敘述者」）？讀者可參本論文第一章。

[15] 聞一多認為：「原之名字得于兆卦，則是卜于皇考之廟，皇考之靈因賜以此名此字也。」見：氏著《古典新義·離騷新詁》（中州古籍出版社 1954）頁 293。楊義則承其說，並引證古籍，得到「卜筮取名的儀式是以原始宗教思維方式，溝通天人之道的。」的結論。參見：氏著〈《離騷》的心靈史詩形態〉（文刊：《文學遺產》1997 年 6 月，頁 17-34）可見，詩人自述嘉名，實際便隱喻法天則地的神聖內涵。

[16] 清·吳世尚《楚辭疏》：「內美承上言，內以具於性者言，忠貞正直，天所賦也，故曰美；重，加也，脩能冒下言，脩以成於學者言，才智猷為，人所習也，故曰能。」參見：游國恩《離騷纂義》頁 25。

二字），二者實不當分開看待，如云：「世溷濁而嫉賢兮，好蔽美而稱惡。」是以「美」來區隔眾我；「民生各有所樂兮，余獨好脩以為常。」則是用「脩」表明自己不從於俗。且「脩」字，雖可假為「修」而具有「修治」之義，或引申而作「修飾」解，以致可視作動詞、形容詞。但在〈離騷〉文本中，「脩」字顯然經常以名詞型態出現，如「好脩」、「前脩」、「姱脩」等。這些「脩」字的意義，則應作「美善」解[17]。蓋「脩」之本義為「脯」，即肉乾，已具美味；假借為「修飾」之修，而「修飾」亦為了美，故云。所以我們擬將「脩」與「美」同時視為詩人獨有的特質，合稱為「脩美」。推論之，「脩美」表明詩人神聖的本質，自是天生稟賦，按理說也具有永恒不變的意義[18]。此一特質後來成為其與世俗對立[19]、甚至產生焦慮的主要因素。

---

[17] 姜亮夫謂：「按屈賦修（脩）字，單用或組合詞用，大約皆不出三義：一為修美，一為修遠，一為修養、修飾。凡篇中言『好修』者，皆修飾、修養之義；『前脩』、『姱脩』者，皆美善之義。」參：氏著《楚辭通故》（雲南人民出版社 1999）第二輯，頁 424。筆者以為，「好脩」之「脩」亦可訓為「美善」，置於〈離騷〉中，義無扞格。

[18] 王逸注云：「脩，遠也。」朱熹則謂：「脩，長也。」竊以為「脩」應具有「永恒」之義。宋人歐陽脩字「永叔」，從名、字相應的原則來看，「脩」、「永」並稱，可見「脩」具有「永」義。于大成認為，「脩」之言「永」，蓋借「脩」為「攸」故。因此，「脩」在〈離騷〉中當可解釋為「永」，如此則所謂「脩能」，即表示一種永恒不變的美德。見：氏著《文字‧文學‧文化》（臺北 文鏡出版社 1984）頁 142。

[19] 李豐楙曾以「服食求仙」的觀點看待〈離騷〉「好脩」的本質，其係試圖「通過宗教儀式中的齋戒、潔淨，由人性向神性超昇。」（參見：氏著〈服飾、服食與巫俗傳說〉。收在：余崇生編《楚辭研究論文集》（臺北 學海出版社 1985）頁 529-559。所謂「由人性向神性超昇」云云，亦正點出了「聖」與「俗」的對立。

　　系譜具有標記自我的功能，但同時也劃清了人、我的區
別，為對立設下前提。此外，書寫系譜也帶有歷史回溯的性
質，從時間的觀點看來，它總是望向過去。〈離騷〉中隨處可
見對前人的追述，茲不避贅冗，條列如下：

　　昔三后之純粹兮，固眾芳之所在。

　　彼堯舜之耿介兮，既遵道而得路；何桀、紂之
　　昌被兮，夫唯捷徑以窘步。

　　忽奔走以先後兮，及前王之踵武。

　　謇吾法夫前修兮，非世俗之所服；雖不周於今
　　之人兮，願依彭咸之遺則。

　　鯀婞直以亡身兮，終然殀乎羽之野，汝何博謇
　　而好脩兮，紛獨有此姱節？薋菉葹以盈室兮，判
　　獨離而不服。

　　依前聖以節中兮，喟憑心而歷茲。濟沅、湘以
　　南征兮，就重華而陳詞。啟九辯與九歌兮，夏
　　康娛以自縱。不顧難以圖後兮，五子用失乎家
　　巷。羿淫游以佚畋兮，又好射乎夫封狐。亂流
　　其鮮終兮，浞又貪夫厥家。

　　澆身被服強圉兮，縱欲而不忍。日康娛而自忘
　　兮，厥首用夫顛隕。

　　夏桀之常違兮，乃遂焉而逢殃。后辛之菹醢兮
　　，殷宗用之不長。

> 湯禹儼而祗敬兮，周論道而莫差。
>
> 皇剡剡其揚靈兮，告余以吉故，曰勉陞降以上下兮，求矩矱之所同。湯、禹儼而求合兮，摯咎繇而能調。苟中情其好修兮，又何必用夫行媒？說操築於傅巖兮，武丁用而不疑。呂望之鼓刀兮，遭周文而得舉。甯戚之謳歌兮，齊桓聞以該輔。

這種追述過往的舉動，一方面帶有自我慰藉的功能，另一方面卻也多少暗示著某種「歷史必然性」的對照。就前者而言，〈離騷〉中用香草象徵詩人神聖的特質，唯目前的世界卻是「戶服艾以盈要兮，謂幽蘭其不可佩」、「蘇糞壤以充幃兮，謂申椒其不芳」，面對世俗變易的窘狀，詩人芳美的特質成了孤獨的自賞，他只得追憶前賢，遙想三后之時，眾芳並存；或是商周以前，君臣契合，試圖尋求失落榮耀的支拄。也因此，我們總是聽到「阽余身而危死兮，覽余初其猶未悔，不量鑿而正枘兮，固前脩以菹醢」之類的悲壯長歌，既然前有所承，自身的不合時宜也就顯得不那麼寂寞了。這種引證前賢，以自憐自壯的詩句，在〈離騷〉中可謂唾手可得，例如：

> 鷙鳥之不群兮，自前世而固然。
>
> 伏清白以死直兮，固前聖之所厚。

等，莫不如此。

　　至於後者，從前引詩句略加釐清，顯然可見詩人自堯、舜、禹、湯一系而下的陳述軌跡，其間暗喻著一個由善變惡、由盛轉衰的必然因素：「遵道」。試看「彼堯、舜之耿介兮，既遵道而得路；何桀、紂之猖披兮，夫唯捷徑以窘步。」一段，「耿介」與「昌（猖）被」形成對比；「遵道」／「捷徑」、「得路」／「窘步」則是二組對比，其間的邏輯簡化為：

$$耿介 \rightarrow \leftarrow 遵道 \rightarrow \leftarrow 得路$$

$$昌被 \rightarrow \leftarrow 捷徑 \rightarrow \leftarrow 窘步$$

　　若加解釋則是：凡得路者皆因遵道而行，凡遵道者必然耿介；而凡窘步者必因取捷徑，取捷徑者則起於性格昌被，逆推亦然。準此，在同理可證的邏輯下，由芳郁轉為惡臭的時局必然遭致破敗的命運，這是迫使詩人陷入焦慮的另一主因，而它係來自對已經消逝的時間裏曾發生之事的判斷而得。這種「今／昔」對比的模式，一直是中國文學、史學的本體概念：文人長於撫今思昔，史家則反複強調「鑑往知來」的古老法則[20]。換言之，過去並未消失，它隨時會像鬼魅般

---

[20] 美國漢學家宇文所安（Stephen Owen）指出：中國古典文學中，到處都可以看見與往昔千絲萬縷的聯繫，其或爰引舊典，或自往事中尋求根據，以前人之行為來印證今日之重現（參見：氏著 *"Remembrances: The Experience of the Past in Classical Chinese Literature."* 〔Cambridge & London: Harvard University Press.1986〕P1.）。「回憶」可謂是中國古典文學中一個明顯的特色。至於史學，除了唐太宗的名言：「以古為鑑，可以知興替。」可藉以概要說明我國史學重視「述古」的傳統外，Arthur F. Wright 解釋：「（中

在記憶中閃現，甚至影響眼前一切的變動與判斷。

二、獨白與疏離

（但耿介在彼時眾芳並存的年代裏就必然是「遵道得路」的結果？）

詩人脩美的特質承自天賦，而此特質在〈離騷〉中則襲用香草之名[21]。詩人說自己「扈江離與辟芷兮，紉秋蘭以為佩。」又說：「擥木根以結茝兮，貫薜荔之落蕊；矯菌桂以紉蕙兮，索胡繩之纚纚。」這是詩人依照自我特質所佩戴的裝飾，換句話說，是他個人脩美的象徵（symbol），同時也可看作是詩人與世界「交流」（communication）、「對話」（dialogue）的自我符號[22]。然而，詩人卻自承「謇吾法夫前

與傳統道德觀點一致或背離時，會有什麼相應的結果。」（參見氏著：*"On the uses of Generalization in the study of Chinese History" Generalization in the Writing of History*, ed. By Louis Gottschalk〔Chicago: University of Chicago Press.1986〕PP.37-38.）則更充分地釐清了中國傳統「以古為鑑」之觀念滲入史學研究的普遍現象。

[21] 葉珊指出：「將草裝飾到外表上，他就增加了內在美，使他的人格完善。因此，那些草不僅是他的服飾表記，它們也含蓄地延伸，而成為他的美德的代名。」見：氏著〈服飾的象徵及追求／《離騷》與《仙后》比較研究〉。文刊：《純文學》10 卷 4 期，頁 22-43。1971 年 10 月。

[22] 語言哲學家洪堡特（Wilhelm von Humboldt）認為，語言並不僅是單純的溝通工具（Instrument），而是人類同時能藉以建構自我、並與世界區隔的中介。他指出：「語言並非只是對象世界之外在存有（Sein）的關鍵器官（Organ），而且是自我之內在存有的關鍵器官。」林信華解釋道：「在自我與世界的建構中，精神的勞動（Arbeit des Geistes）在被指向於語言的發生上，發展出來。一方面，世界在精神的展現中被客觀化；另一方面，自我

脩兮，非世俗之所服」，他的裝飾來自向前世的模仿，而與現今流行者全然不類，如此便遺落了世俗慣用的符號（symbol），失去了與現實對話的可能，所有的陳述都變作孤寂的獨白。之前提及「昔三后之純粹兮，固眾芳之所在。」的追述，句中明顯帶著對往昔純真時代的企慕，而一個「芳」字也洩露出詩人亟欲保存的芳香亦是基於來自遠古的召喚。我們看〈離騷〉中的一段對話：

> 女嬃之嬋媛兮，申申其詈予。曰：「鯀婞直以亡
> 身兮，終然殀乎羽之野。汝何博謇而好脩兮，
> 紛獨有此姱節。薋菉葹以盈室兮，判獨離而不
> 服。……世並舉而好朋兮，夫何煢獨而不予
> 聽？」

這似乎是明白不過的指陳：既然你效法前脩，我就以你的先人——鯀[23]——為例，他的下場又如何？婞直、耿介不

將這被客觀化的世界，於各主體間加以內化。語言必要地實踐了人我之間的心意交流。在這個自我意識中，思維並不是單純地依賴語言，而是展現語言。」有關洪堡特及林信華的觀點，並參：林信華《符號與社會》（臺北 唐山出版社 1999）頁 23。我們可以將詩人的裝飾暫依 Roland Barthes 在《流行體系》（Systéme de la Mode）中的觀點，看作是語言符號的展現。此一展現過程據洪堡特的說法，我們認為即詩人自我建構、並與世界交流區隔的過程。

[23] 孫馮翼《問經堂叢書》輯漢·宋衷注《世本·帝系篇》（在嚴一萍輯：《百部叢書集成》之三八。臺北 藝文印書館 1968。頁十一右）云：「顓頊生鯀，鯀生高密，是為禹。」又漢·趙曄（?-83）《吳越春秋·越王無餘外傳》（臺北 世界書局 1979。頁 173）：「禹父鯀者，帝顓頊之後。」詩人既自言係高陽帝顓頊苗裔，則鯀即其同系之祖先。

必然得致善終。我們以為女嬃在此引鯀為例正呼應了詩人每每依前人以自壯的系譜式陳述，然而詩人卻說：「曾歔欷余鬱邑兮，哀朕時之不當。」錯不在自己效法前人，而是生錯了時代，他依然要以前賢為法，「覽余初其猶未悔」。同樣討論著今昔，女嬃的標準放在現實，詩人的眼光卻停留在遠古，這是一個源自時空差序的齟齬，對話已經失去交集。可悲的是女嬃所詈是當道的言論，堅持仿古的詩人終究要遭遇世俗的放逐。如此便又自「今／昔」中引出一組「群／我」、同時是「理想」與「現實」的對立，此一對立的結果是詩人與現存世界永遠的疏離。

這樣的疏離可以溯自二個關鍵，都與「好脩」有關，也都指向「時」的焦慮。一是自然的時間，另一是客觀的時局。詩人被放逐在時光之流中，面對的是無法抗拒的死亡，而他所堅持的「脩美」，也將隨之消逝。「汩余若將不及兮，恐年歲之不吾與。」、「日月忽其不淹兮，春與秋其代序。」、「老冉冉其將至兮，恐脩名之不立。」在在滿佈時間流失的恐慌。因此，詩人做了許多努力，企圖讓永恆維繫不墜：

> 製芰荷以為衣兮，集芙蓉以為裳／佩繽紛其繁
>
> 飾兮，芳菲菲其彌章。

這些舉止暴露出其潛在的焦慮。一方面，不停地採集、並將象徵脩美的香草佩戴在身上，猶如一個終日恐懼破產之人將家當全帶在身邊般。「朝……，夕……。」的句法表明了

行動的積極與不間斷，彷彿朝夕相替，卻無停止。另一方面，
植物本身具有抗拒時間的功能，在神話中，植物的冬枯春榮，
循環往復，向來被先民視作不死的象徵。而〈離騷〉中每述
及時間流逝的恐慌，其下即接敘香草採集，如：

> 汩余若將不及兮，恐年歲之不吾與，朝搴阰之
> 木蘭兮，夕攬洲之宿莽／老冉冉其將至兮，恐
> 脩名之不立，朝飲木蘭之墜露兮，夕餐秋菊之
> 落英。

顯然在詩人自我意識中，香草具有延遲老化的作用[24]。
另外，

王逸注云：

> 草冬生不死者，楚人名曰宿莽。……木蘭去皮
> 不死，宿莽遇冬不枯，以喻讒人雖欲困己，己
> 受天性，終不可變易也。[25]

---

[24] 楊義指出：「芳草妙喻是與時間意識相交織的，草木凋零感乃是具象化
的時間體驗。（中略）當他把芳草情操當作生命本質的時候，便面臨著這
種生命本質必須容納在川流不息的時間形式之中的困惑。」見：氏著：〈《離
騷》心靈史詩型態〉（文刊：北京《文學遺產》1997 年 6 月，頁 17-34）我
們則以為，植物本身雖具凋零性質，因此引起詩人的時間恐慌；但同時植
物也具有冬枯春榮的「再生」功能，透過原始類比思惟原則的比附，詩人
因而產生採集香草以抗拒老死的念頭，此與楊義先生的觀點看似矛盾，實
則不然。蓋神話思惟中每有「對立轉換」的現象，亦即「死—再生」之認
同，以為死即再生之機。尤其植物本具再生功能，其一方面引向時間消逝
的焦慮，另一方面卻燃起再生的希望，頗符合神話「對立轉換」的思惟原
則。
[25] 見：《楚辭補注》頁 6。

如果王注所云不誣，那麼概括而言，詩人採集這類植物，基本上都是企求恒久的象徵性舉動。尤其「朝飲木蘭之墜露兮，夕餐秋菊之落英」二句，相當值得注意。蓋〈離騷〉中言及之香草甚夥，但多用以佩帶、裝飾，唯獨「木蘭之墜露」與「秋菊之落英」，卻是詩人所餐飲。以花為食，早在先秦典籍即有記載，《呂氏春秋‧本味》云：

> 菜之美者，昆侖之蘋，壽木之華。指姑之東，
> 中容之國，有赤木、玄木之味焉；余瞀之南，
> 南極之崖，有菜，其名曰嘉樹，其色若碧；陽
> 華之芸，雲夢之芹，具區之菁；浸淵之草，名
> 曰土英。[26]

其所云雖是「菜」，但實指花草。本篇係記載伊尹以「庖中至味」向湯王解釋治世之道，對照另外所述的「肉之美者」、「果之美者」、「魚之美者」，皆為可食之物，所以引文中的花草也是用來吃的。這段紀錄的真實性無法詳究，但《呂覽》成書時間與〈離騷〉相去不遠，略可推證詩人「飲露食菊」，當非一時興起，而係有吃花草的時俗為背景的。我們以為裝飾香草主要用來區別人、我的不同，並象徵自我德性的高潔與不朽；唯以之為飲食則顯然已帶著生命關懷的動機，換言之，這其中有「服食養生」的意義，它暗示詩人對不死的企

---

[26] 見：秦‧呂不韋（？）撰，漢‧高誘（？）注《呂氏春秋‧孝行覽》（台

望。所謂「木蘭之墜露」，除了王逸云「木蘭去皮不死」外，
羅願（1136-1184）《爾雅翼》說它「冬夏榮，常以冬華。」[27]
吳仁傑《離騷草木疏》則謂：「《酉陽雜俎》云：『木中一歲再
華者，唯木蘭為然。』今按木蘭四時著花，又有四月著花者，
謂之夏木蘭。《雜俎》恐誤。」[28]不管是冬天開花，一歲再華，
抑或四時皆花，學者所辯其實都是「木蘭科」，只是品種不同。
此木特性是常綠，遇冬不枯，所以晉・成公綏（231-273）《木
蘭賦》乃頌曰：「諒抗節而矯時，獨滋茂而不凋。」[29]或許正
是因為常綠不凋的特性，帶有永恒的象徵，所以詩人才想啜
飲其露，希藉以養生。

　　至於「秋菊落英」，雖然「落」字曾引起許多學者的討論
[30]，但菊花後來成為「延壽」的象徵[31]，多少可以藉此推測在
〈離騷〉中詩人所以提及「夕餐秋菊」，概與抗拒老化有關。
傳為屈原所作的《九歌・禮魂》稱：「春蘭兮秋菊，長無絕兮

北藝文印書館 1974）卷十四。頁 322-324。
[27] 宋・羅願《爾雅翼》（《學津討源》本。在：台北 藝文印書館影印《百
部叢書集成》之四十六）卷十二，頁三。
[28] 宋・吳仁傑《離騷草木疏》（《知不足齋叢書》本。在：台北 藝文印書
館影印《百部叢書集成》之廿九）卷三，頁十。
[29] 徵自：清・陳元龍輯《歷代賦彙》（北京大學圖書館 1999）第八冊，頁
582。
[30] 學者對「秋菊落英」的爭論主要在於「落」究竟訓為「隕落」或「始」
方屬正塙。關於這個問題，可參游國恩〈說《離騷》「秋菊之落英」〉，收
在：《游國恩學術論文集》（北京 中華書局 1989）頁 185-188。
[31] 菊花有延壽的功能，可參本論文第五章〈不死的慾念——論「夕餐秋菊
之落英」〉。

終古。」如果「長無絕兮」云云是因春蘭秋菊而生之結論，那麼即多少可以證成菊在當時已有不死之意。先漢時期（？）的《神農本草經》說：「（蘭）利水道，殺蠱毒，辟不祥。久服益氣，輕身不老，通神明。」、「鞠華（菊花）久服利血氣，輕身，耐老延年。[32]」是則蘭、菊在古時同具有「耐老」的功能。而曹丕在〈九日與鍾繇書〉（一作〈與鍾繇九日送菊書〉）中提到：

> 是月律中無射，言群木庶草，無有射地而生。
> 至於芳菊，紛然獨榮。……故屈平悲老冉冉之
> 將至，思飧秋菊之樂（落）英。[33]

「菊花」可以延壽的觀念究起於何時，今已無法考查，〈離騷〉寫定之時是否已有食菊長生的民俗亦不能確定。唯從文理上，可以明白看出曹丕是將詩人「餐秋菊之落英」的舉止與恐懼老化聯想在一起，亦即將「食菊」視為延壽的行為，這是一個重要的關鍵，也帶有啟發性。我們固然可以將曹丕的理解視為係受了後來食菊可以長壽觀念的影響；但另一方面也可以說是因為〈離騷〉的文義中帶著如此的訊息，才引起曹氏將「悲老」與「飧菊」作成因果聯想。食菊可以長生

---

[32] 見：清·孫星衍（1753-1818）輯《神農本草經》（台灣中華書局據問經堂本校刊．1979）卷七，頁二七左及卷一，頁十一右。
[33] 見：清·嚴可均（1762-1843）輯：《全上古三代秦漢三國六朝文·全三國文》（台北 世界書局 1982）卷七，頁四右。

顯然是一個浸漸形成的概念（concept），任何關於菊花的「記載」（record）都可被視作此一概念成型、穩固並且傳遞的「話語」（discourse）。換句話說，我們認為，〈離騷〉「餐秋菊之落英」的陳述，即使不是最早啟發食菊可以延壽之想法的文本，也絕對是影響、或延續這種服食觀念發展的重要論述（話語）。

其次，〈離騷〉中關於時間消逝的心理陳述，也可以從用字中分析出明確的焦慮感，試看底下挑選的一組詩句：

> 汩余若將不及兮，恐年歲之不吾與。
> 日月忽其不淹兮，春與秋其代序。
> 惟草木之零落兮，恐美人之遲暮。
> 老冉冉其將至兮，恐脩名之不立。
> 曾歔欷余鬱邑兮，哀朕時之不當。
> 欲少留此靈瑣兮，日忽忽其將暮。
> 時曖曖以將罷兮，結幽蘭而延佇。

十四句、共八十五字（兮字扣除）中，用了「不及」、「不吾與」、「不淹」、「不立」、「不當」。「不」字出現了五次，似乎詩人有意、或說是潛意識中對「不」字有相當的青睞。「不」用作否定的前提，落後、孤獨、漂泊的情調展露無遺。另外，「將」字出現三次：「將至」、「將暮」、「將罷」都表明「限期」已至的意味，彷彿日迫西山，一切形將破滅，此與「暮」、「零落」、「曖曖」等詞所呈現的意象正同。而「汩」、「忽」、「忽

忽」、「冉冉」則狀喻時間流逝的迅速與不覺，超越了詩人有限的掌握。而代表主觀情緒的「恐」（出現三次）、「哀」、「歔欷」等，更是強烈暴露出其面對時間時憂愁、焦慮與無奈的心情。

至於所謂「脩名之不立」，傳統解釋為「恐脩身建德，而功不成名不立也。[34]」這顯然是古來「君子疾沒世而名不稱焉」的價值觀之理解。從時間的觀點來講，實際上「不立」意味著「失落」，詩人遺落了象徵神聖、永恒的「脩名」，等於宣告了永恒的不再。這種陳述一再重複著弔詭的爭辯：如果永恒真的存在，為何敵不過時間的侵蝕？

而面對時局，詩人反複唷嘆：「忳鬱邑余侘傺兮，吾獨窮困乎此時也。」、「曾歔欷余鬱邑兮，哀朕時之不當。」明白表示自我「生不逢時」的鬱悒。矛盾的是，其既生於吉旦，卻嘆時之不當，這又是一個「聖」與「俗」的對立。宛如一個人生辰八字皆屬大吉，卻因俗世多艱，終落得坎坷潦倒一樣地諷刺。詩人提出如此的弔詭，一方面宣告「聖時」遭遇「俗世」的節節敗退，另一方面也就引發了觀者對「神聖」的懷疑：究竟那所謂的「吉時」，是由世俗的符號所定義出來，抑或真實存在？倘若真的存在，又為何敵不過世俗的醜惡？這個弔詭加強了〈離騷〉的悲劇張力，也向世界拋出了無法

---

[34] 王逸語。見：洪興祖《楚辭補注》頁 12。

回答的困惑。

　　總之,詩人秉承來自聖域的「脩美」本質,卻在濁流中一再敗退:「蘭芷變而不芳兮,荃蕙化而為茅。何昔日之芳草兮,今直為此蕭艾也?」這裏又繼續提出「昔」與「今」的對照,「昔」既不同於「今」,「永恒」也就無法存在。更何況這之間還盤據著「變」與「化」的現實,不啻對「永恒」做了最直接的嘲諷。永恒失落、不容於現實,退無所據,進無所從,那種被拋落於漫漫時空中的孤寂,正自文本的縫隙間汨汨流出。「時繽紛其變易兮,又何以淹留?」——因此詩人要展開追尋。追尋一方面是對俗世的揚棄,另一方面則是為了找回「永恒」,這個「永恒」在他原生時早已存在,所以「追尋」其實也是「回歸」,回到他原生的時刻。

三、追尋、回歸與落後

　　不合於時,因此詩人要追尋。追尋的目標是曾經失落的永恒,在〈離騷〉中,詩人一再回憶「曾經」存在的古聖先賢,無疑正是尋求回歸的表現。然而這種追述古聖先賢的舉動卻也充滿時間的焦慮。首先,回憶本身便存在著零碎的特質,它總是不完整的,並且訴說著再完美的過往,只要一經時光的流逝,終究逃不過殘缺的命運。詩人努力想要記著曾經發生的歷史,或許堅信著過去猶會重現,但卻正暴露出眼

前困阨難耐的窘狀、與前聖根本不再的覺醒。因此,他試圖用空間巡遊的行為掩飾回憶過往的不濟,這也是為什麼〈離騷〉中的追尋總是充滿與過去糾纏牽繫的主要原因。

其次,我們看到〈離騷〉所述及的巡遊,每每帶有邊界的意象。如所謂「飲余馬於咸池,總余轡乎扶桑」者,「咸池」是「日浴處」,太陽落下的地方,為地表可見的最西極;「扶桑」則是日所出,是最東邊,二者顯然都是邊界。另外,像詩人自述「覽相觀於四極兮,周流乎天余乃下」、「周流觀乎上下」等,所謂四極、周流、上下等等,都具有明確的邊界義涵。而西極、懸圃、若木等,在神話的世界裏也都處於邊界的位置,詩人卻總愛盤桓於這些地方,顯然是將自己邊緣化了。

這種邊緣化的現象頗接近於民俗學上「過渡禮儀」(rites de Passage 或 transition rites)的第二階段[35],特納(Victor Turner)稱之為「侷限人」(Liminars)時期。由於與原狀態的分離後,尚未能到達人生的新狀態,「侷限時期」便顯得模糊而徬徨,既不能回頭,前程亦渺茫難臆,自身於是陷入邊緣化的無可如何[36]。〈離騷〉中的詩人決意離開世俗,追尋心

---

[35] 「通過禮儀」指個人由青少年向成人轉換的一個生命儀式,范·根納普(Van Gennep)指出此種儀式概有三個階段:分離(separation)、邊緣(margin)及重聚(reaggregation)。參見:Victor Turner: *"On the edge of the bush"* p.158。Tucson: The University of Arizona Press. 1985。

[36] 參見:Victor Turner: *"Betwixt and Between: The Liminal Period in Rites de*

中的樂土,但故國一再於回憶中召喚,樂園又飄杳無跡,他不斷到達邊界,其實正說明內心的徬徨與掙扎。但時光悠悠,卻迫使他無法停歇,若不能超越困境,其美好的特質將永遠隕滅,同時也象徵著永恒的樂土根本不在。崑崙的追尋,便具有這樣的深義。

　　詩人在〈離騷〉裏數度提及崑崙:「邅吾道夫崑崙兮」,固然是明言朝著崑崙出發;而「朝發軔於蒼梧兮,夕余至乎縣圃。」「縣圃」,依《淮南子》、《水經注》,其地即在崑崙之上[37];「朝吾將濟於白水兮,登閬風而緤馬。」「白水」、「閬風」亦在崑崙[38],其他相關遊歷,亦多圍繞著此地。姜亮夫先生指出:

> 從〈離騷〉整篇觀之,曾言及縣圃、閬風、西極、流沙、赤水、不周、西海等,此皆環繞崑崙之高峰、大水、靈地、奇境,則屈子之憧憬於崑崙者,極其頻繁而深切。

他並解釋此一現象是因為「楚之先,顓頊之生死嬪娶之

Passage" 收在: "Proceedings of the American Ethnological Society for 1964" pp.4-20. Seattle: University of Washington Press.

[37] 酈道元(462 或 472-527)《水經注》:「崑崙之山三級,下曰樊間,一名板桐;二曰玄(縣)圃,一名閬風;上曰層城,一名天庭。」見:清·戴震(1623-1777)校《水經注》(台北 世界書局 1983)卷一,頁一。《淮南·墜形訓》(見:台北 藝文印書館影印日本古卷子本,頁 104。1974):「傾宮、旋室、縣圃、涼風、樊桐在昆侖閶闔之中。」

[38] 前引《淮南子》:「白水出崑崙之上,飲之不死。」是則白水亦在崑崙。

地，亦即楚民族發祥之地也。故每當萬事瓦裂之際，無可奈
何之時，必以崑崙為依歸。」[39]等於說崑崙是詩人失意時的
慰藉所在，此與我們前面論述的「回歸原生處所」有些許謀
合。唯前已述及，〈離騷〉的自述者是天、神在凡世的代言者，
故其原生處所亦指天庭，所以「崑崙」其實也就是天庭所在
[40]，是故詩人既遊歷縣圃，乃謂「吾令帝閽開關兮，倚閶闔
而望予。」「閶闔」就是「天門」[41]，詩人欲入天門，是向著
原生之地回歸，無奈「時曖曖以將罷」，遂被摒於外。此一敘
述暗示自我在追求、回歸永恒的努力中，對時間的抗拒遭遇
了失敗。

　　順勢以論，除了原生之地的意指外，「崑崙」是古代傳說
中的仙鄉，是不死／永恒的象徵[42]。《淮南子》謂昆侖（崑崙）
疏圃，「浸之黃水，黃水三周復其原，是謂丹水，飲之不死。」

---

[39] 見氏著《重訂屈原賦校注》頁 120。
[40] 揚雄《太玄》（台灣中華書局據江都秦氏本校刊 1981）卷一注云：「昆
侖者，天象之大也。」（頁二左）宋‧丁度（990-1053）《集韻‧平聲卷二》
（台灣中華書局據棟亭五種本校刊 1980）：「昆侖天形。」（頁三十右）前
引《水經‧河水注》亦云：「崑崙，……一名天庭。」足見崑崙在古時即
為天之同位指稱語。
[41] 《說文解字》十二篇上：「閶，天門也。」見：清‧段玉裁《說文解字
注》（台北 黎明文化事業公司影印經韻樓藏本）頁 593 上左。《淮南子‧原道
訓》：「排閶闔，淪天門。」注：「閶闔，始升天之門也。」據張雙棣《淮
南子校釋》（北京大學出版社 1997）頁 18,23。
[42] 呂微指出：「昆侖山象徵了女性和母性，因而在神話結構中，昆侖山天
然具有生育的功能，這也是西王母掌握不死藥的由來。……在神話中，凡
是生育或再生的母題多與昆侖山有關。」（見氏著〈昆侖語義釋源〉。收在：
馬昌儀編《中國神話學文論選粹》（北京 中國廣播電視出版社 1994）頁
498-508。

又說：「昆侖之丘，或上倍之，是謂涼風之山，登之而不死。」[43]在在標舉崑崙具有不死仙境的神奇性。詩人在〈離騷〉中自述「欲少留此靈瑣兮」，以「靈瑣」稱崑崙，此與劉安所說「昆侖之丘⋯⋯，或上倍之，是謂之懸圃，登之乃靈，能使風雨。」正相呼應，可見在詩人眼中，崑崙就是仙鄉，是不死的象徵，也是永恒的企慕。

其次，即使用具體行動展開追尋，然面對時間，詩人卻一再表明自己是一個永遠的落後者。「朝發軔於蒼梧兮，夕余至乎縣圃，欲少留此靈瑣兮，日忽忽其將暮。」他在天際巡遊，不過想在某個地方暫歇，（縣圃在崑崙山上，其實具有永恒的象徵。）但時光匆匆，卻彷彿瞬間流逝，迫使他發出「忽忽將暮」的感嘆。但一種面對失望的勇氣[44]卻又激使他對日神發出命令：「吾令羲和弭節兮，望崦嵫而勿迫。」「崦嵫」是太陽下山的地方[45]，詩人令日神勿入崦嵫，暴露了他落後於時的焦慮感，之後的陳述也承認了命令的無效：「路曼曼其脩遠兮，吾將上下而求索。」他只能展開另一個不知終點的

---

[43] 見：《淮南子・墜形訓》（藝文印書館）頁 104。
[44] 陳世驤先生指出：「屈原詩的偉大之處，即在於其自我的剛毅不屈，用當代迪里格（Paul Tillich）的辭彙，曾稱之為『面對失望的勇氣』。」（氏著：〈論時：屈賦發微・下〉。古添洪　譯，《幼獅月刊》45 卷 3 期，頁 13-21。）本文雖不稱屈原，然就〈離騷〉中詩人之行徑以論，亦可見詩人「面對失望之勇氣」，故云。
[45] 王逸注云：「崦嵫，日所入山也，下有蒙水，水中有虞淵。」見：《楚辭補注》頁 27。

追尋。而凡是追尋，必又引起與時間的衝突。試看：「折若木
以拂日兮，聊逍遙以相羊。……吾令帝閽開關兮，倚閶闔而
望予。時曖曖其將罷兮，結幽蘭而延佇。」既不能令日神停
留，詩人轉而企圖折取若木，以阻止太陽西迫，王逸注得好：

> 言己總結日彎，恐不能制，年時卒過，故復轉
> 之西極，折取若木，以拂擊日，使之還去……。
> 46

　　這顯然也是因落後於時而出現的極端行為。其後，詩人
又欲上帝閽，並且令之為其倚望而勿閉，但「時」又先到了
一步，輕佻地說，帝閽早已打烊，他又成了後來者，只能「結
幽蘭而延佇」。「延佇」其實正是時間的延遲，一種處於欲走
還留的難捨、不解與無奈的狀態[47]。這個充滿欲望的呆立狀
況，在在顯示詩人內心企求時光為其延遲而不得的落寞。無
可如何之間，他又上了崑崙，展開「求女」的歷程。只是，
他所追求的五位女子，接續落空，證明詩人是永遠的落後者
[48]。

---

[46] 見：《楚辭補注》頁 28。
[47] 王逸注云：「延，長也；佇，立貌。……言己……長立而望，將欲還反
終己之志也。」（《楚辭補注》頁 30。）段玉裁《說文解字注》則謂：「《毛
詩傳》云：『宁，久立也。』……俗字作『佇』。」（頁 744）洪興祖《補注》
從之。則所謂「延佇」可以推測是一種長時間的呆立狀況；而既長立以望，
顯然是充滿欲念卻不可得而致。並參：姜亮夫《楚辭通故》（昆明 雲南人
民出版社 1999）第四輯，頁 608-609。
[48] 有關「求女」的意義分析，可參本論文第六章〈永恒與失落——從神話
分析論《離騷》「求女」的深層義涵〉。

　　準上述，我們以為，詩人的追尋與遠遊，實際上是一種帶著急迫的時間焦慮感所作的回歸努力。與其說其行動是向著未來前進，不如說是向著象徵永恒的過往退行。絕大部分的學者都認定詩人在〈亂辭〉中所說的「從彭咸之所居」，是其最後的自殺宣言。筆者雖不認為依彭咸遺則云云即自沈的明證，但〈離騷〉文本縫隙間卻著實汩汩流洩著深刻的死亡欲念，並因此形成一種弔詭：一方面恐懼時光的流逝（時光流逝意謂著死亡），一方面卻深受古老神話法則的制約，試圖追尋死亡以求再生。中國自古以來蟬蛻登仙的行動都顯然帶著類此的矛盾。這其中存在一個「世俗」與「神話」的認同對立：亦即認同世俗，則時光流逝意味著死亡，死亡則指向形消神滅；若確信神話，則死亡是重生、永恒的過程而已。〈離騷〉中的詩人，其文脈不時透露這樣的矛盾心理。唯此種矛盾法則卻有其合理的邏輯思惟：亦即若能尋得仙界的轉化方法，則人世的形體隕滅將成為重生的契機。在〈離騷〉中，詩人揚世俗而遠遊，實則已具追尋仙界（聖域）的意義[49]，是為了破除現實時間的壓迫。聖域是早已存在的，在過往的傳說中它確實存在，所以向前的追求可以是對過去的尋繹，不過前提是必須棄俗而遠離，〈離騷〉所以言「離」，我們以

---

[49] 〈離騷〉末段描寫出遊的盛況：「屯余車其千乘兮，齊玉軑而並馳。駕八龍之婉婉兮，載雲旗之委蛇。……奏九歌而舞韶兮，聊假日以媮樂。」明顯可見濃厚的神話意味，視之為神仙追尋，當屬合理。

為意正如此。遺憾的是，詩人最後並沒有成功，在即將遠離的剎那，他瞥眼望見故宇，這一回頭宛若侵滅了肩上的三昧真火，使其最後的決心化為永恆的失落。而此一回望故都的敘述，我們認為帶有相當深刻的隱喻：它暗示詩人對聖域的覺醒，而對現實的低頭。易言之，聖域的存在只是虛幻的想像，任何追尋的行為終究無法逃離現實的考驗，世界只有一個，那就是真實的世俗。如果說詩人最後真的以自殺來結束生命，那麼可以肯定的是，其動機絕非為了託死以求再生，而是對現實的絕望與永遠離棄。如此看來，〈離騷〉中所有基於時間焦慮而產生的奇思幻想，都成了最後絕望自裁的最佳襯映。

依現行〈離騷〉的版本，其敘述結構大致為「自述身世」→「不容於俗」→「疑問卜行」→「追尋遠遊」→「回歸」。其間交雜著「神聖／世俗」、「群體／自我」、「永恆／短暫」、「芳美／醜惡」、「今／昔」的明顯對立。而牽動整個敘述結構的關鍵則是帶著「時間」因素的「脩能」，它象徵著一個美好的特質、完美的世界，所以詩人要與時間競逐，透過任何可能的方式力圖維其不墜。也因此使得〈離騷〉中佈滿了時光匆匆的焦慮與恐懼。

伍、不死的欲念
——略論「夕餐秋菊之落英」

　　〈離騷〉:「朝飲木蘭之墜露兮，夕餐秋菊之落英。」一句，曾在學術界造成一段公案，其中最有名的軼事，就是歐陽脩（1007-1072）對王安石（1021-1086）〈殘菊詩〉的質疑，而其爭論之關鍵，即在「落」字的詁訓上[1]。唯本文不擬再探究此一公案，而是將重點放在討論本組句的象徵意義上，並且認為此一組句實隱含一個企求永恒不死的欲念，其正呼應了〈離騷〉中所深蘊的時間流逝之焦慮，後人每讀〈離騷〉，或是歌詠秋菊，其實都基本上掌握了此一不死的象徵。換言之，從文獻紀錄來看，〈離騷〉這組詩句，可以說是中國文學史上對「菊花」最早的歌詠，而後人讀之，每興「養生」的聯想，約略可以反證這一組句實含有不死欲念的暗示。之後浸假沿襲，「食菊」成為文人養生觀念的重要行止，並成為隱士自況的象徵，實皆與〈離騷〉所述有密切的關係。底下將就〈離騷〉文本、後人對本組句的閱讀反應、歷來文獻與文學作品關於菊花之記述等層面，逐一討論。

---

[1] 對於「落」字的訓解，宋人主要有四種異說：洪興祖《楚辭補注》訓為「墜摘」；吳仁傑《離騷草木疏》釋為「始」；李壁（1159-1222）《王荊公詩注》謂「半傷」曰「落」；王楙《野客叢書》則以文學「反常」之理解為「衰落」。這些論點，游國恩（1899-1978）在其〈說《離騷》秋菊之落英〉一文中皆有評述，學者可參。游文收在《游國恩學術論文集》（北京　中華書局　1989）頁 185-188。

一、從〈離騷〉文本脈絡論「食菊」的義涵

　　〈離騷〉中所述及的植被,唯有本組句之「木蘭墜露」與「秋菊落英」是被詩人拿來食用者,其餘大都作為佩飾。而嚴格說來,「木蘭之墜露」,詩人所食用的是露水,並非木蘭,真正作為食物的,只有「秋菊」。詩人為何獨獨要食菊(特別強調菊花,而非其它植物)?換句話說,吃菊花究竟動機何在?我們似不能逕由後代訓詁及民俗、醫書等記載來理解,而當先自〈離騷〉文本中去探究其蛛絲馬跡。以下迻錄〈離騷〉本段原文,以為討論之資:

　　　　老冉冉其將至兮,恐脩名之不立。朝飲木蘭之
　　　　墜露兮,夕餐秋菊之落英。苟余情其信姱以練
　　　　要兮,長顑頷亦何傷?

　　在本段中,詩人因為「老冉冉其將至兮,恐脩名之不立。」所以才有「朝飲木蘭之墜露,夕餐秋菊之落英」的舉止,顯然二者之間有密切的聯繫。或許有學者會質疑本文對此段的節錄恐有斷章之嫌,但對照其它段落,詩人自嘆「汩余若將不及兮,恐年歲之不吾與」,同樣焦慮於時間的流逝,底下旋接「朝搴阰之木蘭兮,夕攬洲之宿莽」,句法與本段類似,則此類植被的採集,具有消除詩人時間焦慮的作用,應屬合理的推論。其實在〈離騷〉中,植物的敘述每與「時」有極密切的關係,而所謂「時」,一指「時間」,一指「時局」,卻都

聯繫著過去、現在與未來，形成一個連貫的焦慮體，此在前
章已有論述。例如：

> 帝高陽之苗裔兮，朕皇考曰伯庸。攝提貞於孟
> 陬兮，唯庚寅吾以降，……紛吾既有此內美兮
> ，又重之以脩能。扈江離與辟芷兮，紉秋蘭以
> 為佩。

詩人一開始便陳述自我承自過往的美德，與誕生時辰的
特殊性，在時間上已將自我作成了區隔。而所謂「苗裔」，雖
然是尋常的比喻，卻同時透露著詩人將以植物分別自我與俗
世的動機，因此他在底下旋以「江離」、「辟芷」、「秋蘭」等
香草來裝飾自己，等於是宣告自我與所處「時局」的不同，
也即是象徵本身在特殊時間下所賦有的特質。

其次，如「昔三后之純粹兮，固眾芳之所在。雜申椒與
菌桂兮，豈維紉夫蕙茝。」一個「昔」字，標識出詩人崇尚
往日美好的習性，而這種存在記憶中的美麗世界，同樣用香
草作為喻示。再如「余既滋蘭之九畹兮，又樹蕙之百畝。畦
留夷與揭車兮，雜杜衡與芳芷。冀枝葉之峻茂兮，願竢時乎
吾將刈。」所謂「竢時」，就是等待適當的時機，這個時機與
眼前「眾皆競以貪婪兮，憑不猒乎求索」的狀態是不同的，
因此是對「未來」的冀望。此一冀望轉化為芳草的栽植，時
間的影子依舊悠悠在其中流轉。對照「擥木根以結茝兮，貫
薜荔之落蕊；矯菌桂以紉蕙兮，索胡繩之纚纚。謇吾法夫前

脩兮，非世俗之所服。」則明顯可以映證，詩人採集、栽植
芳草，一方面是對過往的眷戀與效法，另一方面則是對未來
的期許，但其動機都是源自對世俗的差序，也就是對現實的
不滿，所以說「非世俗之所服」。究其實，詩人所要追求的，
是一個如香草般芬芳美好的世界，而這個世界具有永恒的喻
意，所以他要歌詠「芳菲菲而難虧兮，芬至今猶未沫」——
歷久不衰的美質。因此我們認為在〈離騷〉中，植物的描述
始終牽繫著時間的焦慮與時局的企盼。依此以證「夕餐」二
句，詩人試圖逃避時間恐慌的意圖且昭昭然矣！

　　食菊可以抗拒時間的流逝，似乎暗示著木蘭墜露與菊花
都具有輔體延年的功效（王逸、洪興祖皆有此見解，詳下節），
但是這樣的理解卻在下句「長顑頷」時出現疑慮。「顑頷」，
王逸（約 90-165）解為「飢而不飽」[2]，是確詁，《說文》作
「顄頷」，並謂：「食不飽，面黃起行也。」段注：「〈離騷〉：
『長顑頷亦何傷。』王注：『顑頷，不飽貌。』按：許之顄頷
即顑頷也，〈離騷〉假借頷為頷。」[3]既然不飽，卻又為何可
以「輔體延年」？這似乎是自相矛盾的。易言之，詩人應是
用飲露食菊來自況其即使食不能飽，或如蔣驥所言：「飲露餐

---

[2] 前揭書頁。
[3] 見：《說文解字注》（臺北 黎明文化影印清‧經韻樓藏本 1974）頁 426
上右。

英，清貧之況。」[4]但亦不能忘情於自我天賦之美德，而隨俗從流[5]。如此，則所謂「自潤澤」（王逸語）、「輔體延年」等企圖扭轉時間焦慮的解釋不就頓時落空，成為臆測？這麼推論自有道理，但情況也並不如此悲觀。首先，如前段所論，〈離騷〉的文脈將木蘭、宿莽、菊花的採集緊承時間流逝的恐懼之後陳述，其文義已暗示這類植物具有抗拒老化的「意義」（不論是抽象或實質），所以後人讀之，亦每興這種聯想（如曹丕，詳下節）。其次，〈離騷〉中所述及的香草，很多都是可供食用者，如江離、茝、椒、桂、蕙、茹等[6]，《九章·惜誦》云：「檮木蘭以矯蕙兮，鑿申椒以為糧。播江離與滋菊兮，願春日以為糗芳。」所謂鑿糧、糗芳，都是以之為食物的意思[7]，可見詩人所知可食之植物甚眾。卻為何在〈離騷〉中獨以「菊」為食？是否在詩人的觀念中，食菊具有特殊的功用？我們似乎也可以如此理解：正因菊花具有輔體延年的效果，所以當詩人僅以其為食之際，亦不會因此而衰老、滅亡。此亦可由下句「苟余情其信姱以練要兮，長顑頷亦何傷」推論而得。

王逸注「姱」為「大」，此為本義，《廣雅·釋詁》：「夸，

---

[4] 見：《山帶閣注楚辭》（臺北 宏業書局 1972 鉛印本）頁 36。
[5] 明·汪瑗（ ?-1566?）《楚辭集解》（董洪利點校 北京古籍出版社 1994 鉛印本）云：「言所困者身，而無損于道也。」（頁 46），義正如此。
[6] 可參：潘富俊《楚辭植物圖鑑》（臺北 貓頭鷹出版社 2002）之說解。潘書引證古籍及現代植物學頗簡要，故本文引證之。
[7] 參見：《楚辭補注》頁 127。

大也。」[8]「姱」從「夸」，故亦具有「大」義。但置入本組句中，則顯然釋「姱」為「大」是有問題的，蓋詩人既言「顑頷」，食已不能飽，又如何可能為「大」呢？雖然說先秦「大」亦有「美」、「佳」之義，如《說文》訓「美」為「從羊大」[9]，《廣雅・釋詁》：「佳，大也。」等是，但畢竟此訓易引人誤解為「巨大」之美，所以洪興祖補注此節乃云：「信姱，言實好也。」[10]以「好」釋「姱」，方契合本句詩的意旨。實則王逸在《楚辭》其他篇章中皆有訓「姱」為「好」之例，如《九歌・東君》：「思靈保兮賢姱。」、〈禮魂〉：「姱女倡兮容與。」等皆然[11]，而本句雖釋「姱」為「大」，在下句「長顑頷」的訓詁中，卻又說：「誠欲使我形貌信而美好。」云云，可見其意亦以「姱」為「好」矣！至於何謂「練要」？王逸謂：「中心簡練，而合於要道。」並釋「練」為「簡」[12]，許多注家亦多襲之而少變，如朱熹（1130-1200）云：「練要，言所修精練，所守要約也。」[13]戴震（1723-1777）亦云：「練要，精練要約也。」[14]這些注釋，讀來都令人輕易聯想到道教修身

---

[8] 見：魏・張揖（？）撰，清・王念孫注《廣雅疏證》（臺北 廣文書局 1991 再版）卷一，頁四下。
[9] 見：《說文解字注》頁 148 上左。
[10] 《楚辭補注》頁 12。
[11] 參見：《楚辭補注》頁 75、84。
[12] 前揭書，頁 12。
[13] 見：氏著《楚辭集注》（臺北 文津出版社 1988）頁 8。
[14] 見：氏著《屈原賦注》（臺北 世界書局 1999 年鉛印二版）頁 4。

登仙之術，頗堪玩味，但卻都屬望文而生義者。實則所謂「練要」，在我們看來，應即「束緊腰帶」之義。「練」即「治帛」之義，《周禮‧天官‧染人》：「凡染，春暴練。」鄭注云：「暴練，練其素而暴之。」[15]《說文》亦云：「練，涑繒也。」段注：「涑繒，汰諸水中，如汰米然。《考工記》所謂『涑帛』也。已涑之帛曰練。」[16]是則「涑帛」曰「練」，已涑之帛亦可曰「練」，一字而兼動、名詞。至於以「練」為「精簡」，乃引申之義。而「要」即今「腰」字，〈離騷〉有內證：「戶服艾以盈要兮，謂幽蘭其不可佩。」王逸注云：「言楚國戶服白蒿，滿其要（腰）帶，以為芬芳。」洪興祖補注：「要與腰同。」[17]即然。這令吾人聯想到《荀子‧君道篇》所言：「楚莊王好細腰，故朝有餓人。」[18]《墨子‧兼愛》也說：「昔者楚靈王好士細要（腰），故靈王之臣，皆以一飯為節，脅息然後帶，扶牆然後起，比期年，朝有黧黑之色。」[19]蕭兵即據此類資料論證楚人曾有「細腰」之好，並引述〈大招〉、〈湘君〉等篇之詩句比附之[20]，頗具啟發性。「練」、「要」組合成

---

[15] 見：漢‧鄭玄注、唐賈公彥疏《周禮正義》（臺北 藝文印書館影印清嘉慶南昌府學刊本）卷八，頁 128。
[16] 《說文解字注》頁 655 上左。
[17] 《楚辭補注》頁 36。
[18] 見：王先謙（1842-1917）《荀子集解》（臺北 藝文印書館 1977）頁 424。
[19] 見：孫詒讓（1848-1908）《墨子閒詁》（臺北 世界書局 1992）卷四，頁 66。
[20] 見：蕭兵《楚辭與美學》（臺北 文津出版社 2000）頁 169~179。

詞，則似乎是以「練」為「腰帶」之意，張正明《楚文化史》
早已言及：

> 楚人不分男女都佩腰帶。從人物畫像、人物紋
> 樣和木俑來看，都可以說是細腰的，細腰是楚
> 人的特點。[21]

結合《墨子》所言「肋息然後帶」，可以想像時人為了細
腰，用力勒緊腰帶的景況。所以「練要」，我們推測應即以練
帛為腰帶，並有勒緊腰帶之意。當然，也可以將「練」釋為
「精簡」，如此便成了「精簡其腰」，也就是瘦腰的意思。詩
人云「苟余情其信姱以練要兮」，即是說倘若己身堅持以「細
腰」為美好，或說為了美而勒緊腰帶，即使「長顑頷」亦不
為所傷。

「苟余情」一組詩句的本義大致可以確定如上述，但是
否具有可引申之處？前面我們談到王逸、朱熹、戴震「望文
生義」的訓解，其實正可供吾人做進一步推想。「練要」自然
可以引申（或說解釋）為「精練簡要」，但重點是在「信姱」
一詞，我們暫時訓解為「美好而可信」，或「堅信其美好」。
那麼這句話的意旨便透露出因為堅信美好而崇尚精練簡要，
或因崇尚精練簡要而美好可信。這些意旨都與為了求美而勒
緊腰帶有可互通之處，所以可看作是其引申，或再詮釋。原

---

[21] 見：氏《楚文化史》（上海人民出版社 1987）頁 129。

來「食菊飲露」可以被視作「精練簡要而美好可信」之事，或說具有「精練簡要」並引致美好之功能，所以才受到詩人的詠嘆。準此以觀，菊花既然在食物短缺的情況之下，猶能提供詩人練要美姱的需求，即使不能長飽，亦顯見其具「輔體」，甚至「延年」之功效。

因此，從〈離騷〉本段的文義涉論，則「夕餐秋菊之落英」一句，明確具有藉由「食菊」達致「輔體延年」的企圖，而這實際關係到詩人對於時間流逝，而脩名不立的焦慮。

二、後人對本段的閱讀反應

從文本的脈絡我們推論「朝飲木蘭之墜露，夕餐秋菊之落英」是基於時間因素而起的養生行為。而為了確認這個推論並非獨為本文臆想，以下將引述後人對本組句的閱讀反應以佐證之。借用艾柯（Umberto Eco）的理論，每一個文本都有其所期待的「典型讀者」（Model Reader），依循作品的「典型作者」所給予的線索去閱讀、理解文本的意義[22]。因之我們認為，文本某一特殊的敘述方式或經常出現的描述，其實都在引導讀者往一個特殊的意義領域前進。所以理論上當愈多的精英讀者認同文本的某一義涵時，雖不見得一定是此一

---

[22] 參見：氏著《悠遊小說林》（臺北 時報出版 2000）第一部分及第二部分之論述。頁 1-66。

文本的絕對意旨（absolute meaning，事實上所謂絕對意旨經常無從確定），但至少是一個合理且可以被普遍接受的詮釋結果。中國古代的知識分子一直站在精英讀者的位置在詮釋（閱讀）〈離騷〉，自然其意見必須受到後代研究《楚辭》之學者的重視。以下所引證者，或是對〈離騷〉的直接解釋，或是引述，但都脫離不了對文本意義的理解。

先就揚雄（前 53-18）〈反離騷〉所述來看。其云：「精瓊靡與秋菊芳，將以延夫天年。」[23]明顯是把〈離騷〉中的「餐菊」與「折瓊枝以為羞兮，精瓊靡以為粻」的敘述看成「輔體延年」的養生行為。揚雄此文「往往摭〈離騷〉文而反之」[24]，「將以延夫天年」的引申應是其閱讀〈離騷〉文本後的心得，所以王逸在「精瓊靡」句下亦以「飲食香潔，冀以延年」為訓，一方面除了己身對文本訊息的掌握外，另一方也係受了揚雄的啟發。其實，早期文獻中即有「食玉不死」的紀錄，《山海經・西山經》：「瑾瑜之玉為良，堅粟精密，濁澤而有光。五色發作，以和柔剛。天地鬼神，是食是饗；君子服之，以禦不祥。」[25]既謂「食」、「饗」，則「服」應指「服食」言。食玉既是為了「禦不祥」，自然也就可以逃避危難，延長壽命，所以張華（232-300）《博物志》乃云：「名山大川，

---

[23] 徵自：鄭文《揚雄文集箋注》（成都 巴蜀書社 2000）頁 158。
[24] 班固語。見：《漢書・卷八十七揚雄傳》（北京 中華書局）頁 3515。
[25] 見：袁軻《山海經校注》（臺北 里仁書局 1982）頁 41。

孔穴相向，和氣所出，是生玉膏，食之不死。」[26]揚雄顯然是將「餐菊」、「瓊靡」與食玉不死的想法聯繫在一起，故有此述。我們大致認為這是其受到〈離騷〉文義的啟迪而得。

再看王逸的注釋：「木蘭去皮不死，宿莽遇冬不枯，以喻讒人雖欲困己，己受天性，終不可變易也。」[27]又：「言己旦飲香木之墜露，吸正陽之津液；暮食芳菊之落華，吞正陰之精蕊，動以香淨，自潤澤也。」[28]雖然對於「木蘭」、「宿莽」的採集，王逸認為係比喻詩人自身永恒不變的特質，但他刻意強調這兩種植物不死、耐寒的特性，其實已經注意到了「時間」的因素。詩人自承「日月忽其不淹兮，春與秋其代序。惟草木之零落兮，恐美人之遲暮。」時間的流逝是其意識中最大的恐慌，因此採集耐枯寒的植物，其實正象徵對時光匆匆的抗拒，這也是我們認為王逸之所以扣住「不死」、「不枯」的意涵來解釋本句的原因之一。而對於食菊與飲露，王逸雖然沒有直接言涉「不死」之意，但卻明顯是朝「服食養生」的層面來理解，所謂「正陽」、「止陰」之調和，「自潤澤也」，其實便是戰國以降陰陽諧調、神仙養生的觀點之反映。在「朝搴阰之木蘭兮」一段類似的詩句中，王逸也是以同樣的論點來做訓詁，其云：

---

[26] 晉・張華《博物志》（臺北 藝文印書館據連江葉氏輯「汲古閣宋本」影印 出版年不詳）卷一，頁7。
[27] 見：洪興祖《楚辭補注》頁6。
[28] 前揭書，頁12。

言己旦起陞山采木蘭，上事太陽，承天度也；

夕入洲澤采取宿莽，下奉太陰，順地數也，動

以神祇自勑誨也。[29]

這樣的解釋在某些人眼裏看來或許荒誕不經，如汪瑗就批評王逸的說法曰：「所謂朝夕，不過謂己動以香潔常自潤澤耳，所謂行仁義，勤身勉力，朝暮不倦是也，無取陰陽之義。凡篇中所言朝夕字，王逸俱以陰陽言之，非是。」[30]也或許有人會認為王逸的訓解是受到其所處時代陰陽讖緯之學的影響，這些質疑都不無道理。但如果我們仔細審視〈離騷〉，會發現其中潛蘊相當多的神話素材，從一開始言「帝高陽」云云，讀者便被召喚進入一個神奇的世界，這是研究〈離騷〉的學者所公認，班固也正是用這個特質在攻擊〈離騷〉。如此的文本氛圍，自然容易令注家朝抽象神秘的異境去理解，王逸當也不例外。近代學者如日人藤野岩友、英人 David Hawkes 甚至將〈離騷〉視作來源于與巫祝有關的宗教文學[31]，李豐楙先生更是學者中以道教服食養生觀點解釋屈原作品的翹楚[32]，這些都說明〈離騷〉實具有引導學者向神秘領域探索的

---

[29] 見：《楚辭補注》頁 6。
[30] 見：氏著《楚辭蒙引·朝飲、夕餐條》。附在《楚辭補注》頁 325。
[31] 參見：藤野岩友〈《楚辭》解說〉。收在《楚辭資料海外編》（高鵬譯，武漢 湖北人民出版社 1985）頁 8。另參：David Hawkes〈神女之探尋〉。收在《神女之探尋——英美學者論中國古典詩歌》（莫礪鋒編，上海古籍出版社 1994）頁 28-52。
[32] 參見：氏著〈服飾、服食與巫俗傳說——從巫俗觀點對《楚辭》的考察

誘因,絕非單純是詮釋者受時代因素影響而導致的曲解。

正因王逸的解釋帶有相當成分的「服食養生」觀,所以洪興祖在注此節時,便引了魏文帝曹丕(187-226)在〈九日與鍾繇書〉中的一段話作為佐證:

> 芳菊含乾坤之純和,體芬芳之淑氣。故屈平悲
> 冉冉之將老,思餐秋菊之落英,輔體延年,莫
> 斯之貴。[33]

曹丕所處的年代正是文人「服食延年」浸漸鼎盛的時期[34],挾時代風氣而有此觀並不難理解,但如同前述,也因〈離騷〉帶著類似的色彩,方引起曹丕的注意。所謂「悲冉冉之將老,思餐秋菊之落英」,完全是檃括〈離騷〉原文,並未曲解,這樣的閱讀方式理應可從。

宋·姚寬據《神農本草經》謂:「菊,服之輕身耐老。」[35]等於是間接肯定食菊的養生功能。明代周拱辰《離騷草木史》亦引《花木釋異》說:「南陽甘谷水,其山上有大菊落水,從山間流出,飲其液者多壽。」[36]與姚氏的說解相仿,可以

之一〉。收在:《古典文學》第三集(臺北 學生書局 1981)頁 71-99。及〈服飾與禮儀:《離騷》的服飾中心說〉。文刊:《中國文哲所研究集刊》(臺北 中央研究院中國文哲研究所 1999)頁 1-49。
[33] 同註 23。
[34] 可參:王瑤〈文人與藥〉。收在:《王瑤全集》(河北教育出版社 1999)第一卷《中古文學史論》頁 154-183。
[35] 見:氏著《西溪叢語》(臺北 藝文書局《百部叢書集成》之四六)卷上,頁 48。
[36] 引自:金開誠等《屈原集校注》(北京 中華書局 1996)頁 34。

說他們在意識上都認為〈離騷〉的文義具有「輔體延年」的企圖。

　　揚雄、王逸、曹丕、洪興祖、姚寬、周拱辰等人都以「輔體」、「延年」的觀點來解釋此一組句，可見詩人對於飲露、食菊的陳述，讓閱讀者極容易產生類似的聯想，原因無它，即在於其相當明顯地是因時間流逝之焦慮而發生的行為。

　　前已言之，香草的採集是唯恐時我不予的補救行為，而這種時光焦慮則又來自於對美好（德性）得以永恒的企盼。所以，隨著服食養生的風氣日漸淡薄，後來的注家雖多半不再採用王逸、曹丕的觀點，但仍無法對〈離騷〉中這種希企延年、永恒的欲念視若無睹，因而便產生另一種異曲同工的訓解方式，如朱熹注雖捨去正陰、正陽之論，但實亦直承王說而來[37]。他所說的「自潤澤」、「所修精練」等等，明眼人一看便知其中仍脫不了養生的影子，倘木蘭之露、秋菊之英不具輔體的效果，又如何能「潤澤」？又如何能「精練」？相同的，汪瑗對王逸陰陽和合之說批判甚嚴，但也依然循著朱子的訓詁在理解「練要」一組句[38]，模糊之間還是帶著「養生」說的遺痕。況其於「朝搴木蘭」一段注云：「朝搴木蘭、夕攬宿莽，此所以為汲汲乎若將不及而自修之實也。」並承

---

[37] 朱熹云：「飲露、餐華，言動以香潔，自潤澤也。……所脩精練，所守要約也。」（《楚辭集注》頁8）多少帶點服食養生的意味。
[38] 參見：《楚辭集解》頁46。

襲王逸「不死」、「不枯」的注釋，雖不曾明示植物的採集與抗拒老化、企求恒久有關，但實際上已落入類此的思惟模式之中[39]。「夕餐」組句，句法與文義皆類同於「朝搴」一段，汪瑗絕無不知之理，只是因為他不想陷入「輔體延年」的神秘思惟，遂將原本抗老拒時的文意說得極為含蓄，但仍無法全然掩蓋。其實在我們看來，飲木蘭墜露、餐秋菊落英，不一定是具體的行為，也可能只是象徵性的描述（雖說菊花確實可食），一如木蘭、宿莽的採集，只是象徵詩人對於時光流逝、修名不立的焦慮而已，根本不可能藉由這種行為便阻止「老冉冉其將至」。用這個認識來理解，大概可以明白詩人所以表述將飲木蘭墜露、餐秋菊落英，未嘗不是依循「輔體延年」的觀念而來，只是這種觀念是基於文學象徵手法之需求而使用，並非一定是詩人本身的迷信習慣，所以注家大可不必視若荒誕而刻意不取。否則，〈離騷〉中多是神話虛幻之語，是不是也要如孔子「夔一，足矣！」的解釋方式才能算登大雅之堂？

李豐楙先生指出：

> 從其（指屈原）生平推測，這時他已曾出使齊
> 國，接觸齊學；並結合本地所盛行的巫俗，接
> 受當時流行的服食求仙的風尚，故出現服食朝

---

[39] 前揭書，頁 38。

> 露、菊花諸鮮潔之物的象徵動作，這是有感於
> 年華漸老而需服食以補其身，乃是以服食齋潔
> 追求內在的潔淨，故屬於服食以求傳達其質性
> 的巫術性內服法。

而這種「巫術性內服法」，在他看來是「借由象徵律而傳達它所吸納的天地清氣、淑氣，是為求身心內外如一的潔淨，因而採用節食式的飲食法，希冀在經歷身心的嚴格試煉之後，改變身體成為仙質而以之求仙。」[40]依此，就養生服食的觀點而言，飲露食菊是為了潔淨以求仙，但詩人此舉只是這種觀念的「象徵性動作」而已，是基於抗拒老化所形成的設喻性描述。所以，站在象徵的層面來看，說〈離騷〉「夕餐秋菊之落英」的敘述是源自「輔體延年」的養生觀，當是合理之論。

三、後人對於「菊花」的描述

菊花在中國傳統民俗中，一直與「避邪」、「養生」有密切的關係，在節令上則關連九月九日的「重陽登高」，此因菊花在當時盛開的緣故。《荊楚歲時記》載：「九月九日，佩茱

---

[40] 見：氏著〈服飾與禮儀：《離騷》的服飾中心說〉。《中國文哲研究集刊》第十四期，頁 21~22。

萸，食蓬餌，飲<u>菊</u>花酒，令人長壽。」[41]《續齊諧》亦記曰：

> 汝南桓景，隨費長房遊學累年。長房謂曰：「九
> 月九日，汝家中當有災，宜急去，令家人各作
> 絳囊，盛茱萸以繫臂，登高飲菊花酒，此禍可
> 除。」[42]

這裏以「菊花酒」為消禍的厭勝物之一，顯係「菊花／避禍／延年」的概念之體現。而前引曹丕的〈九日與鍾繇書〉，其實也是關涉到「重陽」祓除的象徵性飲食，原文迻錄如下：

> 歲往月來，忽復九月九日。九為陽數，而日月
> 並應，俗嘉其名，以為宜於長久，故以享宴高
> 會。是月律中無射，言群木庶草，無有射地而
> 生。至於芳菊，紛然獨榮，非夫含乾坤之純和
> 、體芬芳之淑氣，孰能如此。故屈平悲冉冉之
> 將老，思食秋菊之落英。輔體延年，莫斯之貴
> 。謹奉一束，以助彭祖之術。[43]

曹丕贈菊，是認為菊花「含乾坤之純和‧體芬芳之淑氣」，能「助彭祖之術」，故有此為。這也是視此花具延壽功能的具

---

[41] 徵自：唐‧歐陽詢（557-約 641）《藝文類聚》（日本京都 中文出版社 1980）卷八十九「木」部下「茱萸」條，頁 1541。

[42] 見：梁‧吳均（469-520）《續齊諧記》（臺北 藝文印書館《百部叢書集成》之九《古今逸史》）頁 5。

[43] 見：清‧嚴可均輯《全上古三代秦漢三國六朝文‧全三國文》（台北 世界書局 1982 鉛印本）卷七，頁四右。

體事例。可以這麼說，自魏晉以降，菊花成為文人「輔體延年」的食材之一，此時詩文中只要提及菊花，類皆與「年歲」脫不開關係。如晉‧傅玄（217-278）〈菊賦〉：「布濩河洛，縱橫齊秦。掇以纖手，承以輕巾。揉以玉英，納以朱脣。服之者長壽，食之者通神。」[44]及潘岳（247-300）〈秋菊賦〉：「垂採煒於芙蓉，流芳越乎蘭林。……若乃真人採其實，王母接其葩，或充虛而養氣，或增妖而揚娥。既延期以永壽，又瀰疾而弭痾。」[45]都是明言菊花的延歲功效。而劉孝標（462-522）〈重答劉秣陵沼書〉則云：

> ……其人已亡，青簡尚新。而宿草將列，泫然
> 不知涕之無從也。雖隙駟不留，尺波電謝，而
> 秋菊春蘭，英華靡絕。……[46]

劉氏在此引用《九歌‧禮魂》：「春蘭兮秋菊，長無絕兮終古。」為典，用以況喻劉沼形體雖滅，唯精神長存，等於也是把「秋菊」與「不滅」做成相應的聯想。前此，謝莊（421-466）在〈懷園引〉中述及：「菊有秀兮松有蕤，憂來年去容髮衰。」[47]由菊秀松蕤聯想到憂來年去，似乎也是沿

---

[44] 徵自：清‧陳元龍（?）輯《歷代賦彙》（北京圖書館出版社 1999）第十一冊〈逸句〉卷三「花果」，頁 236。
[45] 前揭書，第九冊，頁 8。《藝文類聚》引本詩，題為「潘尼」（潘岳姪，約 250-311）所作。
[46] 徵自：《文選》卷四十三，頁 610。
[47] 徵自：逯欽立輯校《先秦漢魏晉南北朝詩》（北京 中華書局 1993）頁 1253。

「菊／延年」（及「松／長青」）這種思維邏輯而得。從〈離
騷〉開始，時光流逝逐漸成為文人傷懷憂鬱的來源，到了魏
晉六朝，浸假為詩文中的表現主題。這一方面是現實因素使
然，另一方面卻未嘗不是受到《楚辭》——特別是〈離騷〉
的影響。謝莊的〈懷園引〉，內容寫的是入楚地，過楚都而引
致的感慨，即是一個顯著的例子（前引曹丕〈九日與鍾繇書〉
亦然）。至於陶潛（365 或 376-427）〈飲酒詩〉：「秋菊有佳色，
裛露掇其英；汎此忘憂物，遠我遺世情。」[48]表現出來的是
以菊花為忘憂之物，與謝莊後來所寫的因菊而傷年華逝去的
情調不同，但深入思索，二者之間的聯想邏輯應是一致的，
同樣是傷時感歲的基調。亦即，他們都脫離不了「憂」。陶潛
〈飲酒詩〉雖似有意忽略時間流逝的憂慮，其所云：「採菊東
籬下，悠然見南山」，展現出曠懷自適的情調。但本質上，他
在別的詩文中仍然注意到了時間對人的消蝕，〈飲酒詩〉不過
是將憂傷轉換成曠達而已。如〈歸去來辭〉：「已矣乎！寓形
宇內復幾時？何不委心任去留。」「聊乘化以歸盡，樂夫天命
復奚疑？」[49]云云，都明顯洩露出其對時間密切的感受。換
言之，淵明之「憂」，或許主要是來自於「世情」，所以他總
是強調「世與我而相遺。」（〈歸去來辭〉）、「乃不知有漢，無
論魏晉。」（〈桃花源記〉）的隱士境界，但這種類同於心理上

---

[48] 徵自：《先秦漢魏晉南北朝詩》頁 998。
[49] 同前註，頁 987-988。

的退行作用，卻基本上聯結了深刻的時間意識——若非時光悠悠，人生人滅，詩人也就無法逆行於歷史的軌跡、或寄望於未來的改變，去尋求可能的慰藉與期待了。

菊花與「輔體延年」的關係在後人文學作品中表現最為密切的應屬「遊仙」類的詩歌，如晉‧庾闡（？）〈遊仙詩〉：「功疏鍊石髓，赤松漱水玉；憑煙眇封子，流浪揮玄俗。……曾霄映紫芝，潛澗汎丹菊；崑崙涌五河，八流縈地軸。」[50]對於仙境的描寫，特別強調了靈芝與丹菊，顯係側重這兩種植物的養生功用。實則曹植（192-232）在稍早的〈洛神賦〉中，即曾以「翩若驚鴻，婉若遊龍，榮曜秋菊，華茂春松。」[51]來形容洛神的美麗形態，隱約已見菊花與仙界的聯繫。後來陰鏗（？）的〈賦詠得神仙詩〉也說：「羅浮銀是殿，瀛洲玉作堂，朝遊雲暫起，夕餌菊恒香。聊持履成鳧，戲以石為羊，洪崖與松子，乘羽就周王。」[52]其詠菊、友仙的情調，即與成公綏所賦幾無參差。

這種菊花與神仙的關係，也同時被紀錄在許多食菊延年的典籍中，如葛洪（284-364）《神仙傳》就說：「康風子服甘菊花柏實散得仙。」[53]《抱朴子》這本泛論仙道靈異的書也記載：「劉生丹法：用白菊花汁、地楮汁、樗汁，和丹蒸之、

---

[50] 同前註，頁 875。
[51] 徵自：《文選》十九卷，頁 270。
[52] 同註 35，頁 2456。
[53] 徵自：《藝文類聚》卷八十九〈藥香草部‧上‧菊〉，頁 1390。

研合,服之一年,得五百歲。」[54]盛弘之《荊州記》則云:「酈縣菊水,太尉胡廣久患風羸,恒汲飲此水,後疾遂瘳,年近百歲。非唯天壽,亦菊延之。」[55],以及《名山記》所言:「道士朱孺子服菊草,乘雲升天。」[56]都將菊花延年的功用做了相當誇大的描述。《神農本草經》則出以醫學的記載,認為「鞠華(菊花)久服利血氣,輕身、耐老、延年。」[57]既然這麼多典籍都肯定菊花的延年妙用,則鍾會(225~264)的〈菊花賦〉要特別強調菊花是「流中輕體,神仙食也」,也就無足為奇了。

　　承上所述,歷兩漢至魏晉,菊花成為文人眼中的延年之寶,這固然與魏晉日漸蓬勃的遊仙思想有關,也與文人憂時傷歲、以致企求長生不無牽連,於是成為當時一個流行的觀念。但這種服食菊花可以延壽的念頭應該不是憑空而起,乃是前有所承者。是否有早於〈離騷〉的「餐菊」紀錄,我們無從詳考;但從〈離騷〉食菊所暗示的延年隱意,照映曹丕對它的閱讀,我們可以推測魏晉時期服菊養生的概念,至少是受了〈離騷〉的啟發,而適逢當時隱逸成仙之風盛行,於是食菊輔體的觀念遂流衍而普遍。因此,用此時看待菊花的

---

[54] 見:《抱朴子‧內篇》(臺北 世界書局據《四部刊要》鉛印本 1958)卷四「金丹」,頁19。
[55] 同註50,頁1391。
[56] 徵自:《宋本初學記》(臺北 藝文印書館 1974)卷廿七,頁12-13。
[57] 見:清‧孫星衍輯《神農本草經》(台北 臺灣中華書局據《問經堂刊本》校刊 1979)卷一,頁十一右。

態度，來印證〈離騷〉所言的「餐菊」係屬企望延年長生的行為，應屬合理。

　　魏晉南北朝以後，唐人詩作中談及菊花者，類皆受到陶淵明〈雜詩〉的啟發，故多言菊花的隱逸象徵。但也有少數作品依然保存「輔體延年」的舊識，如廣宣（？）〈九月菊花詠應詔〉：

> 爽氣浮朝露，濃滋帶夜霜。泛杯傳壽酒，應共
> 樂時康。[58]

　　作者從菊花聯想到壽酒，多少是受重陽飲菊花酒習俗的影響，隱約還有輔體養生的想法蘊含其中。又陸龜蒙（？）〈幽居有白菊一叢因而成詠一二知己〉：

> 還是延年一種材，即將瑤朵冒霜開。不如紅豔
> 臨歌扇，欲伴黃英入酒杯。陶令接䍠堪岸著，
> 梁王高屋好歌來。月中若有閑田地，為勸嫦娥
> 作意栽。[59]

　　詩中稱菊花是「延年材」，而且花瓣（黃英）可以為酒，又欲勸偷藥求永生的嫦娥應該栽植此物，明顯是扣準菊花延年養生的舊俗而發。再如皮日休（約834-約883）〈奉和陸魯望白菊〉：

> 玩影馮妃堪比豔，煉形蕭史好爭妍。無由摘向

---

[58] 徵自：《全唐詩》（上海古籍出版社 1986 縮印本）頁 2017。
[59] 前揭書，頁 1580。

牙箱里，飛上方諸贈列仙。[60]

同樣透著仙人的旨趣。這些唐人的詩作與六朝時人看待菊花的態度並無太大的不同，依然根深蒂固地把菊花與養生聯繫在一起。

透過〈離騷〉文本脈絡的分析、後人對〈離騷〉「夕餐秋菊之落英」的閱讀，及魏晉至唐代詩文、異典中對於菊花的記載後，我們大致可以確定，〈離騷〉：「朝飲木蘭之墜露兮，夕餐秋菊之落英」的歌詠，事實上涵攝了深刻的不死欲念。對照我們在〈論《離騷》中的時空焦慮〉一章所揭示的論點，應該可以確信，這種不死的欲念，正來自於詩人對永世美好之盛名與自我芳潔的特質即將殞滅的焦慮，故其或希冀時間為其停止（所謂「折若木以拂日」便具有干預時間流逝的意圖），或盼望可以藉服食以長生，這無非都是為了保存其曠世難有的美好天質，當然也暗示著對一個永恒盛世的期待。

---

[60] 前揭書，頁 1556。

陸、永恒與失落——
從神話分析論〈離騷〉「求女」的深層義涵

　　〈離騷〉中述及的三次「求女」，歷來學者對其寓意有不同的看法。王逸以為係喻「求賢臣」；朱熹則主張「求賢君」；梅曾亮提出「求所以通君側之人」的說法；明、清以來的學者則多持「刺鄭袖」之論；除此之外，尚有所謂「為君求賢妃」及每一次求女皆各有寓意的觀點，人云云殊，不一而足[1]。本文擬透過神話原始意義的探究，對「求女」敘述的深層義蘊略做解析，可謂是透過「互文性」解釋所得之梗概。本文所以採自神話分析入手，主要是認為，作者既然在「求女」的敘述上引進神話及傳說中的女性，則其寫作意識必然已受神話表述的影響。這些影響即使不是作者有意承載於所書寫的文本中，也將悄然滲入文本的縫郤裏，而留下可供尋繹的痕跡。透過對類此痕跡的分析，我們或可多少掌握作者遺留在文本中的深層意識（或說是潛意識），而這些深層意識經過文本閱讀的轉化後，已自然而然屬於文本意義的一環，而非原作者的意圖了。

---

[1] 關於歷來學者對「求女」寓意的主張，可參見：陳子展《楚辭直解·離騷經解題》（上海 復旦大學出版社 1996）頁 427-442。

一、失落的追尋：「求女」敘述略析

〈離騷〉中的「求女」敘述，出現在詩人向重華陳詞結束、決定「溘埃風余上征」，於是上下求索，最終卻被拒於帝閽之外以後。整段原文迻錄如下：

1、 朝吾將濟於白水兮，登閬風而緤馬。忽反顧以流涕兮，哀高丘之無女。溘吾遊此春宮兮，折瓊枝以繼佩。及榮華之未落兮，相下女之可詒。

2、 吾令豐隆乘雲兮，求宓妃之所在。解佩纕以結言兮，吾令蹇脩以為理。紛總總其離合兮，忽緯繣其難遷。夕歸次於窮石兮，朝濯髮乎洧盤。保厥美以驕傲兮，日康娛以淫遊。雖信美而無禮兮，來違棄而改求。

3、 覽相觀於四極兮，周流乎天余乃下。望瑤臺之偃蹇兮，見有娀之佚女。吾令鴆為媒兮，鴆告余以不好。雄鳩之鳴逝兮，余猶惡其佻巧。心猶豫而狐疑兮，欲自適而不可。鳳皇既受詒兮，恐高辛之先我。欲遠集而無所止兮，聊浮遊以逍遙。

4、 及少康之未家兮，留遊有虞之二姚。理弱而媒拙兮，恐導言之不固。

5、　世溷濁而嫉賢兮，好蔽美而稱惡。閨中既已邃遠
　　兮，哲王又不寤。懷朕情而不發兮，余焉能忍與此
　　終古。（以上分段為筆者所加）

　　何焯（1661-1722）在《義門讀書記》中說：「此辭（指
〈離騷〉）難通處，無如中間求女三節。然文意坦然明白，寄
情屬望之懇到全在此段。」[2]正由於段中所述只是「求女」過
程，且牽涉到的女性都屬神話或傳說中人物，意指隱晦，所
以難通。但也正因段末有「世溷濁而嫉賢兮，好蔽美而稱惡。
閨中既已邃遠兮，哲王又不寤。」云云，所以歷來注家若不
是朝「求賢臣」、「求賢君」的寓意解釋，便是向「通君側」、
「為君求賢」的意旨發揮。這種政治義涵的解釋方式，置入
原文中頗能通暢文理，所以說「文意坦然明白」。但類似的解
釋似乎只著重在淺層的發掘，而且只注意「求女」這個主題
的寓意如何，卻未對本段「敘事」（narrative）的關鍵，及其
所引發的可能指涉做出深考。以下我們將細讀文本所述，稍
作析義，再從其中提出疑點，略事考察。

　　從文本的敘述進程來看，詩人「求女」，起因於他叩帝閽
失敗後，本欲「朝吾將濟於白水兮，登閬風而緤馬。」後來
忽然回頭望見「高丘」，卻不見其女，故哀而流涕，才興起「求
女」的念頭。注意詩人用「將濟」一詞，「將」表將然而未然

---

[2] 見：《義門讀書記》（日本京都　中文出版社　1982）卷 48。

之意，顯然當時詩人尚未渡過白水，更遑論登上閬風了。可
以說他原先的目的地是崑崙[3]，「求女」其實是不經意間的臨
時起意。詩人求帝闇後回到崑崙是有義可尋的補償行為，姜
亮夫指出：

> 楚之先，顓頊之生死嫁娶之地，亦即楚民族發
> 祥之地也。故每當萬事瓦裂之際，無可奈何之
> 時，必以崑崙為依歸。[4]

據此，則其退返崑崙，正是為了被拒帝闇之外尋求原鄉
的慰藉。當然，我們也可以將之視為重新出發的前奏。試看
以下言「忽反顧」云云，「忽」字正表明他是在不經意間看到，
「求女」是一個意外的追尋。若對照〈離騷〉末段：「忽臨睨
夫舊鄉」來看，這個「忽」字雖然表示意外，但卻具有極其
沈重的潛在悒鬱，益見詩人置辭之擲地有聲。在〈離騷〉末
段，詩人在經歷多次的心理掙扎後，終於決心離棄現實，展
開新的追尋，我們看他「屯余車其千乘兮，齊玉軑而並馳；
駕八龍之婉婉兮，載雲旗之委蛇。」出發隊伍之龐大，前所
未有，顯見其離去之決心十分堅定。然而，這所有的準備，
卻在一個忽然瞥見故鄉的眼神後，完全破滅。換言之，一個

---

[3] 王逸注云：「閬風，山名，在崑崙之上。」見：宋·洪興祖《楚辭補注》
（臺北 漢京文化 1983 據《四部刊要》鉛印本）頁 30。

[4] 見氏著《重訂屈原賦校注》（天津 天津古籍出版社 1983）頁 120。

輕如鴻毛的字詞，徹徹底底粉碎詩人經過長期困衡所做出的
遠離決心，其重尤勝千鈞。如此看來，「求女」雖是一個意外
的旅程，卻同樣是詩人視若生命攸關的追尋，足令其可以拋
開再一次叩帝閽的欲念，轉而為高丘尋覓失落的神女。

　　在此我們暫時不論「求女」的中心寓旨，僅就敘事層次
來看，這場追尋終究要以失敗告終。一開始，詩人風塵僕僕
來到「春宮」[5]，為的是折取瓊枝「以繼佩」。舊注皆訓「繼」
為「續」，語義含混，因此有注者便認為本句意指詩人將折取
玉樹的枝來「補充」其佩飾[6]。實則「繼」在此當釋為「繫」，
即具有「編繫」的意味。《後漢書・李固傳》:「聖嗣未立，群
下繼望。」此處「繼」即作「繫」解，郝懿行（1755-1823）
云:「繼亦繫也，繫之一字，兼系繼二音，故古音通用。」[7]因
此我們主張本句意指當為：詩人欲折取瓊枝，編織結繫以為
佩飾，並趁著其枝葉花瓣尚未凋零前，尋找一位女性，送給
她。這可以看作是詩人「求女」的一項重要信物，其中則多
少隱喻希望求得可與芳草匹配的聖潔女了。當然，「榮華未落」

---

[5] 〈離騷〉云:「溘吾遊此春宮兮」，王逸注「溘」為「奄忽」之義，又謂
「溘」一作「墐」。洪興祖《補注》云:「墐，塵也，無奄忽義。」按：錢
杲之引一本正作「墐」，「芙蓉館藏本」《楚辭》作「墐」，筆者以為，若作
「溘」，解為「忽奄」，則本句意為「忽然遊此春宮」，與前後句的聯結顯
得相當薄弱。若作「墐」，可釋為「塵埃」，從詩語言組織的「陌生化」現
象來看，不因文法的罕見而妨礙詩意的呈現。故我們主張將本句大義解釋
成:「我風塵僕僕來到春宮遊歷。」

[6] 見：金開誠等《屈原集校注》（北京 中華書局 1996）頁 105。

[7] 見：氏著《爾雅義疏・釋詁》（臺北 藝文印書館 1987）頁 75。。

同時暗喻詩人雖然年華尚早，卻也佈滿耽慮時間流逝的焦燥。

　　然而我們試看詩人追求的第一位女性：宓妃。據《史記‧司馬相如列傳‧索引》引如淳云：「宓妃，伏羲氏之女，溺死洛水，遂為洛神。」[8]《路史‧后紀一》則謂：「厥（指伏羲）妃殞落，是為洛神，代所謂伏妃者。」[9]一說伏羲之女，一說伏羲之妻，除此不同外，記其死而為洛水之神則同。詩人令「豐隆乘雲」，企求宓妃的心意相當明顯。舊注「豐隆」或為雷師，或為雨師[10]；但不論雷師或雨師，都與興雲結雨有關，同時也就具有連結天、地的能力（雷、雨皆從天而降）。宓妃為洛神，自然居於洛水之中，豐隆既能連結上下，尋找宓妃概無困難。但如此的敘述不免令人疑惑，詩人既欲求洛神，自可請託同為水神者代尋，否則找來一個「乘雲」的豐隆，一上一下，總覺扞格。我們不禁聯想，〈離騷〉這般的陳述，是否本來就暗示著上、下的隔離，無法契合？底下「吾令蹇脩以為理」，也透著同樣的玄機：「蹇脩」何許人？王逸注謂

---

[8] 見：漢‧司馬遷《史記》卷一一七（楊家駱主編《新校本史記三家注》台北 鼎文書局 1985）頁 304。《文選‧洛神賦》李善（約 630-689）注引《漢書音義》則作：「如淳曰：『宓妃，宓羲氏之女，溺死洛水，為神。』」內容大致相同。參見：梁‧蕭統（501-531）《文選》（臺北 漢京文化影印清‧胡克家覆宋淳熙本 1983）卷十九，頁 269。

[9] 見：宋‧羅泌（？）《路史》（台北 中華書局影印《四部備要》本。1983）頁 7。屈復（1668-1736）《楚辭新註》（在：《叢書集成續編》第 119 冊。臺北 新文豐 1984）亦謂：「下文佚女為高辛妃，二姚為少康妃，若以此意例之，則宓妃當是伏羲之妃，非女也。」（卷一，頁 28）

[10] 見：《楚辭補注》頁 31。

「伏羲之臣也。[11]」恐是望文生義，蓋因宓妃之身分而聯想之。不論如何，「蹇脩」之「蹇」，其義為跛足，引申有「難」之意。《說文解字》「蹇」篆段注云：「《易》曰：『蹇，難也。』行難謂之蹇，言難亦謂之蹇，俗作謇，非。」[12]在《楚辭》中，「行難」、「言難」、「思難」都習慣以「蹇」稱之，如《九章‧哀郢》：「思蹇產之不釋兮」，言思之難；《九章‧惜誦》：「謇（通蹇）不可釋也。」表言之難；《九章‧思美人》：「蹇獨懷此異路」，則示行之難[13]。準此，詩人所謂的「蹇脩」，雖說「脩」具有「美」意，但畢竟是「蹇」——難通者，一開始就暗寓了所託非人，這場追求註定遭遇阻難而失敗。所以底下乃言：「紛總總其離合兮，忽緯繣其難遷。」

　　求宓妃失敗，求簡狄也遭遇相同的狀況。詩人一開始「令鴆為媒」，而鴆係毒鳥，表面上看這又是一個耐人尋味的選擇。雖說鴆之雄名「運日」，雌名「陰諧」，可能有其深層寓意（鴆之本義另有他說，並詳下節），但派遣一隻「以其毛歷飲巵，則殺人。」[14]的毒鳥作媒，總令人讀來頗覺不妥，似乎這樣的行動已預示失敗收場。果不其然，下句「鴆告余以不

---

[11] 前揭書頁。
[12] 見：漢‧許慎撰、清‧段玉裁注《說文解字注》（臺北 黎明文化影印清‧經韻樓藏本 1984）二篇下，頁 84 上左。
[13] 舊注此句以「蹇」為語詞（見王逸注），然對照上句「車既覆而馬顛兮」來看，此句有行遇艱難而獨自流落異鄉之慨，故解「蹇」為「行難」，當更切句意。
[14] 王逸語。見：《楚辭補注》頁 33。

好」，將委託者——詩人——給出賣了[15]。而後雄鳩自告奮勇，詩人頭腦總算有點清楚，認為其言詞輕佻而巧佞，故不取。再看看自己的「情敵」高辛氏所委託的媒人竟是神鳥鳳凰，無怪乎其要發出「恐高辛之先我」的感慨。詩人在這場追求行動中，註定是一個落後者。於是乎，他繼續轉向有虞氏二姚，然而我們看〈離騷〉的敘述：「及少康之未家兮」，「及」有「及時」之意，指希望在少康未成家前，先將有虞二姚留住，但實際上已經是「不及」，才有此述。詩人早已預知有虞氏後來嫁給了少康，如此的敘述，只是脫自一個聊以自慰的想像而已。

　　從三段求女的陳述中，我們不難看到，在行文中，詩人早已透著行動終將失敗的預示。不管「求女」的寓意究竟是什麼，本段的敘述都在指涉一個失落的追尋，也在在凸顯詩人落後的形象。在前段叩帝閽的行動裏，詩人落後於時間，而求女的過程中，亦因「理弱媒拙」而節節敗退。實則整個〈離騷〉的敘述中，詩人的形象自始自終是一個落後者，所有的行動，都是無法竟遂其功的失落追尋。

---

[15] 朱熹《楚辭集注》（臺北 文津出版社 1987）云：「告予以不好者，其性讒賊，不肯為媒而反間我也。」（頁 18）王樹枏《離騷注》（陶廬叢刊 1927。此處轉引自游國恩《離騷纂義》頁 326。臺北 新文豐出版 1982）則謂：「告余以不好者，謂己不好，不可以求有娀也，非謂有娀不好。」本文此處論述略從之。

　　依上述，我們同時可以得到一個具體的理解，即詩人求女的動機是起於「高丘無女」，而高丘可視作楚國的祖源（詳下節論述），高丘無女，顯然是指楚國祖脈失去了傳承與依存，所以詩人要急於展開追尋。準此，如果從政治的表層寓義來看，可以代表楚國祖脈者，自然是其國君，詩人之求女，解為「求君」似較合理。然而，深一層發掘，可以發現求女的底層義蘊更涵攝著對一個永恒生命的追尋的渴望，它被書寫在一個充滿落後意象的文字表述裏，顯得更具悲劇魅力，卻也更形純淨。

二、從神話的析解看「求女」的深層義涵

　　在「求女」一段中，詩人共述及五位女性：高丘之女、宓妃、有娀之佚女、有虞之二姚。

　　所謂「高丘之女」，歷來臆測甚多，等於無解。王逸謂「楚有高丘之山」[16]，林仲懿則疑「高丘」即「高坵」，而謂其乃楚國地名，並引宋玉（？）〈高唐賦〉「巫山之陽，高坵之阻」比附之[17]，其雖未明言「高丘之女」即「高唐神女」，但卻顯具暗示性。姜亮夫則明白表示：

　　　　高丘即高唐神女之高唐，在雲夢西，楚人傳說

---

[16] 前揭書頁 30。
[17] 參見：游國恩《離騷纂義》頁 293 引林仲懿《離騷中正》。

中之神山也。……〈九嘆〉亦云：「聲哀哀而懷
丘，心愁愁而思舊邦。」高丘與舊邦對舉，是
亦以高丘為楚地矣！[18]

　　這個說法並非全不可取，蓋宋玉亦楚人，〈離騷〉所述或
與〈高唐賦〉中的神女是同一個傳說。但畢竟宋玉所記的神
女在後，不能遽引為〈離騷〉「高丘之女」的證據。我們僅能
假設性地認可這個比附，如果〈離騷〉中的「高丘之女」係
為「高唐神女」，則其身分極可能就是聞一多推論的楚國高禖
神[19]（聞氏也主張「高丘之女」或即「巫山神女」，也就是「高
唐神女」），亦即[20]楚人的始祖，她是生生不息的永恒象徵。
那麼，詩人既嘆高丘無女，一方面可以看作對其國族將亡的
焦慮，另一方面是否也暗示著生命隕滅、永恒失落？我們在
之前已提及，〈離騷〉中其實佈滿著時間的焦慮，詩人的追尋，
是一段與時競逐的過程，其目的則在追求一個永恒的美好。
然而，「高丘無女」卻隱隱透出象徵著楚人生生不息的高禖早
已不在，一個永恒不滅的企求也出現危機。

　　其次是「吾令豐隆乘雲兮，求宓妃之所在。」豐隆，一說
雲神，一說雷神。實則由原型加以考察，雲、雷的原型都是傳

---

[18] 見：氏著《重訂屈原賦校注》頁 80。
[19] 聞一多曾考察宋玉〈高唐賦〉中的神女身分，認為她就是楚國的高禖神，
而實為「高陽」的一聲之轉。參見：氏著〈高唐神女傳說之分析〉（收在：
《聞一多全集・神話與詩》頁 81-116。臺北　里仁書局　1993）。
[20] 見：聞一多〈楚辭解詁〉。在：《聞一多全集二・古典新義》（臺北　里仁
書局　1996）頁 307。

說中的「龍」[21]；而從自然現象來看，雲、雷的關係密切，不言可喻，故豐隆由雲神而雷神，其間轉換極易理解。至於宓妃，《史記·司馬相如列傳·索隱》引如淳謂其為伏羲女，死後成為水神。〈天問〉有「帝降夷羿，革孽下民；胡射夫河伯，而妻彼雒嬪？」之句，王逸注云：「雒嬪，水神，謂宓妃也。羿又夢與雒水女神宓妃交接也。」[22]則宓妃是河伯家室。綜此來看，宓妃既是洛水之神，則詩人所謂「相下女」便清晰可解，亦即詩人回顧高丘，卻不見其女，遂令在天空的雲（雷）神前導，轉而向下，欲求水中女神[23]（竊按：雲、雷致雨，與河的關係相當密切，故命之[24]）。至於求宓妃的隱義何在？宓妃的身分，一說伏羲之女，又是河伯之妻，另一說則謂伏羲之妻。〈離騷〉謂「溘吾遊此春宮兮」，而伏羲為古之「春皇」[25]，疑詩人遊春宮或與此有關。這似乎是說，詩人至伏羲宮室，卻

---

[21] 參閱拙著《虹霓的原始意象在中國文學中的表現及其意義》頁 47~51。國立政治大學中文系博十論文 1997。

[22] 見：《楚辭補注》頁 99。

[23] 英人 David Hawkes 指出：「我認為『下女』一詞字面上即有『在下方的女人』，亦即在水底深處的神女之意，而不是如有些注家所認為的，是指『侍女』。」（見氏著：〈神女之探尋〉。收在：莫礪鋒編《神女之探尋》頁 28~52。上海古籍出版社 1994。）此一看法與本文所見略同。

[24] 雲、雷神的原型，在中國古代傳說中皆為龍為原型者，如〈天問〉王逸注引《傳》曰：「河伯化為白龍，遊于水旁，……」（《楚辭補注》頁 99）既可化為白龍，則其原型與龍必有相關。故除了雨水因素外，據此似亦可猜測雲、雷、河三者間密切的關聯。關於這個問題，可參：何星亮《中國自然神與自然崇拜》（上海三聯書店 1992）。

[25] 王嘉《拾遺記》（臺北 新文豐 1987。卷一，頁 1）：「春皇者，庖犧之別號也。」

不見宓妃，遂轉而向下求索。宓妃既與伏羲的關係密切，我們
也只能透過對伏羲的了解去定義宓妃的神話寓意。前言伏羲為
春皇，原型為龍[26]，且以風為姓[27]，其實皆具有化生萬物的象
徵義。班固（32-92）《漢書‧禮樂志》載古之《青陽歌》：

> 青陽開動，根荄以遂。膏潤并愛，跂行畢逮。
>
> 霆聲發榮，壧處頃處。枯槁復產，乃成厥命。
>
> 眾庶熙熙，施及夭胎。群生啿啿，惟春之祺。[28]

從中可見古人視太陽與春天為生產的象徵。《白虎通‧五
行》亦謂：

> 春之謂偆，偆，動也。位在東方，其色青。
>
> （中略）其神句芒，（句芒）者，物之始生。其
>
> 精青龍，芒之謂萌也。[29]

這裏以「動」解釋「春」，即是認為春天乃萬物活動的時
節。春天之神為句芒，若與神話的「春皇伏羲」交叉比對，
雖是二個系統，但意義卻無甚差別。《白虎通》謂句芒乃「物

---

[26] 《三才圖會‧人物一》云：「（庖犧氏）時有龍瑞，以龍紀官，故又號龍
師。」而《拾遺記》、《竹書統箋》並謂伏羲之母因虹繞其身而生伏羲，筆
者曾考證虹的原型為中國古代傳說中的龍（參見拙著《虹霓的原始意象在
中國文學中的表現及意義》第二、三章。準此則伏羲之原型當為龍無疑。

[27] 《帝王世紀》：「太昊帝庖犧氏，風姓也。」陸思賢因論證「風姓」為春
風解凍、萬物化生之春天季候風神話。參見氏著《神話考古》（北京 文物
出版社 1995）第二章第三節。

[28] 《新校本漢書》（台北 鼎文書局）卷二，頁 1054-1055。

[29] 漢‧班固撰，清‧陳立（1809-1869）疏：《白虎通疏證》（中國子學名著
集成編印基金會影本 1978)頁 209-210。

之始生」，楊寬則謂：「句芒之神不特主草木動物之生長，即人類年歲之延長，彼亦能主之。」[30]是則春天之神實具「生生不息」的義涵。我們以為這些觀念在〈離騷〉寫成的時候應已具備，《國語·楚語》載觀射夫論祭祀一節，即可看出當時楚人所崇祀的對象遍及天地日月山川諸神[31]。而後人在研究《九歌》時，亦多以祭歌的角度發揮，大抵已自宗教的觀點證成了原始《九歌》的巫祭性質[32]。準此，則詩人求伏羲之女（妻），便與「生生不息」的永恒意念又扯上了關係。從對立轉換的原則來看，宓妃溺死洛水，卻成為水神，具有「死／再生」的隱義結構，此與春所象徵的生生不息、循環往復恰成一系。這麼說來，詩人求宓妃之所在，竟帶著託死以求生的神話意念。

　　另外一個可能解釋則與太陽有關。《帝王世紀》、《竹書統箋》皆謂「太昊庖犧氏」，何新即據此考證伏羲氏為古之太陽神[33]。何氏所論頗值得參考，依此則〈離騷〉中的詩人欲求

---

[30] 見：氏著〈中國上古史導論〉。收在《古史辨》（北京 開明書店 1941）第七卷上，頁 265。

[31] 《國語·卷十八楚語下》（台北 藝文印書館影印清·嘉慶庚申讀未見書齋重刻本，頁 406。）：「祀加于舉，天子舉以太牢，祀以會；諸侯舉以特牛，祀以太牢；卿舉以少牢，祀以特牛。……是以古者先王日祭、月享、時類、歲祀。諸侯舍日，卿、大夫舍月，士、庶人舍時。天子遍祀群神品物，諸侯祀天地、三辰，及其土之山川；卿、大夫祀其禮，士、庶人不過其祖。」

[32] 此可參蕭兵著《楚辭的文化破譯》（武漢 湖北人民出版社 1991）第二部分《〈九歌〉：諸神的探掘》。

[33] 見氏著《中國遠古神話與歷史新探》（哈爾濱 黑龍江教育出版社 1989）

日神之女，卻遭遇失敗，似乎帶有「落後於時」的隱喻義，此與欲求同具太陽神格帝嚳之妻簡狄而不得的情形，正可並觀。（詳下述）。

「有娀佚女」即殷契母簡狄，傳說她因吞下玄鳥卵而致孕[34]。然簡狄既是帝嚳次妃，卻為何必待吞玄鳥卵方能懷孕？所以〈天問〉：「簡狄在臺，嚳何宜？玄鳥致貽，女何喜？」云云即帶著類此的疑惑。唯自〈離騷〉：「鳳凰既受詒兮，恐高辛之先我。」及《九章·思美人》：「高辛之靈盛兮，遭玄鳥而致詒。」以觀，詩人似乎是認為簡狄所吞之卵乃帝嚳（高辛[35]）所贈。從神話的交叉分析來看，帝嚳－太陽－玄鳥－卵等四者間其實有極密切的關繫。首先，帝嚳本名為「夋」[36]，亦即《山海經》所述的「帝俊」（夋是俊的簡省），是十日之父[37]（而〈大荒東經〉：「有五彩之鳥，相向棄沙，惟帝俊下

頁 48-61。

[34] 《史記卷三·殷本紀》：「殷契，母曰簡狄，有娀氏之女，為帝嚳次妃。三人行浴，見玄鳥墮其卵，簡狄取吞之，因孕生契。」見：《新校本史記三家注》頁 91。

[35] 《大戴禮·帝繫》云：「黃帝產玄囂，玄囂產蟜極，蟜極產高辛，是為帝嚳。」見：清·王聘珍《大戴禮解詁》（台北 世界書局 1974）卷七，頁 7。而從〈離騷〉、〈天問〉交叉來看，兩篇的作者應即將高辛、帝嚳理解為同一人。

[36] 《初學記》卷九引《帝王世紀》云：「帝嚳，……生而神異，自言其名曰夋。」見：《宋本初學記》（台北 藝文出版社 1974）第三冊，頁五左。黑興沛與金榮權合編的《中國古代神話通檢》（河南鄭州 中州古籍出版社 1992。頁 21）即根據古籍所載神話及傳話，確定帝嚳即帝俊。

[37] 《山海經·大荒南經》：「羲和者，帝俊之妻，生十日。」見：袁軻 校注《山海經校注》（台北 里仁書局 1982）頁 381。

友。帝下兩壇，彩鳥是司。[38]」之述，既有彩鳥〔鳳凰[39]〕相從，更令吾人明白為何〈離騷〉要說：「鳳凰既受詒兮，恐高辛之先我」的話了），《淮南子》又說「日中有踆烏。[40]」，「踆」正從「夋」得字，凡此皆說明帝嚳與日的相應關係，簡單來說，帝俊（帝嚳）實具太陽神格[41]。（丁山曾疑「大皞（太昊）」可能是「嚳」的音轉，若果，則伏羲又可能是帝嚳[42]。）回過頭看「日中有踆烏」的說法，在中國神話中，太陽與鳥一直有密切的關連[43]。《山海經・大荒東經》：

> 大荒之中，有山名曰孽搖頵羝，上有扶木，柱
> 三百里，其葉如芥。有谷曰溫源谷，湯谷上有
> 扶木，一日方至，一日方出，皆載于烏。[44]

是說日的運行乃由「烏」所載運。《太平御覽》卷三引《廣雅》則謂：「日名耀靈，一名朱明，一名東君，亦名陽烏。」

---

[38] 前揭書，頁 355。
[39] 《山海經・大荒西經》：「有五彩鳥，三名：一曰皇鳥；　曰鸞鳥；一曰鳳鳥。」可知所謂五彩鳥，實即鳳凰。見：袁軻《山海經校注》頁 396。
[40] 見《淮南子卷七・精神訓》（台北 藝文印書館 1974）頁 179。
[41] 森安太郎認為：帝俊即帝，其身為農神、春神，如此則帝俊與伏羲氏又有了聯繫。參見氏著《黃帝的傳說・舜的農神性》。（王孝廉譯，台北 時報出版社 1988），農作與日光本具密切的關係，推測古人已有如此見識，故日神兼而為農神、春神，其衍申義極易理解。
[42] 見：氏著《中國古代宗教與神話考》頁 374。
[43] 何星亮指出：「不少民族都把鳥作為太陽的象徵。古埃及統一之後，鷹神拉斯被奉為太陽而受到全埃及人的崇拜。……波斯人與古埃及人一樣……以鷹鳥作為太陽的象徵。」（氏著：《中國自然神與自然崇拜》頁 164~165。）可見，鳥與太陽的關係，具有普遍的象徵意義，不僅中國獨有。
[44] 見：《山海經校注》頁 354

[45]直接把日的名字稱為「烏」了。我們認為墮卵的玄鳥在神話意象上實等同於「烏」，那麼，墮下的卵也就是與烏密切相關的「日」之象徵，簡狄吞卵，其原型意象當即為吞日[46]。（按：馮應京《月令廣義》載：「（乙，即玄鳥）開生之候鳥，帝少昊司命之官也。」[47]既是少昊之官，則又與太陽有關。）

　　這個懷疑可以據以下引文推測：《世本‧帝系篇》說帝嚳有四妃：

> 元妃有邰氏之女，曰姜嫄，而生后稷；次妃有
> 娀氏之女，曰簡狄，而生契；次妃陳鋒氏之女
> ，曰慶都，生帝堯；下妃諏訾氏之女，曰常儀
> ，生摯。[48]

　　晉‧王嘉（？）《拾遺記》則云：

> 帝嚳之妃，鄒屠氏之女也。軒轅去蚩尤之凶，
> 遷其民善者于鄒屠之地；遷惡者于有北之鄉，

---

[45] 見：宋‧李昉（925-996）《太平御覽‧天部三》（臺北　商務印書館　1974）卷三，頁146。

[46] 葉舒憲曾有類似的看法，他認為：「如果考慮到商人的日神崇拜與鳥圖騰崇拜之間的內在聯繫，考慮到商王皆以日（十干）為名的事實，那就不難看出，所謂簡狄吞玄鳥卵而生商祖的說法，原來正是以地母神吐納十日的原始神話觀念為其發生基型的。」見：氏著《高唐神女與維納斯》（北京　中國社會科學出版社　1997）頁70。

[47] 見：《月令廣義》，在《四庫存目叢書‧史部‧時令類》（齊魯書社　1996）第一六五冊，頁43。

[48] 見：漢‧宋衷《世本》（台北　藝文印書館《百部叢書集成》據清‧嘉慶孫馮翼輯刊問經堂叢書本）頁十右。

其先以地命族。後分為鄒氏，女行不踐地，常
履風雲游于伊洛，帝乃期焉，納以為妃。妃常
夢吞日，則生一子，凡經八夢而生八子，世謂
之八神，亦謂八翌。[49]

所謂「鄒屠氏」，從音近關係來看，應是帝嚳的次妃「娵
訾氏常儀」（鄒在段氏古音第三部，娵在第四部，韻部相近。
由鄒屠氏到娵訾氏，疑音近致訛，此在神話傳播過程中常
見），《廣博物志》引《異苑》說「諏（娵）訾氏……，夢日
而生八子。」與王嘉所記之鄒屠氏若合符節。而「雲游于伊
洛」，又令人聯想到溺於洛水的宓妃；「吞」這個動作，則又
疑與簡狄吞卵的神話縮合。如此，王嘉記錄的這個傳說顯然
摻入了許多神話情節，唯此一現象在神話裏並不奇怪[50]，且
頗具啟發性。我們可以這樣推想：在更早以前可能曾有簡狄
吞日的神話，而後輾轉流衍為吞卵。但吞日的情節猶在，變
成神話組合的材料片段，所以到了《拾遺記》中遂成為「鄒
屠氏吞日」云云。故不論從卵與日的意象連結、神話傳播的
狀況及互文性比對，都不難肯定簡狄與日神的密切關係。詩

---

[49] 《遺拾記》卷一，頁 20。

[50] 神話構成的一個特色是相同的情節單元透過重組以後，產生一個全新的
神話；或是不同的情節單元，被置入已成「套數」的敘述結構中，形成另
一個新的神話。法國結構主義之父李維‧史陀（Lévi-Struss）用「修補術」
一語來描述神話此種特性，他並引用鮑阿斯的說法：「好像神話世界被建
立起來只是為了再被拆毀，以便建立起新的世界。」參見：氏著《野性的
思維》(李幼蒸 譯，台北, 聯經出版 1990)頁 23。

人求日神之妻，而日又為時間的象徵，這似乎帶著「與時競走」的隱義。而他每每落後於日神，這正又與前述「令羲和弭節」、「折若木以拂日」的情節相呼應。

簡狄既是日神之妻，我們便可據以了解為何詩人要「命鴆為媒」。雖然近人柯倫據《山海經・中山經》所記：「瑤碧之山，有鳥焉，其狀如雉，恒食蜚，名曰鴆。」之說，並佐證潘岳《射雉賦・序》：「余徙家于琅邪，其俗實善射，聊以講肄之餘暇，而習媒翳之事。」云云，因而主張〈離騷〉中的「鴆」其實就是〈中山經〉所記之「鴆雉」，也就是潘〈序〉中用為「媒翳」，招引野雉的禽類。這種「鴆雉」本來就被用來當作捕捉野雉的「媒介」，且其源出「瑤碧之山」，地緣上屬荊山系列，正在楚國境內，所以詩人以「鴆」為媒，其實便是古代民俗的反映[51]。然《山海經》只云「鴆似雉」，並未說「鴆」即是「雉」，且潘岳所說的只是一般的雉鳥，如何確定「鴆」也像雉一樣，可以被人訓練成「媒翳」？柯氏的說法頗能參考，卻無法令人全然信服。因此，本文暫仍依王逸的注解。王逸說「鴆」雄名「運日」，雌名「陰諧」，「陰諧」似乎帶有「和諧於陰」——也就是與陰性和合之意。不過，《廣雅疏證》卻載：

> 《廣雅》：鴆鳥，其雄謂之暉日，其雌謂之陰

---

[51] 參見：柯倫〈《離騷》鴆、鴆新說〉。文刊《古籍整理研究學刊》1994 年 1 期，頁 19~21。

> 諧。此用《淮南》注也。《淮南·謬稱訓》:「暉日知晏，陰諧知雨。」高誘注云:「暉日，鴆鳥也。晏，無雲也。天將晏靜，暉日先鳴也。陰諧，暉日雌也，天將陰雨則鳴。暉與運同。」案:〈繆稱訓〉云:「鵲巢知風之所起，獺穴知水之高下，暉日知晏，陰諧知雨。」四句各舉一物，四物各為一類，鵲與獺非牝牡，暉日與陰諧非雌雄也。遍考諸書，言鴆鳥別名者多矣，皆言運日而不及陰諧，亦可知鴆鳥無陰諧之號，而〈謬稱訓〉注非確詁矣！[52]

若據其說，則鴆鳥的別名只有「運日」，而無「陰諧」，實高誘注《淮南》時誤植。「運日」習於天霽時鳴叫，不難聯想到其與「日神」的關係益形密切，詩人蓋因追求日神之妻，故差遣名為「運日」之鳥作媒，其間機括，顯然可見。

除了日神之妻外，簡狄又可能是高禖神祗[53]。《禮記·月令》鄭玄注云：

> 高辛氏之出，玄鳥遺卵，娀簡吞之而生契，后王以為媒官嘉祥而立其祠焉。

《疏》則引《鄭志》云:「娀簡狄吞鳳子之卵，后王以為

[52] 見：清·王念孫《廣雅疏證》(在：臺北 藝文印書館《百部叢書集成》之九四) 卷十下，頁 45。
[53] 參見丁山《中國古代宗教與神話考》(上海文藝出版社影本 1988) 頁 9-12。

媒官嘉祥，祀之以配帝，謂之高禖。」[54]這麼說來，簡狄確是殷商的高禖神。如此則詩人追求簡狄，便又帶著「生生不息」的意義。

高丘無女，宓妃難遷，而高辛又先我，於是詩人最後只好將希望寄於有虞之二姚。二姚是舜的後代[55]，而舜的身分據考證也具太陽神格[56]，那麼，詩人欲留二姚，是否即象徵著「留住時間」？或者，詩人既是日神之後，這是否意味著一種精神上的「原生回歸」？我們以為，〈離騷〉述求女之過程，一再與日神扯上關係，絕非偶然，蕭兵即主張〈離騷〉可能原是一曲太陽神鳥的悲歌[57]。深切以思，〈離騷〉顯然是一具有強烈個人情懷的文學作品，作者充滿內在聯繫的文字敘述應被視為完整的個人象徵。因此，不論是「留住時間」或「原生回歸」都與前述求女過程的深層意旨相互呼應，且都與追求時間之永久性有直接的聯結。

稍為仔細考察諸女的神話義蘊，我們發現〈離騷〉的求

---

[54] 以上《禮記》本文及注疏並見：《十三經注疏·禮記注疏》（臺北 藝文印書館影印清刻本）頁 299 下。

[55] 王逸注：「有虞，國名，姚姓，舜後也。」見：《楚辭補注》頁 34。

[56] 丁山與森安太郎、聞一多等都認定舜即俊，也就是帝嚳。白川靜的《中國的神話》（王孝廉譯，台北 長安出版社 1974。頁 9）則謂：「堯有時被當作是太陽神，舜也有著如此的神性。」韓國學者方善柱則進一步從語音與神話的對應中考證舜即太陽神（見氏著：〈昆侖山與太陽神舜〉。文刊《大陸雜志》49 卷 9 期，頁 1-10。1974 年 10 月），本文因謂舜具太陽神格。舜字衍生瞬，後來每以「一瞬」說明時間之消逝，可見舜字潛在的時間義。

[57] 參見氏著：《楚辭的文化破譯》頁 180-186。

女情節實具多重的意旨。首先，求女可自表層析出「求偶」的企圖，但詩人總是失敗，這暗示其處境之孤絕，正與文本每個段落隱含的孤獨意象相映襯。進一步推想，則求女洩露詩人的落後[58]。求簡狄、二姚一段的自敘可以更清楚了解這種心情。試看「恐高辛之先我」、「及少康之未家」云云，「先我」，說明自己落後；「及」，顯具「及時」之義，希望及時趕上少康尚未成家之際，但實則已經「不及」了。面對求女，詩人也在時間上落後了。

或許基於落後的恐懼，我們發現求女的情節隱藏著對「日神／時間」的回歸傾向。如前所述，不管是宓妃、簡狄、二姚，都可能與日神有相當緊密的關係，詩人向著她們尋求，似乎一方面是自我圖騰的回溯，更顯著的則是對象徵時間的太陽神的競逐，簡單來說，他要超越時間。

最後，這些王逸注解中泛稱的女神，概與「生生不息」的意念有相關的聯想。詩人積極的追求，可以視為對永恒的企慕。而宓妃水死，鴆鳥又係為毒鳥，其意象可引申為「死亡」，詩人卻以之為媒，欲求具生殖象徵的高禖簡狄，這些或許可以解讀為「託死以求生」，求女的行動成了死亡欲力的表

---

[58] 質言之，「求女」在《楚辭》中是一個常見的情節，而其過程總是被描寫得困難重重，最終卻遭遇失敗。除了〈湘君〉末段似乎寫出追求神女成功的喜悅外，「求女」的艱鉅與失敗彷彿成了「套數」（formula）。筆者認為詩人在〈離騷〉中襲這個「套數」，或許是受了祭神歌曲的影響（David Hawkes 有類同的看法，參見氏著〈神女之探尋〉。）但主要應是藉以隱喻追尋永恒的失落。

演場。而其中實則隱含了一個「生／死」的環形結構，與神話「死／再生」的原始意義有關。換言之，詩人希冀透過死亡的儀式以達到再生，或說是永恒，這不亦正是「時間」焦慮的湧現？至於二姚，亦可作如是觀。據王逸注：

> 昔寒浞使澆殺夏后相，少康逃奔有虞，虞因妻
> 以二女，而邑於綸，有田一成，有眾一旅，能
> 布其德，以收夏眾，遂誅滅澆，復禹之舊。[59]

少康中興，所謂「復禹之舊」，其行動正是一個「再生」（復）的過程，二姚在整個故事中則成了再生轉換的關鍵。詩人欲趕在少康之前，顯然是為了取而代之，試圖接納這個轉換的情節。這意味著是否得到二姚，詩人也將具有「重生」的可能？

這些層層的意旨，都由時間的線索展開。結合我們在前章所論的時空焦慮，更可以看出〈離騷〉中所展現的追尋，其實都是永恒失落的回應。

---

[59] 見：《楚辭章句》頁 34。

柒、過去、現在與未來的連結——
論屈原作品中的「路」

在傳為屈原所作的篇章中，「路」這個字詞出現將近五十次，並且蘊涵著相當豐富的意象可供尋繹。姜亮夫認為：

> 屈子路字使用，亦足見其政治、人倫、修養諸
> 端之思想脈絡。[1]

可見至少在傳統對屈賦的研究中，「路」這個意象具有相當的重要性。唯本文並不打算藉此一意象的分析來探索屈原的思想脈絡，而是就文本的敘述加以綜理、析義、比較，期能在細心的閱讀中對「路」這　字詞的使用有多層次的解釋，對意象的表現有更豐富的認識。

一、過去：美好與理想

在傳為屈原的作品中，「路」的意象總聯結著過去、現在與未來。需要先說明的是，本文所謂的過去、現在、未來，並非指向表層的刻度時間，而是一個深層的時間狀態，正如前蘇聯學者謝·葉·雅洪托夫所言：「上古漢語中存在著三種

---

[1] 參見：氏著《楚辭通故》（昆明 雲南人民出版社 1999）第二輯，頁 397。

時：前行過去時、久遠過去時和最近將來時。」這三種所標識的並非客觀的時間，而是指「先前」、「回憶」與「期待」[2]。而當它指向過往（回憶）時，同時也暗喻著一個美好的質性與理想的世界。以下我們將引述屈賦中的敘述，略加分析。

（一） 彼堯舜之耿介兮，既遵道而得路。何桀紂之猖披兮，
　　　　夫唯捷徑以窘步。（〈離騷〉）

　　堯、舜、桀、紂對詩人而言，都是過往的人物。而其人所經歷的道路，在今天看來，也是過往。我們在前章已經提出，〈離騷〉中的詩人慣於引證前賢以自憐自壯，這種追述過往的舉動，一方面帶有自我慰藉的功能，另一方面卻也多少暗示著某種「歷史必然性」的對照。此一必然因素即在：「遵道」。凡得路者皆因遵道而行，凡遵道者必然耿介；而凡窘步者必因取捷徑，取捷徑者則起於性格猖披。這同時暗示著美麗的境界必須一步步細心建構，妄圖取捷徑而行，終將招致失敗。如此看來，這裏的「道」與「路」，其實正暗喻著某種使國家興盛的治理方法，是一個美好的理想，一個不變的法則，是歷史過往曾經無所爽失的驗證。

---

[2] 見：氏著〈上古漢語〉。收在：唐作藩等編《漢語史論集》（北京大學出版社 1986）頁 207。

（二）悔相道之不察兮，延佇乎吾將反。回朕車以復路兮，
　　　及行迷之未遠。(〈離騷〉)

　　這是一組「回頭」的宣言，實際上語義應承接首段「乘
騏驥以馳騁兮，來吾道夫先路」云云。之前詩人因恐歲不我
與，遂有乘駿馬遠颺之思。或許正在馳騁的途中，反複思量
問題真正所在，除了時間流逝的焦慮外，最重要的是世與我
不容，於是「時間」的因素延伸而為「時局」的錯亂，「吾獨
窮困乎此時也」一句，是詩人處境的最佳說明。而從「乘騏
驥」組句至此，中間的鋪敘反複在「過往聖賢」與「眼前局
勢」的差異中交錯，詩人為免從俗而「異化」，於是每引前聖
清白死直自壯，每以採集香草自芳。亦由於反省不合時宜的
差序，回想秉自前聖的脩美，詩人方明瞭先前追尋的企望顯
得模糊而無力，質言之，「改度」是不必要的，原來的堅持並
沒有錯。所謂「悔相道之不察」，「相」即審視之義[3]，詩人自
咎之前「來吾道夫先路」的行動顯然尚未看清楚問題，只因
時、局交迫，便匆忙離異而去。在這裏，詩人用「道」來指
稱他之前所做的決定，當然也暗喻著對目前時局的判斷。
　　因此詩人選擇了回頭，「回朕車以復路兮」，循著原來的
道路回去，等於是向過往前行。從其中我們看到一個潛在的

---

[3] 王逸注：「相，視也；察，審也。」見：洪興祖《楚辭補注》(臺北　漢京
文化　1983) 頁16。

矛盾：詩人恐懼時光的消逝，每一刻的流失都迫使眼前成為過往，然而過往的記憶中卻有可以效法、自壯的聖賢。時空一方面帶來焦慮，卻也形成撫慰。仔細推敲，這種矛盾實際上是由「現實」與「理想」的差距造成的。「理想」在當下無疑是一個概念，由過往的陳跡堆砌而成，而其目的則是為了改變不靖的現實。於是乎，要往前尋，還是該回歸現實去找？「延佇乎吾將反」一句，坦誠回頭的舉棋不定。但既然「進」遭逢「不入」，無補於現狀，勉強只能選擇「退將復脩吾初服」。細繹此語，表面上似乎是回歸現實，但卻不是認同時局，而是不再外求，所以說「退」；選擇「修復」原來凋零的服飾——一種迥異於俗的裝扮，亦即其受孤立的主要源頭。

退雖然是為了重新裝修自己，但依然改變不了外在的實況。前面談到詩人的退反其實是帶著幾分躊躇，底下「忽反顧以遊目兮，將往觀乎四方」旋即證成這樣的猶疑。本然想退了，卻又忽然轉念，思欲至四方遊覽，這一退一進，洩露其內心的彷徨。所以後來接著女嬃的責備，顯然是為了詩人自身無法決定去留而發，勸誡他不如認清現實，向現實妥協。這一段勸告加深了詩人頓挫無依的窘狀，在〈離騷〉的敘述進程中有相當關鍵的作用。

（三） 曰黃昏以為期兮，羌中道而改路。[4]（〈離騷〉）

　　此二句在〈離騷〉雖為衍句，但與《九章‧抽思》：「昔君與我誠言兮，曰黃昏以為期。羌中道而回畔兮，反既有此他志。」并觀，則猶有可說者。詩人回想往昔「君」曾與自己有過承諾，相約在黃昏的時候。這個約定讓我們容易聯想到一場婚禮，《說文》云：「婚，婦家也。《禮》，娶婦以昏時，婦人陰也，故曰婚。」[5]即然，朱子在注〈騷〉時亦謂：「黃昏者，古人親迎之期，《儀禮》所謂『初昏』也。」[6]則期約黃昏，當與婚禮有關。詩人蓋藉著婚約來隱喻其與國君間的密切互動，歷代學者多做如是解。但由於婚約係屬男女間的

---

[4] 〈離騷〉此二句疑衍。洪興祖《補注》謂：「一本有此二句，王逸無注；至下文『羌内怒己以量人』，始釋羌義，疑此二句後人所增耳。」（《楚辭補注》頁 10）洪氏此疑頗具啟發性，從《離騷》章法來看，大抵每四句一組，二、四句押韻，如「帝高陽之苗裔兮，朕皇考曰伯庸；攝提貞于孟陬兮，惟庚寅吾以降。」一組四句，「庸」、「中」合韻；有時則二、三組詩句沿用一韻，如從「汩余若將不及兮，恐年歲之不吾與」至「來吾道夫先路」共十二句，同用「魚」韻。其中除了「索藑茅以筵篿兮，命靈氛為余占之。曰『兩美其必合兮，孰信脩而慕之。』」無韻，類皆如此。唯清‧王樹枏《離騷注》云：「占當為卜，與慕為韻。後人誤從下文欲從靈氛之吉占句，妄添口於卜下耳。」劉永濟《屈賦通箋》進一步說：「惟占、慕二音，絕不相近，疑古本作卜，卜、慕為韻。蓋卜聲古音在侯虞部，莫聲在模魚部，二韻音近旁轉。」若從其說，則上引組句亦有押韻。據此統計，《離騷》共有三七〇句（亂曰以下不計），用韻字計一八四，若除去無法押韻的「曰黃昏」云云二句，剛好是三六八句，九十二組（四句一組）、每組隔句用韻，形式上非常整齊，如此更可見此二句為錯簡當無可疑。
[5] 見：清‧段玉裁《說文解字注》（臺北 黎明文化影印清‧經韻樓藏本 1984）第十二篇上，頁 620 上右。
[6] 見：宋‧朱熹《楚辭集注》（臺北 文津出版社 1987 鉛印本）卷一，頁 6。

關係，遂有學者懷疑《楚辭》中的詩人，甚至屈原，乃是不折不扣的同性戀者[7]。類此的主張或有其道理，但未免聯想太多。游國恩早已指出：

> 我們不必驚異，這象徵（指以女性自喻）並非
> 突然。在中國古代，臣子的地位與妻妾相同，
> 《周易・坤・文言》說：「坤，地道也，妻道
> 也，臣道也。」是夠證明的了。[8]

潘嘯龍亦引證在戰國以前的許多泛文學作品中，已常見以男女之情喻君臣關係的現象，並非屈賦獨然，故遽論屈子為同性戀者，實深求太過[9]。

詩人與國君約期已定，然而這個承諾卻在中途生變，所謂「羌中道而改路」，不僅指改變了原來的心意，也暗示著彼此的理念已不相合，往昔志同道契的美好已成過眼雲煙。所以，「路」在本段的敘述中喻指往昔曾有的美麗約定，同時關涉某個相應的理想與信念。

二、現在：時局不靖與處境艱難

---

7 張元勛《九歌十辯》（北京 中國廣播電視出版社 1991）及束有春〈由興變現象看屈原身世的多維性〉（收在：《齊魯學刊》1998 年 4 期，頁 29~34。）都有類似的看法。

8 見：游國恩〈楚辭女性中心說〉。收在：《游國恩學術論文集》（北京 中華書局 1999）頁 151~160。

9 見：氏著〈略評屈原研究中的幾種新說〉（文刊：《雲夢學刊》1994 年 2 期，頁 1~7）。

（一）　惟夫黨人之偷樂兮，路幽昧以險隘。豈余身之憚殃
　　　　兮，恐皇輿之敗績。(〈離騷〉)

　　這一段上承「堯舜之耿介兮」的敘述。黨人即群黨之人，
以與獨我相映，是「群／己」的對立型式。稍加引申則隱含
當前世俗的主流意識，與猶自堅持仿古的詩人形成強烈的扞
格。換句話說，「偷樂」是流行的觀念，有一大群人爭相追逐，
而帶著古典「耿介」思想的詩人在目前顯然是寂寞而無助的
（這又引出一個「過往」與「現實」的對立型態）。「路幽昧
以險隘」，循著前句意指，固然是說「小人相為朋黨者，偷取
一時之樂，而所行之道，幽昧險隘。」[10]但另一方面也暗示
詩人處於偷樂成習的時局，其面對的前途是如何艱難可畏。
因此他在底下馬上強調「豈余身之憚殃兮」──難道是我害
怕行走在如此幽昧的道路上將招徠禍害嗎？當然不是，他憂
心的是曾經存在的美好過往，將因此殞敗不復。「皇輿」，舊
注皆以喻君國，實則「皇」可與「皇考」之「皇」相提，不
但具有「大」、「美」[11]之義，且暗合「遠古」、「先人」的意

---

[10] 引文見：宋・錢杲之《離騷集傳》(《知不足齋叢書》本。在：台北　藝
文印書館影印《百部叢書集成》之廿九) 頁三。
[11] 《說文解字》訓「皇」:「大也。」(見:《說文解字注》一篇上，頁 9 下
左。) 皇亦可訓為美，《詩・周頌・烈文》:「維序其皇之。」毛《傳》云:
「皇，美也。」即然。

念；「輿」本義即「車」，與前句「路」正相呼應。「皇輿之敗
績」，指的正是詩人憂慮如此幽昧險隘的時局，將敗壞先人苦
心建立的美麗世界，而他秉自先聖的美好特質，也將因此隕
滅失落。所以，在這一段落中，「路」實際上聯結了過往與現
在，同時也指向未來：一方面遙寓從前的美好，一方面則明
示眼前的困厄，與未來的艱難、及不遵前聖而將無法避免的
衰敗。

（二）　余處幽篁兮終不見天，路險難兮獨後來。表獨立兮
　　　　山之上，雲容容兮而在下。（《九歌‧山鬼》）

　　這一段雖是描述山鬼所居之處的深邃幽遠，但結合《九
章‧懷沙》所謂「浩浩沅湘，分流汨兮；脩路幽蔽，道遠忽
兮。」云云，則可發現其所展現的情調頗有可通之處。一般
咸信，〈懷沙〉係屈子的絕命辭，其中詩人不斷感嘆自己美好
的特質受到無情的埋沒與摧折，遂有「世溷濁莫吾知，人心
不可謂兮；知死不可讓，願勿愛兮。」的消極宣言。從「脩
路幽蔽，道遠忽兮」八字，可以明確感受到詩人眼前的困境：
身處在一個黑暗的旅途中，面對漫長無終的前程，一切顯得
困頓而絕望。詩人或許不因此而失去原有的堅持，所謂「離
湣而不遷兮，願志之有向。」表明他仍希望自己即使處境堪
憐，也不能改變本來的志向。然而，底下旋云：「進路北次兮，

日昧昧其將暮。」積極的前進卻遭遇日將西盡的阻攔,「日昧
將暮」正暗喻著前途黯淡,渺不可期。由此回溯〈山鬼〉的
敘述,我們確實也可以感受其中潛寓的艱難處境:幽暝險厄、
遺世獨立,一個永遠的落後者。

　　類似身處絕境的狀態,詩人在其它篇章中多有陳述,《九
章・惜誦》:

（三）　心鬱邑余侘傺兮,又莫察余之中情。固煩言不可結
　　　　詒兮,願陳志而無路。退靜默而莫余知兮,進號呼
　　　　又莫吾聞。
　　　　欲儃佪以干傺兮,恐重患而離尤。欲高飛而遠集兮,
　　　　君罔謂汝何之?欲橫奔而失路兮,堅志而不忍。……

此處詩人以「願陳志而無路」來說明自己進退失據的窘
狀。「願」是希望,充滿不確定的因素;「無路」則明白粉碎
了自己的希望,一切都是徒然。因此他就這麼陷入既期待又
無望的困境中,想要回頭重來,卻怕更罹憂患;想要自此遠
逝,又畏「君」無法諒解;而「欲橫奔而失路」──想「變
節易操,橫行失道,而從佞偽」[12],卻又不能狠心違背自己
的志節,如此云云,充分展現詩人既陷絕境,又不能從俗異
化的悲劇精神。「路」在此既說明一個希望的幻滅(無路),

---

[12] 王逸注語。見《楚辭補注》頁 127。

也代表一種理念與節操，「失路」就是指失去本然的信仰與堅
持，此正可回應本文首節所論的「遵道得路」。

　　與「失路」相對應，《九章·思美人》云：

（四）知前轍之不遂兮，未改此度。車既覆而馬顛兮，蹇獨
　　　懷此異路。

　　「前轍」，意指自我先前曾遭遇的經歷，同時也可解釋成
「未來的道路」；「不遂」則表明一切總是如此困阨。然而詩
人自許「未改此度」──絕不因處境的艱險而改變原有的法
度。這裏用「轍」（車軌）來比喻自我的遭遇，而以「度」（車
輪的規格）來引譬一己之志節，此與前述「離潛而不遷兮」
是相同的宣示，都在申明自己「堅志不移」的精神。即使車
覆馬顛，詩人仍將踽踽獨行於「異路」之上。因此，「異路」
在此指的是不同於俗的道路，與詩人身上所佩帶的香草具有
相同的象徵，都在關涉一個崇高的人格與不凡的理想。因此，
《九歌·國殤》云：

（五）　出不入兮往不反，平原忽兮路超遠。帶長劍兮挾秦
　　　弓，首身離兮心不懲。

　　雖然是描繪戰士英勇赴難的無畏情操，但同時也是詩人

自我心境的投射。明‧汪瑗云:「非勇武剛強之至而忠貞節義之積于平日也,曷足以當之而不撓哉?此古忠臣烈士,莫不皆然;而非屈子抱忠烈之心者,又不能言之曲盡其妙也。」[13] 意正如此。

(六)　思美人兮,擥涕而佇眙。媒絕路阻兮,言不可結而詒。(〈思美人〉)

「美人」,舊注以為係「國君」之隱喻,[14]所謂「媒絕路阻」,若結合前所論及的「曰黃昏以為期」云云,則不難明白其中意涵乃在於陳述自我遭受摒棄放逐,「陳志無路」的絕望處境。「媒」在屈賦中經常出現,其作用都是在幫助詩人重啟美好的希望,然而卻始終徒勞無功,反而更加深了悲劇的情調。試看詩人自述:「理弱而媒拙兮,恐導言之不固。」(〈離騷〉)、「理弱而媒不通兮,尚不知余之從容。」、「既惸獨而不群兮,又無良媒在其側。」(〈抽思〉)、「因芙蓉而為媒兮,憚褰裳而濡足。」(〈思美人〉)等等,都可見「媒」的角色,正襯映出詩人處境的絕望與孤單。從這個角度來看此處所述的

---

[13] 見:氏著《楚辭集解》(洪董利據明刊本點校,北京古籍出版社 1994 鉛印本)頁 144。
[14] 王逸謂:「美人,謂懷王也。」(注〈離騷〉語,此處亦同。見:《楚辭補注》頁 6,頁 146。)朱熹亦云:「美人,謂美好之婦人,蓋託詞而寄意於君也。」見:《楚辭集注》頁 4。

「路」，其義涵便指涉一個傳達自我心願的管道，同時也喻示了自我當前的困境。

三、未來：追尋與絕望

過往已遠，詩人每引之以自憐自壯，憑藉前聖不群的偉跡來撫慰眼前迍邅的際遇。在上一節中，我們看到詩人面臨的是一條佈滿艱辛的道路，走來不勝悲嘆。然而路總向未來延伸，在詩人的眼中，似乎不僅當前的道路難走，未來的旅途更是遙遙渺茫，所以，他僅能懷抱著些許的期待，展開無數次失敗的追尋。

（一）　不撫壯而棄穢兮，何不改乎此度。乘騏驥以馳騁兮，
　　　　來吾道夫先路。（〈離騷〉）

　　「先路」，王逸注以「道」釋之，並引申為聖王之道。明·楊慎則謂：「《楚辭》：『來吾導（道）夫先路。』（先路）車名。《郊特牲》：『先路三就。』《左傳》：『鄭賜子展先路，子產次路。』」是以「先路」乃車名。姚小鷗曾就古籍考察，略證「先路」確即先秦車名，且為諸侯、貴族所乘，故解釋本句詩為

「讓我以法度引導楚王的乘輿。」[15]此一說法主要沿襲傳統以「美人」為君主隱喻的觀念而發，若就政治視角解讀〈離騷〉，其說可從。換個角度來看，不論「先路」究何所指，「乘騏驥」念頭的啟始，是源於「遲暮」的時間恐懼，因為象徵脩美的「草木」零落，所以產生揚棄既已蕪穢之裝飾的想法，冀望向外的追尋可以獲得重新整裝的契機。「騏驥」本係良馬，「一日可致千里」[16]，加以「馳騁」，則詩人急欲遠遊追尋的焦躁暴露無遺。從這些敘述中，我們可以想見一條充滿希望的道路正在眼前展開，乘良馬飛馳其上的詩人懷著與「時」競走的忐忑心情，企圖求索一個可以「改乎此度」的方向。

依此看《遠遊》:「歷太皓以右轉兮，前飛廉以啟路。」則容易聯想到所謂的「啟路」，雖然是表指為其在前方開路，但卻也象徵著詩人對未來的憧憬，其間充滿著追尋新世界的期待與企圖。

（二）　欲少留此靈瑣兮，日忽忽其將暮。吾令羲和弭節兮，
　　　　望崦嵫而勿迫。路曼曼其脩遠兮，吾將上下而求索。
　　　　（〈離騷〉）

---

[15] 參見氏著:〈釋「來吾道夫先路」〉。香港中文大學「2000 年屈原研究國際研討會」會議論文。並參:姜亮夫《楚辭通故》第四輯，頁 744。
[16] 王逸注語。見《楚辭補注》頁 7。

羲和,王逸注云:「日御。」[17]《初學記・天部》引《淮
南子・天文訓》有「爰止羲和,爰息六螭。」之語,許慎注:
「日乘車,駕以六龍,羲和御之。」[18]依此則羲和乃日神所
乘車之御者。唯《山海經・大荒南經》則謂:

> 東南海之外,甘水之閒,有羲和之國。有女子
> 名曰羲和,方浴日于甘淵。羲和者,帝俊之妻
> ,生十日。

郭璞注云:

> 羲和蓋天地始生,主日月者也。故《啟筮》曰:
> 「空桑之蒼蒼,八極之既張,乃有夫羲和,是
> 主日月,職出入,以為晦明。」又曰:「瞻彼上
> 天,一明一晦,有夫羲和之子,出于暘谷。」
> 故堯因此而立羲和之官,以主四時,其後世遂
> 為此國。[19]

準上二述,則關於羲和的身分雖有兩種傳說,但卻都與日有
密切關係。前已論及,日在《離騷》的文義中是指向時間的
概念,本段所述亦不例外。從上下文義分析,前言「日忽忽

---

[17] 見:《楚辭補注》頁 27。
[18] 見:《宋本初學記》(台北 藝文印書館 1974)卷一「日」。
[19] 見:袁軻《山海經校注》(台北 里仁書局 1982)頁 381~382。

其將暮」，表明時間已晚；下即接「令羲和弭節，望崦嵫勿迫」
云云，「崦嵫」是日所入處，故顯然是要求太陽不要下山，時
間為其停止。所以如此，蓋因詩人所欲追尋的路途仍然遙遠，
而且沒有固定的目標。所謂「吾將上下而求索」，是其漫遊無
方的絕佳表述：「上下」固然已言其不定，「求索」更說明追
尋的混沌與茫然。從本組詩句中，我們看見內心彷徨無措的
詩人眼前展開一條漫漫長路，它不知引向何方，沒有目標，
佈滿時間流逝的恐慌。

（三）　遭吾道夫崑崙兮，路脩遠以周流。
　　　　路脩遠以多艱兮，騰眾車使徑待。路不周以左轉兮，
　　　　指西海以為期。（〈離騷〉）

　　這二組詩句是詩人在求女失敗後，從靈氛之占，決定「遠
逝以自疏」時的旅程描述。看看詩人的目的地，大概都在崑
崙。除了明指崑崙之名外，「西海」也應指崑崙。朱珔《文選
集釋》云：

　　　　據〈大荒西經〉，屢言西海，曰「西海之外，大
　　　　荒之中，有方山。」曰「西海陼中有神，人面
　　　　鳥身。」至其後文云：「西海之南，流沙之濱，
　　　　赤水之後，黑水之前，有大山，名曰崑崙之邱。」

正與此處上文由崑崙、行流沙、遵赤水合。[20]

綜觀文義及本次尋遊濃厚的神話色彩，朱珔的考釋至為允當。崑崙在古傳說中為仙鄉所在，詩人受挫於現實，欲求美好特質之永恒，其向著崑崙仙鄉前進，動機不難理解。唯仙鄉之路絕非輕易可致，詩人自承「路脩遠以周流」，不但遙遠，亦且迴複，隱約透露無力到達的感慨。底下又接著說「路脩遠以多艱兮」，則明確點出旅途困頓的實情。而「指西海以為期」一句，「期」是不確定的願望與等待，固待不辯；「指」則亦可看作企求、希望之語。《說文解字》「指」篆云：「手指也。」段玉裁注：「假借為恉。心部曰：『恉，意也。』」[21]指可借義為恉，顯然帶有「意願」之義，引申即為「希望」。且「指」從「旨」聲，兼有「旨」意，《說文》釋「旨」為「美」[22]。甲文「旨」與小篆無甚別，「字象以匕扱物于口，有食者美足之意。」並借作「犧牲」之義，如「丁卯，……狩正……擒獲百六十，二百十四豕，十旨。」[23]「美足」本具「欲求」之義，「犧牲」則顯然是先民「企求」平安、豐饒的觀念引致。故從「旨」得聲之「指」亦當有「企求」的意思。現代漢語習慣說「指望」，略可參證「指」有「期望」之義。既然「指」、

[20] 轉引自：游國恩《離騷纂義》（台北 新文豐出版公司 1982）頁 479。
[21] 見：《說文解字注》第十二篇上，頁 599 下左。
[22] 前揭書頁 204 下右。
[23] 以上甲骨文相關資料及訓解，並參：馬如森《殷墟甲骨文引論》(東北師範大學出版社 1993)頁 400。

「期」都帶著明顯的企求義,固然令人體會其追尋永恒仙鄉的急切,卻也讓讀者強烈感受到崑崙對於詩人而言,只是一個空泛的期望,不必然可至,甚至是永遠無法到達的幻境。

可以說,詩人的追尋都是為了逃離醜惡的現實,而訪求一個永恒的美好。然而在〈離騷〉中,我們看見他整裝遠離的決心,卻因瞥見故宇而踡局不行,可見故都對其產生的牽引,力不容小覷。此在〈哀郢〉及〈抽思〉中,陳述歷歷。

（四） 惟郢路之遼遠兮,江與夏之不可涉。(〈哀郢〉)

（五） 有鳥自南兮,來集漢北。好姱佳麗兮,胖獨處此異域。既惸獨而不群兮,又無良媒在其側。道卓遠而日忘兮,願自申而不得。望北山而流涕兮,臨水而太息。望孟夏之短夜兮,何晦明之若歲。惟郢路之遼遠兮,魂一夕而九逝。曾不知路之曲直兮,南指月與列星。願徑逝而未得兮,魂識路之營營。何靈魂之信直兮,人之心不與吾心同!理弱而媒不通兮,尚不知余之從容。
……愁歎苦神,靈遙思兮。路遠處幽,又無行媒兮。……(〈抽思〉)

詩人在此重複感嘆郢路之遼遠,其意不止在陳述對故都

185

的眷戀，同時也暗喻自我理想的破滅，與幾近無望的未來。〈悲回風〉云：「登石巒以遠望兮，路眇眇之默默。入景響無應兮，聞省想而不可得。」將詩人遠眺前程，卻深感渺然無望的心情充分地描繪出來，不僅景物的聲響無應，即使自身的記憶都無由省思[24]，其寂寞、孤獨、絕望躍然紙上。在這裏，「路」象徵著他所面對的未來。最後，詩人只能靠著自己的靈魂，在幻夢之間來回奔走於回鄉的路上。等於說，郢路是一個永遠到不了的未來。這裏凸顯了一個時序上的矛盾：回鄉是返回他往昔居住的地方，然而卻是未來的期許，未來其實是努力在向著過往退行。

　　從上面的論述中，我們可以確知「路」在屈賦中同時帶著過去、現在與未來的深刻寓意。它一方面象徵著往昔的美好與崇高的自我理想，另一方面卻也隱喻著詩人眼前的艱難處境，並預示著未來渺茫無望的落寞人生。如此也就凸出了一個「今／昔」的對比，往昔是美麗的，曾經有與自己節操相若，理念相同的聖賢為伴；現今則是醜惡的，眾人皆陷入

---

[24] 「入景響之無應」二句，明・陳第（1541-1617）《屈宋古音義》（《學津討源》本。在：臺北 藝文印書館《百部叢書集成》之四六，卷二，頁 40）云：「山高路遠，故影響俱無，而視聽寂滅。」清・錢澄之（1612-1693）則進一步說明：「既入而景響無應，不惟無硜然之足音也。空山獨處，即使無人，而有影響之應，聞之猶動人省想。庶幾具有至者乎？今求聞以省想而不可得，則寂寞極矣！」見：《屈詁》（臺北 廣文書局《五家注楚辭合編》 1972）頁 426。是則不僅詩人所遭遇的自然景象是寂靜淡默，其內心亦孤獨而無助，即使連刺激其記憶的動力亦全然銷蝕。

俗世的濁流中，香草被視同蕭艾，詩人自身堅持的芳潔，卻成了他躓踣迍邅的原罪。綜整以論，詩人的未來只是現在的延申，失路徬徨的窘境不會有任何改變。他雖然也想追尋一個可以永存美好的世界，但故宇的牽絆卻始終令他無法棄世遠颺，於是乎，一條絕望且漫長的道路在眼前悠悠開展。

結 語

　　〈離騷〉中滿佈時間的影跡，由前面七章的討論中，吾
人已能見其梗概。從語詞使用的情形來看，無論是時間的代
稱、時間三維，以及喻指「完成」、「延續」、「懸滯」等概念，
隨處可見其迴盪於〈離騷〉的字裏行間。這些語詞所蘊攝的
時間性，引領讀者深入體會詩人的時間意識及其心理上產生
的時間焦慮，並進而理解整個〈離騷〉敘述的主軸，基本上
乃依循一個對時間的焦慮感而展開。

　　〈離騷〉的詩人極其著重時間，從他自敘「系譜」開始，
時間便如影隨形。時間不但標識其出身的不凡，形成「聖」
與「俗」的差異，並因此成為生命過程的一大考驗，因為詩
人早已預知了死亡的來臨。死亡喻示了生命的有限，也說明
人世的任何努力終將歸於無物，人的一生都受到時間無情的
驅逐。但也因意識到死亡的必然性，人也才具有卓然超越的
自由之可能，證成自我存在的獨立性。我們看詩人孤獨地在
時間的壓力中踽踽追尋，其焦慮、彷徨，而終於不屈的精神，
正是自我存在最真實、崇高的寫照。而我們所謂〈離騷〉中
的「群／己」對應結構，正由此看出。

　　而由於形體受制於生命的有限，在詩人的深層心理中，
便存在一個原生回歸與永恒企慕的意念。這種欲念不存在於

時間的層次裏，乃是對時間的超越，我們從詩人對植物的採集、飲食及「求女」的情節、「路」的意象之使用中發現上述的意念，〈離騷〉中類似的敘述本來就極具神話的色彩，甚至是神話材料的運用，而神話本來就是超越時空而存在者。這種超越時間限制的欲念連結對「脩美」本質的堅持而來，與時間的焦慮感正明顯對映。時移世變，在時間之流的淘汰中，可以為人所秉具的美好愈來愈少，芳草易為蕭艾，荃芷化而為茅，詩人遂思覓得永恒之境以保存之。因此，〈離騷〉中的空間追尋，乃佈滿時間的動因，引領詩人在俗世絕望中，在時間焦慮下，向著可能的聖域前進。

　　前輩許多優秀學者對於〈離騷〉所關注者，泰半集中於屈原一生的際遇與楚國的命運上，〈離騷〉是逐臣的悲歌，每一行止，都帶著強烈的政治義蘊。這樣的研究有其不可抹滅的學術貢獻，然斯途已盡，吾人不得不朝另一個方向拓路。在本論文首章，我試圖透過粗淺的理論說明作者與敘述者差異所衍生的閱讀效應，顯然這個效應中也帶著相當大的時間因素。換言之，面對時間的推移，閱讀勢不可免成為隔閡後的臆見，一隔於作品與作者的差異，二隔於作品與讀者的間隙，三隔於往昔與現在的時間距離。因此，我們放棄了對作者及其時代的探索，直接貼近作品（也許當說是文本），在字裏行間爬梳，儘可能將時間的距離縮到最短。這個作法不能侈言最好，但至少免去一些陳見與麻煩。於是我發現，袪除

政治色彩後，〈離騷〉其實是詩人生命探索的歌詠，用根納普
（Van Gennep）的「過渡禮儀」（rites de Passage）理論比附，
詩人也明顯經歷過「分離」（separation）、「邊緣」（margin）
與「回歸」（re-aggregation）的三個階段，所有的群／己、聖
／俗、芳／惡、美／醜等衝突，都可以看作是生命追尋過程
的試煉。我在博士論文中對這個問題已略略述及，未來將專
文討論之。

　　時間的主題在中國文學中一直是非常值得重視的研究對
象，也有許多學者做出很好的成績[1]。這本論文完成後，我希
望進一步研究屈原其他作品中的時間意識，以與〈離騷〉所
述形成對照，盼於《楚辭》的研究，奉獻棉薄之力。

---

1 除了前面提及的陳世驤先生、日人松浦友久外，劉若愚曾對中國詩歌中
的「時空與自我」主題有深入的探討，參見：氏著〈中國詩中的時間、空
間與自我〉（陳淑敏譯，文刊：《書目季刊》第二十一卷第三期，頁 13-35）。
另美國學者宇文所安（Stephen Owen）亦撰有 'Absorption and Time of
Performance'（文刊：《語文、情性、義理——中國文學的多層面探討國
際學術會議論文集》頁 171-201。國立臺灣大學中文系 1996）對於中國詩
歌中描寫因專注於某項表演（或說某個情境）而引發的時間感受有精闢的
分析。

附錄：屈賦中的虹霓意象

漢人王逸在其《楚辭章句》中提到：

> 〈離騷〉之文，依《詩》取興，引類譬諭。故
> 善鳥香草，以配忠貞；（中略）飄風雲霓，以為
> 小人。[1]

將「雲霓」視為「小人」之隱喻。這樣的說法後來引起
朱子的駁異，其謂：

> 望舒、飛廉、鸞鳳、雷師、飄風、雲霓，但言
> 神靈為之擁護服役，以見其仗衛威儀之盛耳，
> 初無善惡之分也。舊注曲為之說……皆無義理
> 。至以飄風雲霓為小人，則夫〈卷阿〉之言「
> 飄風自南」、《孟子》之言「民望湯武如雲霓」
> 者，皆為小人之象也耶？[2]

此後近千年間，學者或主王逸，或申朱說，各據其理[3]。所謂
「依《詩》取興」可以有兩種解釋：一是採用《詩經》「興」

---

[1] 宋・洪興祖《楚辭補注》（臺北 漢京文化鉛印本 1983）頁 2-3。
[2] 宋・朱熹《楚辭辯證》卷上。引自《楚辭集註》（臺北 文津出版社 1987）頁 180。
[3] 如徐煥龍《屈辭洗髓》言：「……霓乃雨日交感之淫氣，飄風雲霓則陰盛所現，如淫邪黨人。……」明顯即據王逸；蔣驥《山帶閣注楚辭》則謂：「望舒、飛廉、鸞鳳、雷師、飄風、雲霓之屬，無善惡軒輊之分，朱子既已詳言之矣，後之小儒，尚多異解。……」蓋直承朱子之說。參見：游國恩《離騷纂義》（臺北 新文豐出版公司 1982）頁 277。

的創作手法；二是承襲《詩經》的比喻、象徵系統，意即：若《詩經》以霓喻小人，則〈離騷〉亦以霓喻小人。因此，若要檢證王逸「雲霓」以喻小人的說法是否正確，就必須仔細分析在《詩經》、《楚辭》中，虹霓於文本脈絡裏所呈現的意象究竟如何。是故本文擬細讀屈賦文本，並參《詩》中關於虹霓的篇什，兼考神話禮俗之說，對「虹霓」的意象做一較全面的考察，希望因此能對「雲霓」在屈賦中的意喻有更進一步的確定。

一、屈賦中的虹霓意象略探

在現存相傳為屈原的作品中，曾經述及虹霓的篇章有〈離騷〉、〈九歌‧東君〉、〈九章‧悲回風〉及〈遠遊〉、〈天問〉等，茲條列其章句如下：

1、 路曼曼其脩遠兮，吾將上下而求索。飲余馬於咸池兮，總余轡乎扶桑。折若木以拂日兮，聊逍遙以相羊。……吾令鳳鳥飛騰兮，繼之以日夜。
飄風屯其相離兮，<u>帥雲霓而來御</u>。紛總總其離合兮，斑陸離其上下。
（〈離騷〉）

2、 靈氛既告余以吉占兮，歷吉日乎吾將行。折瓊枝以為羞兮，精瓊爢以為粻。為余駕飛龍兮，雜瑤象以為車。何

離心之可同兮，吾將遠逝以自疏。邅吾道夫崑崙兮，路
脩遠以周流。<u>揚雲霓之晻藹兮</u>，鳴玉鸞之啾啾。朝發軔
於天津兮，夕余至乎西極。(〈離騷〉)

3、撫余馬兮安驅，夜皎皎兮既明，駕龍輈兮乘雷，<u>載雲旗</u>
<u>兮委蛇</u>。……思靈保兮賢姱，翾飛兮翠曾，展詩兮會舞，
應律兮合節，靈之來兮蔽日。<u>青雲衣兮白霓裳</u>，舉長矢
兮射天狼。(〈九歌・東君〉)

4、上高巖之峭岸兮，<u>處雌蜺之標顛</u>；<u>據青冥而攄虹兮</u>，遂
儵忽而捫天。吸湛露之浮源兮，漱凝霜之雰雰。依風穴
以自息兮，忽傾寤以嬋媛。馮崑崙以瞰霧兮，隱汶山以
清江。(〈九章・悲回風〉)

5、朝發軔於太儀兮，夕始臨乎於微閭。屯余車之萬乘兮，
紛溶與而並馳。

駕八龍之婉婉兮，載雲旗之逶蛇。建雄虹之采旄兮，五
色雜而炫燿。服偃蹇以低昂兮，驂連蜷以驕驁。(〈遠遊〉)

6、覽方外之荒忽兮，沛罔象而自浮。祝融戒而還衡兮，騰
告鸞鳥迎宓妃。使湘靈鼓瑟兮，令海若舞馮夷。玄螭蟲
象並出進兮，形蟉虯而逶蛇。雌蜺便娟以增撓兮，鸞鳥
軒翥而翔飛。(〈遠遊〉)

7、白蜺嬰茀，胡為此堂？安得夫良藥，不能固藏？(〈天
問〉)

我們認為，作者自有其個人的文字象徵系統，浸假便形成

一種獨特的語言風格，批評家往往藉著發掘語言風格來區別不同作家的特質。準此，應有相當的理由讓我們相信若屈原在〈離騷〉中以虹霓隱喻小人，則此一比喻在其它作品中亦有可能被重複使用。所以在底下各段引文的分析中，我們將仔細檢視虹霓是否可以解釋為小人的隱喻（或象徵）。如果確有第二例，則可謂王逸的說法並非全然不可信；倘不能發現同例，則王逸謂〈離騷〉以虹霓喻群小的訓解就有必要重新檢證。當然，〈離騷〉也可能是特例，所以我們可以將在其它篇章中所析得的、無關隱喻小人的虹霓意象置入〈離騷〉的文脈中，如果可以通詁，則王逸的注釋顯然不是正解。而後我們當作的就是，回到〈離騷〉文本，在其語境的脈絡尋求最合適的虹霓寓意。

第三段「青雲衣兮白霓裳」，王逸注云：「以青雲為上衣，白霓為下裳也。日出東方入西方，故用方色以為飾也。[4]」各家略無異議。是則「白霓」在此是用以形容日神的衣著。日神無疑是尊貴的，以白霓為其衣飾之形容，連帶白霓亦感染了尊貴的氣息。王逸既以《九歌》為屈原所作，並謂「雲霓」在〈離騷〉中乃小人之喻，若果，為何屈原到了〈東君〉中卻以原隱喻小人的「霓」做為神聖日神的服飾？

第四段〈悲回風〉所述顯然是以虹蜺襯映出一種神奇的境界，完全嗅不到一絲「小人」的氣息。王逸在本節注謂：「乘

---

[4] 《楚辭補注》：頁 75。

託風氣，遊天際也。」、「上至玄冥，舒光耀也。」[5]明示其亦
不以為虹蜺在此乃小人之徵。而諸家疏本節也多以「天際巡
遊」的觀點釋之，如明・李陳玉《楚辭箋注》：即云：

> 自「上高巖之峭岸」句至末，共四十句，皆言
> 從彭咸所居以後，上天下地，登山觀水，神魂
> 所之，靡所不適。據虹處蜺，捫天吸露，漱霜
> 依風，過崑崙、涉岐山……上下左右，豈不快
> 哉！[6]

如此解釋頗能切合本節題旨，我們不認為屈原在此有將
虹蜺視作小人的意向。

第五段敘述將遊東方前之盛容。所謂「雄虹之采旄」，即
指色彩斑爛之旗幟。古人分虹為雄、雌，《爾雅・釋天》邢疏
引《音義》云：「虹出雙，色鮮盛者為雄，雄曰虹；闇者為雌，
雌曰蜺（霓）。[7]」者是。而古代的旗幟或稱為「蜺旌」、「虹旗」，
司馬相如（前 179-前 117）〈子虛賦〉：「拖蜺旌、靡雲旗。」[8]及
劉向〈九歎〉：「褰虹旗於玉門。」[9]等，所言即然。至於因虹制

---

[5] 前揭書：頁 159。
[6] 未及見原著，此處轉引自金開誠等著《屈原集校注》（北京 中華書局 1996）頁 649-650。
[7] 見十三經注疏本《爾雅》（臺北 藝文印書館影印嘉慶二十年南昌府學刊本）頁 97 下右。
[8] 徵自：《新校本漢書・司馬相如傳》（臺北 鼎文書局 1985）卷五十七上引〈子虛賦〉，頁 2563。
[9] 徵自：清・張惠言（1761-1802）《七十家賦鈔》（臺北 世界書局 1984）卷一，頁 46。

旗的原由，敦煌類書《籯金》謂：「虹旗，天子法天，象天虹而制旗也。[10]」可供參考。虹與霓本是一物，倘〈遠遊〉亦為屈原所作，則其總不至於載著象徵小人的虹旗遨遊天際吧？

第六段〈遠遊〉所述是一場盛大的天際音樂會。所謂「雌蜺便娟以增撓兮」，王逸注云：「神女周旋，侍左右也。[11]」是以雌蜺為神女之喻。我們以為雌蜺便娟大概是形容天際彩虹豔麗之況，用以襯托整個音樂會場景的浪漫與絢爛。所以蜺在此亦不是小人之象。

較具爭議的應屬上引屈賦第一、二段及末段。先從第二段談起。王逸在注「揚雲霓之晻藹兮」時先引五臣云：「雲霓，虹也，畫之於旌旗。晻藹，旌旗蔽日貌。」顯是將本句中的雲霓理解為旌旗。唯在「鳴玉鸞之啾啾」句注云：「言己從崑崙將遂陞天，披雲霓之翁鬱，排讒佞之黨群，鳴玉鸞之啾啾，而有節度也。」[12]說得模棱不清。因為，如果將「披雲霓之翁鬱」與「排讒佞之黨群」並觀，似乎王逸是以後句為前句之解釋，即「雲霓之翁鬱」正暗喻「讒佞之黨佞」；但若不如此，則又像指以雲霓（虹旗）掃除佞黨之意，而非以雲霓為小人。抑或是他在之前已將雲霓比為小人，所以在此處談到雲霓時，不得不將讒佞也牽扯進來，但雲霓在此節實在看不

---

[10] 引自：王三慶《敦煌類書》（高雄 麗文出版社 1993）頁 410。
[11] 《楚辭補注》：頁 173。
[12] 前揭書：頁 43-44。

出小人之意，因此便有點含糊帶過的味道。不意後來注家卻
有受王注影響者，即謂「雲霓為天地之陰氣，晻藹喻黨人之
障蔽也。[13]」云云，但將此義置入本節實在不通，故游國恩
先生斥之曰「拘牽傅會、穿鑿深求」[14]，實甚中肯。在我們
看來，雲霓在此應與第五段同義，即為旌旗之另名，而屈原
「揚雲霓之掩藹」，其實是以旌旗蔽空來形容其遊歷隊伍之盛
大。

　　第一段是以雲霓喻小人之說的開端，王逸注謂：「雲霓，
惡氣，以喻佞人。」「言己使鳳鳥往求同志之士，欲與俱共事
君，反見邪惡之人，相與屯聚，謀欲離己。又遇佞人相帥來
迎，欲使我變節以隨之也。」[15]若從屈原遭讒的觀點來看，
王說似非全無可取；但若以此義置入本節「遠遊追尋」的意
旨中，則不免些許扞格，姜亮夫即指出：

　　　王逸以「飄風雲霓，喻邪惡佞人，相與屯聚，
　　致謀離己，使我變節」云云，就文解說，固亦
　　可通，惟下解言「紛總總其離合，班陸離其上
　　下」二語，即指望舒、飛廉、雷師、鳳鳥、飄
　　風、雲霓諸事而言，總總陸離，亦無惡意，則

---

[13] 王邦采《離騷彙訂》語。轉引自游國恩《離騷纂義》，頁 463。
[14] 游國恩《離騷纂義》，頁 464。
[15] 《楚辭補注》：頁 29。

> 此二語，不必訓為佞壬也。……此言我既命望
> 舒、飛廉先驅，而雷師阻我，尚未全備，余乃
> 令鳳鳥飛騰，日夜相繼，冀其速趨天庭，將陳
> 余之中情也。于是而飄忽不定之風，屯然聚集，
> 其飄然相離者，帥領雲霓而相迓也。[16]

說較合理。若比較〈遠遊〉：「召豐隆使先導兮，問大微
之所居。」「撰余轡而正策兮，吾將過乎句芒。歷太皓以右轉
兮，前飛廉以啟路。……風伯為余先驅兮，氛埃辟而清涼。
鳳皇翼其承旂兮，遇蓐收乎西皇。」及《九歌‧大司命》：「飄
風兮先驅，使凍雨兮洒塵。」等，可以看出，類似首段的描
述多為屈原「巡遊」時的景況，它體現的總是天際漫遊的神
奇浪漫氣氛，而不必強指為政治失意的某種興寄。倘再比較
《韓非子‧十過》所記：

> 昔者黃帝合鬼神于西泰山之上，駕象車而六蛟
> 龍，畢方并鎋，蚩尤居前，風伯進掃，雨師洒
> 道，虎狼在前，鬼神在后，騰蛇伏地，鳳凰覆
> 上，大合鬼神，作為清角。

更可見二者之彷彿。「『大合鬼神』就是對鬼神進行總的
祭祀，猶索祭。[17]」顯然韓非所記是一原始的祭典。日人藤
野岩友以為「《離騷》是從宗教中獨立興起的文學。按其類型

---

[16] 氏著《重訂屈原賦校注》（天津古籍出版社 1987）頁 76。

分析，顯然是來源于和巫祝有關的宗教文學。[18]」這個說法
雖不見得全無可議，但《離騷》與巫祝宗教關係的密切，早
以為學界所認識。我們以為屈原在創作《離騷》時有意或無
意地將宗教的遺痕寫進字裏行間，馴致《離騷》中的許多陳
述帶著極濃厚的宗教意味，第一段的文字即是如此。是故這
裏我們寧將飄風、雲霓等看作襯托（宗教）巡遊盛況的意象，
而不必隱喻為小人。此概如朱冀所說：「言輕風陣陣，若斷若
屬，雲霓隨風來往，與我相遭，若帥之而迓我云爾。此二句
皆描寫將到天門時，有此景象。[19]」

　　第七段〈天問〉所述涉及典故認知的問題，其關係到屈
原是否有將虹蜺視作小人的可能性。王逸注以為「白蜺嬰茀」
係指「崔文子學仙於王子喬，了喬化為白蜺而嬰茀，持藥與
崔文子。崔文子驚怪，引戈擊蜺，中之，因墮其藥，俯而視
之，王子喬之尸也。[20]」一事。果如是，則屈原在此亦不以
蜺為小人。另一個解釋是將本事指向嫦娥竊羿不死之藥的神
話，蔣驥、丁晏（1794-1875）皆如此主張。但丁晏認為此處
的「白蜺」猶《九歌‧東君》之「青雲衣兮白霓裳」，蓋以形
容嫦娥之裝飾。如《荀子‧富國篇》：「處女嬰寶珠。」楊倞

---

[17] 過常寶《楚辭與原始宗教》（北京　東方出版社　1997）頁 132。
[18] 氏著《〈楚辭〉解說》。收在《楚辭海外編》（高鵬　譯，武漢　湖北人民
出版社　1985）頁 8。
[19] 氏著《離騷辨》。在杜松柏　編《楚辭彙編》（臺北　新文豐出版公司　1986）
頁 144。

注：「嬰繫於頸也。」又《易・既濟》：「婦喪其茀。」馬融（79-166）
注：「首飾也。」故云[21]。按丁晏的說法甚有訓詁上的根據，
允可從之。而丁山則根據《文選・西都賦》注引《尸子》：「虹
蜺為析翳。」的記載，認定「翳」與「羿」音形俱近，后羿
之名實得自「析翳」，所以白蜺即后羿的別名。他復博引典籍，
指出羿與弓的密切關係，而《白虎通》云：「天弓，虹也。」
故主張「后羿善射的故事，必然自虹光彈日的喻言逐漸演繹
而成。」[22]此一推論雖有聲韻學上的根據，但不免引申太遠。
即使白蜺可以指后羿，但以下「嬰茀」二字又當何解？故丁
晏之說較為可信。準此，則「白蜺嬰茀」一段所指的便是羿
請不死藥於西王母，嫦娥竊之以奔月一事。「白蜺」即如〈東
君〉所引，係用來形容衣物之壯盛，而不是暗喻小人。

　　從語境的角度出發，我們可以肯定前六段引文中的虹霓
並無暗示小人的可能性，至於〈天問〉的文意自來晦澀，又
涉及典故的認知，因此也無法遽下可能以白蜺比喻小人的論
斷。非但如此，我們透過上述的討論可以約略確定虹霓在屈
原賦中的意象其實是指向「浪漫神奇」的境界。如〈東君〉
以霓形容日神服飾，主要是為了彰顯神祇的崇高與神聖；其
餘諸章除了〈天問〉一節晦澀難解外，類皆為「天際巡遊」

20　《楚辭補注》，頁 101。
21　關於丁晏的訓釋，此處參考姜亮夫《重訂屈原賦校注》頁 314-315。
22　丁山《中國古代宗教神話考》（上海 新華書店 1988 影本）頁 259-262。

的描述，我們認為屈原在這些描寫巡遊的場景中加入虹霓，其實是以其瑰麗的形象來豐富文本的浪漫氣氛，表現出天際巡遊的神奇意象。

此外，如果我們進一步追查與「楚辭」關係最密切的「漢賦」則可以發現，在費振剛先生等人所輯校的《全漢賦》中曾述及虹霓的賦作共計二十二篇，其中除了崔篆〈慰志賦〉所謂：「愍余生之不造兮，丁漢氏之中微。氛霓鬱以橫屬兮，羲和忽以潛暉。」大概是以「氛霓」（《左傳》杜注：「氛，惡氣也。」）喻小人橫屬外，其餘二十一篇皆以虹形容「浪漫」、「富麗」、「高聳」的意境[23]。若說虹霓在屈原賦中皆屬小人之喻，則為何我們在屈騷中無法尋得確切的證據？又為何在漢賦中亦幾乎全不以虹霓隱喻小人？王逸的說法可信嗎？因此，我們打算從有關虹蜺的典籍記載與神話傳說中去考查，看看是否能尋得些許蛛絲馬跡，用來參證王逸說法的依據及可靠性。

二、神話與商周典籍中的虹霓意象略探

「虹」字在商代即已出現，茲錄甲骨文所記如下：

1、　□九日辛亥日□，螮雨自東□，⚡西□。（虹字僅餘右

---

[23] 參見：拙著《虹霓的原始意象在中國文學中的表現及意義》（台北　政治

　　半）

2、　王占曰：有祟。八日庚戌，有各雲自東面母。昃亦有出
　　🌈，自北飲於河。[24]

3、　戌□，又王占□：隹丁吉，其□未允□，允有設（🐒），
　　明有□日雲，昃亦有設，有出🌈，自（北）（飲）于河。
　　[25]

4、□寅卜□貞，🌈隹年。[26]

5、□庚，吉，其有設🌈于西。[27]

　　「🌈」字，李孝定釋為「霓」[28]，于省吾釋為「虹」[29]，
郭沫若則釋為「蜺」[30]。陳夢家以為：「🌈（即于省吾所釋之
設）、虹並舉，　疑是霓，即雌虹。[31]」不論是「虹」、「霓」
或「蜺」，「🌈」即今吾人觀念中之彩虹已是學界普遍之認識。
我們可由卜辭文義中推測殷人可能將虹視為吉凶之徵兆，所
謂「有祟」，似指虹的出現代表將有不祥之事；但第三則卜辭
與第二則文法及內容相近，所占的卻是「吉」（第五則同），

大學中文系博士論文 1997）第七章。
[24] 羅振玉：《殷虛書契菁華》：4，1。「面」字依白川靜之說，見氏著：《甲
骨文的世界》（溫天河、蔡哲茂譯，台北 巨流圖書公司 1977）頁 39。
[25] 羅振玉：《殷虛書契前編》：7，43，2。「設」字依于省吾釋定，見氏著：
《甲骨文字釋林》（北京 中華書局 1979）頁 103。
[26] 陳邦懷：《殷代社會史料徵存》（天津古籍書店 1993）11，109。
[27] 《前編》：7，7，1。
[28] 李孝定編《甲骨文字集釋》（台北 中央研究院史語所專刊之 50）頁 3992。
[29] 《甲骨文字釋林》，頁 35。
[30] 《甲骨文字集釋》，頁 3913。
[31] 陳夢家：《殷虛卜辭綜述》（北京 中華書局 1988）頁 247。

第四則所記言「佳年」，明顯亦以虹為吉。準此，則虹在商人的觀念中，不全是凶噩的象徵，而應視為商人貞占或崇祀的自然現象[32]。

　　倘由晚商金文考察，可以發現商代彝器中多有著於「亞」形內的「虹」字，于省吾《殷契駢枝》中便錄有數字[33]。根據高去尋先生的考證，中國古代青銅器上出現的「亞」形，正是古人祭祀祖先、上帝與頒布政令及舉行重要典禮的處所[34]，這個結論後來得到張光直先生的支持[35]。我們據此推測，商人將「虹」字著於「亞」形內，大概是「族徽」一類的標記，即或不然，但其具有相當程度的崇敬意義概無可議。

　　周人對虹霓的觀念可能與商代無甚差別。《周禮‧視祲》云：「掌十煇之法，以觀妖祥、辨吉凶。」十煇之中第九便是「隮」，鄭注：「隮，虹也。」[36]既有妖祥、吉凶之分，則虹

---

[32] 筆者曾檢索殷契中關於「設」字的記錄，發現本字多與代表自然現象或先公之名連文，如「司室」（即「祠室」），而且有時間及方位之差別，乃商人的祭祀觀念中，吉凶的降臨每來自大自然或死去的先祖（參：張秉權〈殷代的祭祀與巫術〉。在：台北《中央研究院史語所集刊》第 49 卷 3 期，頁 445~487。1978 年 9 月）可見「設」與祭祀有相當密切的關係。拙著：《虹霓的原始意象在中國文學中的表現及意義》：頁 67-70。

[33] 見氏著：《雙劍誃殷契駢枝全編》（台北　藝文印書館　1975）頁 41。

[34] 高去尋：〈殷代大墓的木室及其涵義之推測〉。文刊：台北《中央研究院史語所集刊》第 39 期，頁 175-188。1969 年。

[35] 參：張光直《中國青銅時代》第二集（台北　聯經出版社　1990）頁 81-89。

[36] 《周禮注疏》（台北　藝文印書館影印清‧嘉慶二十年江西南昌府學周禮注疏附校勘記）頁 382。

在周時也不全然是壞的徵候。不過,這裏有一個必須討論的
問題,王逸既言「依《詩》取譬」,則在《詩經》中,有二首
談及虹霓的詩,分別是《鄘風·蝃蝀》及《曹風·候人》,吾
人可以看看是否這二首詩具有以虹喻小人的啟發性。《毛傳》
解釋〈蝃蝀〉為「止淫奔之詩」[37]、《詩序》認為〈候人〉是
「刺近小人」[38],但這明顯都是漢人觀點,是預將虹霓視為
「女亂」之徵而做的詮釋[39]。實則在筆者看來,此二詩單純
只為少女思念所慕對象之詩,詩中的虹霓可看作是情欲歡合
的象徵,而不必與淫亂劃上等號[40],《毛傳》及《詩序》顯然
都是「詩教」觀念下的產物,因此本文並不擬依附其觀點。
顯然王注所說的「依《詩》取譬」云云,是以《毛傳》所釋
為依歸。

---

[37] 《毛傳》:「〈蝃蝀〉,止奔也。衛文公能以道化其民,淫奔之恥,國人不
齒也。」見:漢·鄭玄箋,唐·孔穎達正義:十三經注疏本《毛詩注疏》
(台北 藝文印書館影印清·嘉慶二十年江西南昌府學重刊本)頁122。

[38] 《詩序》釋云:「刺近小人也,共公遠君子而好近小人焉。」見:十三
經注疏本《詩經注疏》:卷7,頁269~270下。

[39] 究其實,不僅虹霓,即使如火災、水災、旱災、日食、山崩、冬雷,以
至怪獸等現象,漢人莫不將之附會到女性身上,并解釋可能是由於女性干
政或淫亂所引起。劉詠聰先生曾統計《漢書·五行志》中關於女性引起災
異的紀載,屬於漢代以前者共二十四則;漢代發生者則有二十九則,數量
不可謂不多。而其中許多發生在漢以的史實,亦被漢人以「女禍」重新解
釋,如莊公二十年,「齊大災」,劉向以為「齊桓好色,聽女口,以妾為妻,
適庶數更,故致大災。」又釐公十年冬,「大雨雪」,劉復以為「釐公立妾
為夫人,陰居陽位,陰氣盛」所致。參考:劉詠聰《女性與歷史》(台北
商務印書館)頁14。。「女禍」觀念如此流行,不禁令我們懷疑:〈蝃蝀〉
被視為「奔女」之詩,是否也是這種思惟下的必然結果?

[40] 參見:拙著《虹霓的原始意象在中國文學中的表現及意義》:第四章、
第五章。

　　從上述的討論中，我們大致可以概括出一個結論：虹對
商及周代早期民俗而言是屬於「禁忌」，禁忌本身即含有不可
測知的神聖性，也因此得到先民的崇敬。推測時人所以崇拜
虹霓，可能是基於對虹產生的原因不了解，加上虹的形象斑
爛光輝，身形似蛇（故商人將虹幻想為兩頭龍蛇，且自然界
凡劇毒之蛇類皆色彩鮮豔），又與降雨有密切關係，自然得到
質樸先民的畏懼。即使到了近代，許多地方的民俗依然將虹
視為禁忌，如清光緒二十八年重刊的《順天府志》引《帝京
景物略》便記載：「見霓曰虹，戒莫指，謂生指頂瘡，曰惡指
也。[41]」從這個觀點出發，我們不敢斷言虹喻小人的觀念必
不在此時出現，但從典籍紀錄來看顯然沒有明確的證據。若
謂商、周時人僅將虹霓看成小人的徵候，恐怕不是很恰當的
說法。

　　若從神話考察，現存神話關於虹者並不多，即使將魏晉
志怪小說所記也看成神話遺緒，能檢得者不過十則光景。其
中與楚地關係最密切者，應是《山海經·海外東經》所記：「蚩
蚩在其北，各有兩首。[42]」其所述與卜辭「𤴐」字可以互證，
但實在看不出任何可隱喻為小人的地方。其他關於虹的神話
與傳說，有的屬「感生」系統，如《竹書紀年》云：

---

[41] 見：《中國地方志民俗資料匯編·華北卷》（北京　書目文獻出版社　1989）
頁 11。
[42] 見：袁軻《山海經校注》（台北　里仁書局　1982）頁 255。

> 帝舜,有虞氏,母曰握登,登見大虹,意感而
> 生舜於姚墟。[43]

《拾遺記》:「春皇者,庖犧之別號。所都之國,有華胥之洲,神母遊其上,有青虹繞神母,久而方滅,即覺有娠,歷十二年而生庖犧。[44]」等皆是。既是感生,其神聖性絕非小人可以觸犯,更何況舜是屈原「陳詞」的古聖帝王,其出身又係大虹所感,容筆者開個玩笑,屈原總不會罵自己偶像的父親是小人吧?

在此我們無法詳考虹霓在楚神話或祭祀中有何意義或地位,唯春秋時期的楚國與中原各國之間的交通已十分頻繁,且其貴族文化的形成基本上亦受有中原文化的影響[45],屈原的辭賦中所述及的許多典故亦屬中土系統,既然商、周早期文化中尋不著以虹霓喻小人的依據,我們也不認為屈原有根據中原觀念而視虹霓為小人的可能。那麼,除了《毛傳》以外,王逸解釋可能的根據何在?

三、以虹霓喻小人的可能根據

---

[43] 按:今本《竹書紀年》及王國維所輯古本皆無此則,本文引自《古今圖書集成·乾象典·虹霓部》(台北 鼎文書局 1988)頁 714 中。

[44] 晉·王嘉(?-約390)《拾遺記》(台北 新文豐出版公司 1987 台1版)頁 9 首條。

[45] 過常寶認為:「楚貴族的傳統文化并不是周文化,而是夏商文化,尤以商文化為主。」參見:氏著《楚辭與原始宗教》:頁 7。

　　最有可能將虹與小人聯想者大概源於以虹為「徵驗」——亦即「災異」的觀念。《逸周書・時訓》中曾言及：

　　穀雨之日，……又五日，虹始見。桐不華，歲
　　有大寒。……虹不見，婦人苞亂。

又：

　　小雪之日，虹藏不見。又五日，天氣上騰，地
　　氣下降。又五日，閉塞而成冬。虹不藏，婦不
　　專一。[46]

將虹視作「女亂」的徵候。準此，似則虹霓在周時已成為亂象的指標，尤其與婦人淫亂息息相關。但《逸周書・時訓》的寫成年代頗有問題，觀《禮記・月令》及《呂覽》所記：「孟春之時，虹始見。」「孟冬之月，虹藏不見。」[47]等，正與《逸周書》所言一脈相承，則出虹有時顯係先秦普遍之認識，但二書皆未及「婦人專亂」之事，頗疑《周書》之說乃晚出者[48]，

---

[46] 見：《逸周書》（台北　中華書局　1966）卷6頁2、4。
[47] 見：十三經注疏本《禮記注疏》：頁341。《呂氏春秋》（台北　鼎文書局　1984）頁54。此處引文有節略。
[48] 王夢鷗先生《禮記月令斠證及其衍變之考察》（未刊影印本）：頁182云：「《周書・時訓解》云十月『不閉而成冬，母后淫泆。』此言物之應，亦殊費解。《漢書・五行志》以冬配于聽，並引《洪範傳》曰：『聽之不聰，是謂不謀，時則有魚孽。』又云：『秦始皇八年，河魚大上。』劉向說此魚孽，明年嫪毒誅。然則《周書》所記『母后淫泆』，其指此乎？其如是也，則〈時訓〉解之編成時代亦略可知矣！」依王師之說，則《逸周書・時訓》已晚於秦始皇八年寫成，其在《禮記》、《呂覽》之後將無可議，不能作為周代「虹象女亂」說的根據甚為明顯。

這點在學界早有人言及[49]。我們雖不敢說虹象女亂的觀念不可能在戰國時即已出現，唯《逸周書》顯然不是有力的證據。

這種虹象女亂的觀點在後來的緯書中經常可見，如《易緯・通卦驗》云：

> 虹不時見，女謁亂公。虹者，陰陽交接之氣，
> 陽唱陰和之象。今應節不見，似君心在房內不
> 修外事，廢禮失事，夫人淫恣而不敢制，故曰
> ：「女謁亂公」。[50]

這裏以「虹不時見」為「女亂」之徵，大抵與《逸周書》之說合。而以虹乃「陰陽交接之氣，陽唱陰和之象」的觀念，則當係兩漢陰陽哲學的主流言論[51]，從中並可見男行女隨的思惟內涵。唯此處尚以不合「時」出的虹方為「女亂」，未將虹霓全視為壞事之兆。然在同時代的另一些著作中，卻已將虹出看成女亂之象，而不管其是否合時了，《春秋緯・潛潭巴》

---

[49] 黃沛榮曾比較《逸周書・時訓》與《禮記・月令》、《呂氏春秋・十二月紀》的內容，斷定《周書・時訓》乃根據《禮記・月令》而寫成，而「《禮記・月令》乃是禮家抄合《呂覽・十二紀》的首章而成的，其時代當在《呂覽》之後，這樣說來，襲取《禮記・月令》而成的《周書・時訓篇》，其著成時代便必須在《呂覽》之後了，換言之，必不能早於秦統一天下以前。見：氏著：〈論《周書・時訓篇》與《禮記・月令》之關係〉。文刊《孔孟月刊》第 17 卷第 3 期，1978 年 11 月。

[50] 見：《古今圖書集成・庶徵典》：頁 763。

[51] 漢人喜以陰陽解釋虹霓，如：《淮南子・說山訓》：「天二氣則成虹。」二氣即陰陽之氣。蔡邕《月令章句》「虹，蠕蝀也，陰陽交接著於形色者也。」又《春秋緯・元命苞》：「虹霓者，陰陽之精，陰陽交為虹霓。」皆然。

說：「虹蜺主內淫，⋯⋯虹出，后妃陰脅王者。[52]」似乎只要虹一出，便有淫亂之事，《春秋緯‧文曜鉤》亦載：

> 白虹貫牛山。管仲諫曰：「無近妃宮，君恐失
> 權。」齊侯大懼，退去色黨，更立賢輔。使后
> 出望，上牛山，四面聽之以厭神。[53]

齊侯所以見虹而去色黨，據宋均（11-76）所注，蓋：「山，君位也；虹霓，陰氣也，陰氣貫之，君惑於妻黨之象也。」除將虹霓視作女亂的徵兆外，也將出虹看成了國君受迫的險訊，這種認知在緯書及許多怪異志中經常可見。如《博物志》：「《列傳》云：『聶政刺韓相，白虹為之貫日。』[54]」即是。以白虹貫日為弒君徵候的觀念可能起於戰國末期，《史記‧魯仲連鄒陽列傳》載鄒陽（？）〈上梁孝王書〉云：「昔者荊軻慕燕丹之義，白虹貫日，太子畏之。」《集解》引《烈士傳》：「荊軻發後，太子自相氣，見虹貫日不徹，曰：『吾事不成矣。』後聞軻死，事不立，曰：『吾知其然也。』」虹貫日為刺君之象，虹日不徹，表示弒君不成，故太子丹方有此嘆。而《史記索隱》則謂：「《戰國策》又云聶政刺韓傀，亦曰『白虹貫日』也。」[55]若鄒陽之言及《國策》所記皆實，則「白虹貫日」之說至少可推源於戰國末期。但是，我們也只能說這是

---

[52] 明‧黃奭輯：《春秋緯》（上海古籍出版社 1993）頁 52。
[53] 前揭書：頁 183。
[54] 晉‧張華《博物志》：卷 8。

國君遭凶之兆，而非小人之象。況且《史記》的作者及《戰國策》的編校者皆為漢人，我們很難確證馬遷與劉向在成書的過程是否曾加入漢人之見解。明確以虹霓象徵小人橫行的說法應是到漢代才成立的。《後漢書‧楊震傳》載：

> 光和元年，有虹霓晝降於嘉德殿前，帝惡之，
> 引賜（楊震孫）及議郎蔡邕等入金商門崇德署，
> 使中常侍曹節王甫問以祥異禍福所在。賜仰天
> 而嘆謂：「……今殿前之氣，應為虹霓，皆妖邪
> 所生，不正之象，詩人所為〈蝃蝀〉者也。」[56]

將漢人動輒以「陰陽不調」、「女禍橫行」、「小人盈庭」解釋天象的習慣表露無遺。透過上面的檢討，我們大約可以得到一個結論：先秦以前，專以虹為小人隱喻的觀念並無明確的典籍紀錄可徵，一直到漢代，此種說法才逐漸流行起來。

總結前面的討論，我們確定虹成為小人之徵的觀念是浸漸形成的，而且主要是源於漢儒的詮釋，這種詮釋方式反應漢代特有的文化內涵，我們不妨稱之為「道德詮釋」。過常寶先生曾指出：王逸對《楚辭》的解釋其實是建立在其所處時代的闡釋系統上而發，其中最明顯的特點就是依附儒學的「微言大義」及「比興」觀點[57]，他的說法是不錯的。漢人對於

---

[55] 以上並參《新校本史記三家注》（台北 鼎文書局 1985）頁 2470。
[56] 《後漢書集解》（台北 藝文印書館 1978）頁 634 下-635 上。
[57] 見：氏著《楚辭與原始宗教》：頁 157-158。

經典的解釋有其時代特質：經典不僅只是古代的遺物，而是具有聖人道德教化在內的「大義微言」，此在今文經學者的觀念中尤其如此（《五經》即然），故漢人解經，常循道德的思路分析，不足為奇。其次，漢代政治與學術的結合度甚高，此點尤為重要。漢初由於天下方定，與民休息，故重黃老之學，儒學在此時未被重視[58]。至漢武帝罷黜百家，獨尊儒術，儒家經典於焉始盛。今文學者動輒以經論政的風氣固然彌漫前漢[59]，所謂「以〈禹貢〉治河，以〈洪範〉察變，以《春秋》決獄，以三百五篇當諫書。[60]」者是，在這種觀念趨使下，即使古文經學不信「微言大義」之說，亦不能脫政治的影響，故劉歆須藉古文經方能在政壇得立足之地[61]，誰能掌

---

[58] 《史記‧儒林列傳》：「孝惠、呂后時，公卿皆武力有功之臣。孝文頗徵用（儒者），然孝文本好刑名之言。及至孝景，不任儒者，而竇太后又好黃老之術，故諸博士具官待問，未有進者。」（見：《新校本史記三家注》：卷六十一，頁 3117）所謂刑名、黃老，學術特質實極接近，從晚近發現的《黃帝四經》來看，其中所論即多刑名之說（參見：《黃帝經‧經法》。台北 龍華出版社 1976），司馬遷論即「老莊申韓」之說甚謂法源於道（見：《史記‧老莊申韓列傳》），足見漢初實重道、法合一之學。

[59] 皮錫瑞（1850-1908）云：「漢崇經術，實能見之施行。……皇帝詔書，群臣奏議，莫不援引經義，以為依據。國有大疑，輒引《春秋》為斷。一時循吏多能推明經義，移易風俗，號為以經術飾吏事。」見：《經學歷史‧經學極盛時代》（台北 藝文印書館鉛印本 1987 二版）頁 101。

[60] 前揭書《經學昌明時代》：頁 85。

[61] 案：一種可能性極高的說法是：劉歆為王莽國師，其為助王莽簒漢，於是倡為古文經學與當時掌權的今文學者抗衡。蓋漢時博士議政風氣極盛，元、成以後，國家大事動輒召博士襄議，經學博士在政壇上的地位可想而知（參考：周予同：〈博士制度和秦漢政治〉。收在：《周予同經學史論著選集》：頁 728-753。上海人民出版社 1983），故欲興新朝，必得博士官之助，以為立法根據，劉歆之倡古文學，未嘗沒有政治的因素在內。觀王莽立朝後，雖不見得完全排斥今文經，但卻更廣泛採用古文學可知。又：《左

握學術權利，就能掌控政治大局，兩漢今古經學之爭，其實
是學者間的政治傾軋。從這個觀點看來，漢儒道德性的解經
方式實際上含有極濃厚的政治氣息，將天象引為政治徵兆，
並申之於經傳的作法亦明顯是經學、政治結合的必然現象。
皮錫瑞在討論漢代「天人之學」時有精闢的見解：

> 當時儒者以為人主至尊，無所畏憚，借天象以
> 示儆，庶使其君有失德者猶知恐懼修省。此《春
> 秋》以元統天、以天統君之義，亦《易》神道
> 設教之旨，漢人藉此以匡正其主。[62]

易言之，漢人是站在自身的文化定點去解釋經典的，並
非全然是經典的原始義涵。John Fiske 在論符號意義時說：

> 解釋義並不是固定不變的，也不是由字典所定
> 義的，而是隨著使用者經驗範圍之不同而有所
> 差異。這個經驗範圍大致不超出社會習俗的界
> 限，但在界限內的差異則來自各使用者之間的
> 社會差異與心理差異。[63]

傳・文公十三年》：「其處者為劉氏。」孔穎達《春秋正義》：「傳說處秦為
劉氏，未知何意言此。討尋上下，其文不類，深疑此句或非本旨。蓋以為
漢室初興，捐棄古學，《左氏》不顯於世，先儒無以自申。劉氏從秦從魏，
其源本出劉累，插注此辭，將以媚於世。」「將以媚世」之說，一語道破
了漢儒引經入政的企圖（參見：皮錫瑞：《經學歷史・經學極盛時代》：頁
122~123）。故不論今文、古文，經學在漢代皆與政治脫離不了關係。
[62] 《經學歷史・經學極盛時代》：頁 104。
[63] 見氏著：《傳播符號學理論》（張錦華等譯，台北 遠流圖書公司 1995）
頁 63。

　　他的說法給我們一個啟示，王逸對《楚辭》的解釋是基
於詮釋者的經驗而作出，而詮釋者的經驗則通常受制於社會
習俗的影響。我們認為王逸以虹喻小人的說法是漢人思惟型
態的反應，表現漢代特有的文化內涵，而不能說是屈原作品
原有的義涵。

　　而從本文對漢以前虹霓徵侯的簡略考察，可以確信虹霓
在早期民俗觀念中是屬令人敬畏的自然現象，商人甚至可能
將它作為崇祀的對象。由這樣的觀念出發，虹霓浸假便產生
了「神奇」、「神聖」的意象，我們看「漢賦」每每以虹霓襯
托神奇壯麗的景象可以確信這一點。由此回溯屈原的賦作，
由文義間可以輕易看出屈原也多以虹蜺來揚顯其天際巡遊的
瑰麗浪漫，透露出極為神奇的宗教精神。因此，若論屈賦中
的虹霓意象，我們必須排除王逸道德式的詮釋，而將其返回
原來的「神奇瑰麗」之意涵。

主要參考書目

說明：本論文所引用之資料，皆於每章注解中詳列其作者、書名、出版項及頁數等。此處所列之參考書目，凡本論文曾參考之楚辭類著作，皆詳列之；其餘所列，乃本人曾經參考（不一定引用），且對本論文論述多少有關鍵性之影響者。至於一些典籍，如《史記》、《呂氏春秋》等，及其他僅略略引用、參校之著述，因已在內文中詳注，茲暫省去，以減篇幅。倘有重要而孤陋未聞者，祈顧家惠我知之。

楚辭類：

（一）專書及論文集：

漢·王逸注，宋·洪興祖補注　《楚辭補注》（臺北　漢京文化公司鉛印本　1983）

宋·朱熹　《楚辭集注》（臺北　文津出版社鉛印本　1987）

明·汪瑗　《楚辭集解》（北京　北京古籍出版社鉛印校注本　1994）

清·王夫之　《楚辭通釋》（收在《船山全書》　長沙　嶽麓書社　1988）

清·蔣驥　《山帶閣注楚辭》（臺北　宏業書局鉛印本　1972）

清·林雲銘　《楚辭燈》（臺北　廣文書局影印清刻本　1971）

清·陳本禮　《屈辭精義》（臺北　廣文書局影印清刻本　1971）

清·王邦采　《離騷彙訂》（收入：《四庫未收書輯刊》第伍輯　北京　北京大學出版社　2000）

廖季平　《六譯館叢書》（四川存古書局　1921）

謝旡量　《楚辭新論》（上海　商務印書館　1936）

何天行　《楚辭作於漢代考》（上海　中華書局　1948）

郭沫若等　《楚辭研究論文集》（北京　作家出版社編印　1957）

饒宗頤　《楚辭書錄》（香港中文大學　1956）

　　　　《楚辭地理考》（臺北　九思出版社　1978）

黃志高　《六十年來之楚辭學》（臺北　臺灣師範大學國文研究所碩士論文　19

　　77）

洪湛侯　《楚辭要籍解題》（武漢　湖北人民出版社　1984）

蔣天樞　《楚辭論文集》（臺北　崧高書社　1984）

　　　　《楚辭校釋》（上海　上海古籍出版社　1989）

許　振　《楚辭地名辨證》（臺南　作者自刊　1984）

高　鵬　《楚辭資料海外編》（武漢　湖北人民出版社　1985）

余崇生　《楚辭研究論文集》（臺北　學海出版社　1985）

馬茂元　《楚辭研究集成五種》（武漢　湖北人民出版社　1985）

朱　翼　《離騷辨》。在杜松柏　編《楚辭彙編》（臺北　新文豐出版公司　1986）

張正明　《楚文化史》（上海人民出版社　1987）

胡　適　《胡適古典文學論文集》（上海　上海古籍出版社　1988）

游國恩　《離騷纂義》（臺北　新文豐出版公司　1982）

　　　　《楚辭概論》（臺北　臺灣商務印書館　1986）

　　　　《游國恩學術論文集》（北京　中華書局　1989）

姜亮夫　《重訂屈原賦校注》（天津　天津古籍出版社　1987）

　　　　《楚辭通故》（昆明　雲南人民出版社　1999）

蕭　兵　《楚辭與神話》（江蘇　江蘇古籍出版社　1987）

　　　　《楚辭新探》（天津　天津古籍出版社　1988）

　　　　《楚辭文化》（北京　中國社會科學出版社　1990）

　　　　《楚辭文化破譯》（武漢　湖北人民出版社　1991）

　　　　　《楚辭與美學》(臺北　文津出版社　２０００)

黃中模　《屈原問題爭論史稿》(北京　十月文藝　１９８７)

　　　　　《與日本學者討論屈原問題》(華中理工大學出版社　１９９０)

　　　　　《現代楚辭批評史》(武漢　湖北教育出版社　１９９０)

　　　　　《楚辭研究成功之路－海內外楚辭專家自述》(重慶　重慶出版社　２
　　　　　００)

張元勛　《九歌十辯》(北京　中國廣播電視出版社　１９９１)

張正體　《楚辭新論》(臺北　臺灣商務印書館　１９９１)

湯炳正　《屈賦新探》(臺北　貫雅出版社　１９９１)

潘嘯龍　《屈原與楚文化》(合肥　安徽文藝出版社　１９９１)

陳怡良　《屈原文學論集》(臺北　文津出版社　１９９２)

聶石樵　《屈原論稿》(北京　北京師範大學出版社　１９９２)

金開誠　《屈原辭研究》(江蘇　江蘇古籍出版社　１９９２)

　　　　　《屈原集校注》(北京　中華書局　１９９６)

張崇琛　《楚辭文化探微》(北京　新華書店　１９９３)

周建忠　《楚辭論稿》(河南　中州古籍出版　１９９４)

趙　輝　《楚辭文化背景研究》(武漢　湖北人民出版社　１９９５)

鄭在瀛　《楚辭探奇》(臺北　萬卷樓圖書公司　１９９５)

廖東序　《楚辭語法研究》(北京　語文出版社　１９９５)

陳子展　《楚辭直解・離騷經解題》(上海　復旦大學出版社　１９９６)

聞一多　《聞一多全集》(臺北　里仁書局　１９９６)

黃鳳顯　《屈辭體研究》(長沙　湖南人民出版社　１９９７)

過常寶　《楚辭與原始宗教》(北京　東方出版社　１９９７)

廖棟樑　《古代楚辭學史論》(臺北　輔仁大學中文系博士論文　１９９８)

姜亮夫　《楚辭通故》（昆明　雲南人民出版社　１９９９）

彭　毅　《楚辭詮微集》（臺北　臺灣學生書局　１９９９）

洪順隆　《辭賦論叢》（臺北　文津出版社　２０００）

袁　梅　《楚辭詞典》（濟南　山東教育出版社　２０００）

尚永亮　《莊騷傳播接受史綜論》（北京　文化藝術出版　２０００）

潘富俊　《楚辭植物圖鑑》（臺北　貓頭鷹出版社　２００２）

（二）期刊論文：

錢　穆　〈屈原考證〉（《上海時事新報學燈》　１９３３年１月）

許篤仁　〈楚辭識疑〉（《浙江圖書館館刊》１９３５年４卷４期）

汪劍虹　〈屈原的天道思想及倫理思想〉（《中央日報》九版　１９４７年１２月

　　　　８日）。

　　　　〈屈原的政治思想及社會思想〉（《中央日報》七版　１９４８年３月２

　　　　９日）。

陶　光　〈屈原之死〉（《大陸雜誌》１卷９期　頁５～８　１９５０年１１月）。

張壽平　〈離騷名稱考釋・上〉（《大陸雜誌》１７卷５期　頁１２～２５　１９

　　　　５８年９月）。

　　　　〈離騷名稱考釋・下〉（《大陸雜誌》１７卷６期　頁２１～２５　１９

　　　　５８年９月）。

劉維崇　〈屈原作品的真偽考〉（《幼獅學報》３卷２期　頁１～３９　１９６１

　　　　年４月）。

何琦章　〈離騷的體制與結構〉（《大陸雜誌》３３卷７期

　　　　頁１７～１９　１９６６年１０月）。

　　　　〈屈原生平事蹟考〉（《文壇》１２１期　頁１０～１３　１９７０年７

月）。

葉　珊　〈服飾的象徵及追求－《離騷》與《仙后》比較研究〉(《純文學》１０
　　　　卷４期　頁２２～４４　１９７１年１０月）。

饒宗頤　〈《楚辭》與西南夷故事畫〉(《故宮季刊》６卷４期
　　　　頁１～１０　１９７２年夏)。

陳世驤：　"The Genesis of Poetic Time: The Greatness of Ch'ü Yuan, Studied with A New
　　　　Critical Approach" (《清華學報》１０：１，頁１－４４。１９７３年６
　　　　月)

文疊山　〈《離騷》與傳記文學類解〉(《中華詩學》９卷２期
　　　　頁４１～４４　１９７３年８月)

謝武雄　〈屈原生平及其《離騷》研究〉(《臺中師專學報》４期
　　　　頁１３１～１６２　１９７４年７月)

彭　毅　〈屈原作品隱喻和象徵的探討〉(《文學批評》１期　頁２９３～３２６
　　　　１９７５年５月)

鄭良樹　〈屈原與淮南子〉(《大陸雜誌》５２卷６期　頁３３～３６
　　　　１９７６年６月)

傅錫壬　〈屈原的儒家精神〉(《孔孟月刊》１４卷１２期
　　　　頁１８～２２　１９７６年８月)

臺靜農　〈讀騷析疑〉。《東吳文史學報》第二期，頁１～３３。１９７７年３月。

張采毅　〈試論《離騷》中的三次求女〉(《陝西師大學報》１９８０年２期)。

李豐楙　〈服飾、服食與巫俗傳說──從巫俗觀點對《楚辭》的考察之一〉。收在：
　　　　《古典文學》第三集（臺北　學生書局　１９８１）頁７１～９９。
　　　　〈服飾與禮儀：《離騷》的服飾中心說〉。文刊：《中國文哲所研究集刊》
　　　　（臺北　中央研究院中國文哲研究所　１９９９）頁１～４９。

袁行霈　〈論屈原的人格美〉(《學術月刊》１９８１年２期)。

周振甫　〈《離騷》是什麼時候作的〉(《學林漫錄》１９８１年４期)。

史墨卿　〈《離騷》題名考論〉(《高雄師院學報》１０期　頁２７～４５　１９８
　　　　２年４月)。

　　　　〈歷代《楚辭》品評要略〉(《中國國學》１２期　頁１８７～１９８　１
　　　　９８５年１０月)。

戴志鈞　〈彭咸在屈賦中的意義〉(《北方論叢》１９８２年４期)。

潘嘯龍　〈《離騷》求女辨〉(《學術論壇》１９８２年６期)。

　　　　〈攝提、孟陬和屈原生年之再探討〉(《中州學刊》１９８５年４期)。

　　　　〈論《離騷》的「男女君臣之喻」〉(《文學遺產》１９８７年２期)。

　　　　〈略評屈原研究中的幾種新說〉(《雲夢學刊》１９９４年２期，頁１～
　　　　７)

周建忠　〈《離騷》題義解集〉(《臨沂師專學報》１９８３年３、４合期)。

　　　　〈「椒蘭」辨－兼論《離騷》之香草〉(《許昌師專學報》１９８５年４期)

費秉勛　〈論屈原的悲劇性格和《離騷》的悲劇結構〉(《西北大學學報》１９８
　　　　３年４期)。

稻田耕一郎　〈屈原否定論系譜〉(《重慶師院學報》１９８３年４期)

黃中模　〈評「屈原傳說論」〉(《重慶師範學院學報》２期　１９８４年２月)。

黃　鵠　〈廖季平從《楚辭新解》到《楚辭講義》的變化〉(《重慶師範學院學報》
　　　　２期　１９８４年２月)

陳廣忠　〈論《楚辭》與劉安《淮南子》之關係〉(北京《社會科學》１９８４年
　　　　４期)。

湯炳正　〈《離騷》決不是劉安的作品－再評何天行《楚辭作於漢代考》〉(《求索》
　　　　１９８４年３期)

林維純　〈劉向編集《楚辭》初探〉(《暨南學報》１９８４年３期)。

盧文輝　〈屈原生年考評〉(《遼寧師大學報》１９８４年３期)。

張元勛　〈關於屈原放逐的考證〉(《齊魯學刊》１９８４年６期)。

陸永品　〈評「屈原否定論」者的研究方法〉(《河北學刊》１９８４年５期)

丁　冰　〈郭沫若同「屈原否定論」的三次論爭〉(《東北師人學報》１９８４年
　　　　３期)。

竇　楷　〈《離騷》寫作年代考辨〉(《湘潭師專學報》１９８４年２期)。

曹海東　〈《離騷》在時、空與我的關係中展現的詩人「自我」形象〉(《華中師院
　　　　學報》１９８４年５期)。

王錫三　〈試屈原騷賦與楚巫舞的關係〉(《天津師大學報》１９８４年３期)。
　　　　〈王邦采「三段說」質疑－談《離騷》的構思〉(天津師大學報１９８５
　　　　年２期)。

金開誠　〈《離騷》的整體結構和求女、卜問、降神解〉(《文學遺產》１９８５年
　　　　４期)。

梅桐生　〈屈原的審美觀〉(《貴州大學學報》１９８５年１期)。

劉禹昌　〈略述歷代評論屈原的為人〉(《武漢大學學報》１９８５年３期)

張光國　〈對《屈原問題考辨》的考辨－評日本三澤玲爾先生的「屈原否定論」〉
　　　　(《河北師院學報》１９８５年１期)。

蔣南華　〈試論屈原及其作品的真偽－同日本學者稻煙耕一郎和三澤玲爾等先生
　　　　商榷〉(《貴州民族學院學報》１９８５年１期)。

毛　慶　〈論「屈原否定論」的方法性錯誤〉(《荊州師專學報》１９８５年５期)
　　　　〈從考古發掘的楚文化資料看屈賦產生的藝術背景〉(《北方論叢》１９
　　　　８６年６期)。

趙逵夫　〈《離騷》的創作時地考〉(《江西社會科學》１９８６年４期)。〈日本新

的屈原否定論產生的歷史背景與思想根源初探〉(《西北師大學報·社科版》1995年第32卷4期,頁2~6)

張崇琛　〈屈原美學思想試析〉(《蘭州大學學報》１９８６年３期)。

陳盡忠　〈試論荊楚文化的特色及其與屈原詩歌的關係〉(《廈門大學學報》1期
　　　　１９８６)。

張正明　〈屈原賦的民族學考察〉(《民族研究》１９８６年２期)。

李　誠　〈論屈賦神話傳說的圖騰色彩〉(《四川師範大學學報》１９８７年２期)。

蕭　兵　〈《楚辭》與原始社會史研究〉(《淮陽師專學報》１９８０年３期)。

　　　　〈《離騷》釋離〉(《南開學報》１９８１年５期)。

　　　　〈《楚辭》神話地名考〉(《華南師院學報》１９８２年４期)。

　　　　〈《離騷》的三次飛行〉(《四川師大學報》１９８７年４期)。

孫作雲　〈上官大夫的奪稿說到屈原因《離騷》而得禍〉。收在:杜松柏主編《楚
　　　　辭彙編》第十冊《楚辭論文集》(臺北 新文豐出版 頁３０６~３２５)

夏太生　〈論《離騷》人物性別的寓意問題－兼評游國思恩先生的「楚辭女性中
　　　　心說」〉(《求是學刊》１９８７年３期)。

江耀楠　〈外國學者對《楚辭》的研究〉(《中國古代近代文學研究》１９８９年
　　　　１０月　頁１３~２２)。

周　禾　〈《離騷》－屈原心靈的結晶:從創作心理看《離騷》〉(《江漢論壇》１
　　　　９８９年７月　頁５６~５９)。

王曉泰　〈屈騷、巫神與宗教迷狂〉(《內蒙古社會科學》１９９０年６期)。

顏家安　〈屈賦與楚俗雜識〉(《湘潭大學學報》１９９０年１期)。

黃任軒　〈屈原出生月日新考〉(《學術月刊》１９９１年４期)。

趙沛霖　〈屈原在我國神話思想史上的地位與貢獻〉(《文藝研究》１９９１年２
　　　　期)。

戴志鈞　〈屈騷的意象、手法、風格：屈原藝術個性研究〉(《文藝研究》１９９
　　　　１年２期)。

盧曉輝　〈論中國遠古文化中的女性原型〉(《西域研究》１９９１年２期)。

卞　文　《離騷》抒情主人公性別辨〉(南陽《南陽學壇》１９９１年４期)

褚斌杰　《離騷》「正則」、「靈均」解──兼論對屈《騷》構思的理解〉。(《國文
　　　　天地》８卷１２期，頁３８～４１。１９９３年５月)

束有春　〈由輿變現象看屈原身世的多維性〉(《齊魯學刊》１９９４年４期，頁
　　　　２９～３４)

楊　義　〈《離騷》的心靈史詩形態〉(《文學遺產》１９９７年６月，頁１７～３
　　　　４)

高　揚　〈中日「屈原否定論」及其批判〉(《天中學刊》１３卷１期　頁４２～
　　　　４９　１９９８年２月)

王輝斌　〈中國究竟有沒有屈原－近百年來「屈原否定論」與「反否定」研究綜
　　　　述〉(《貴州大學學報‧社會科學版》１９９９年３期　頁３１～５２)

郭務渝　〈由屈原悲劇英雄的性格探討屈原賦的悲劇性〉(《空大人文學報》８期
　　　　頁１０１～１２４　１９９９年６月)。

廖棟梁　〈古代《離騷》「求女」喻義詮釋多義現象的解讀－兼及反思思古代楚辭
　　　　研究方法〉(《輔仁學誌：人文藝術之部》２７期　頁１～２６　２０
　　　　００年１２月)。

梅瓊林　〈廿世紀中日「屈原否定論」及其批判〉(《中國古典文學研究》２００
　　　　１年１期　頁９７～１０３)

鄭滋斌　〈從《離騷》三言「聖」論屈原與儒家思想的關係‧上〉(《大陸雜誌》
　　　　１０２卷３期　頁３６～４８　２００１年３月)
　　　　〈從《離騷》三言「聖」論屈原與儒家思想的關係‧下〉(《大陸雜誌》

102卷4期 頁1～4 2001年4月)。

許又方 〈路曼曼其脩遠兮－論《離騷》中的時空焦慮〉(《國立東華大學人文學報》3期 頁381～416 2001年7月)。

張淑香 〈抒情自我的原型──屈原與《離騷》〉。收在：《臺靜農先生百歲冥誕學術研討會論文集》(臺灣大學中文系 2001)頁47～74。

文史哲理論：

(一)專書：(西文部份)

M. Heidegger: *"Being and Time"* (1927) (trans. By J. Macquarri & E. Robinson. N.Y. Happer& Row Press, 1962)

Werner Hamacher & David E. Wellbery ed.: "Studies in Poetic Discourse"(CA.: Stanford Univ. 1966)

Wolfgang Iser： *"Implied Reader"* (Baltimore: Johns Hopkins U. Press. 1974)

Terry Eagleton: "Marxism and Literature Criticism"(Berkeley: U. of CA. Press,1976)

Jacques Derrida: "Writing and Difference" trans. Alan Bass (Chicago: Univ. of Chicago Press, 1978)

Barbara Johnson: "Introduction to Dissemination"(Chicago: Univ. of Chicago Press, 1981)

Victor Turner: "On the edge of the bush" (Tucson: The University of Arizona Press. 1985)

宇文所安 "Remembrances: The Experience of the Past in Classical Chinese Literature." 〔Cambridge & London: Harvard University Press.1986 〕

M.H. Abrams: *"A Glossary of Literary Terms*/ six edition" 〔Holt, Rinehart and Winston, Inc. 1993 〕

Andrew Milner: *"Literature, Culture and Society"* (London: UCL Press, 1996)

Jonathan Culler: "Literary Theory: A Very Short Introduction"(N.Y: Oxford Univ. Press 1997)

G.R Collingwood: " The Idea of History" (Beijing: China Social Science Publish, 1999)

Graham Allen: "Interextuality" (London: Routledge Press,2000)

（中文及譯著部份）：

莫洛亞（Andre Maurois）《傳記面面觀》（陳多蒼譯　臺北　商務印書館 １９８６）

Louis Gardet: 《文化與時間》（鄭樂平、胡建平譯　臺北　淑馨出版社　１９９２）

Frank Centricchia & Thomas McLaughlin: 《文學批評術語》（張京媛等譯　香港　牛津大學出版社　１９９４）

Jacques Derrida: 《文學行動》（趙興國等譯　北京　中國社會科學出版社　１９９８）

Barry Smart: 《傅科》（蔡采秀譯　臺北　巨流文化　１９９８）

Umberto Eco:《悠遊小說林》（黃寤蘭譯　臺北　時報文化　２０００）

Robert C. Holub: 《接受美學理論》（董之林譯　臺北　駱駝出版社　１９９４）

Steven Cohan & Linda M. Shires:《講故事：對敘事虛構作品的理論分析》（張方譯　臺北　駱駝出版社　１９９７）

Gèrard Genette: 《熱奈特論文集》（史忠義譯　天津　百花文藝　２００１）

Walter Biemel: 《海德格爾》（劉鑫、劉英譯　北京　商務印書館　１９９６）

周英雄　《比較文學與小說詮釋》（北京　北京大學出版社　１９９０）

龍協濤　《文學讀解與美的再創造》（臺北　時報文化　１９９３）

海德格　《林中路》（孫周興譯　臺北　時報出版公司　１９９４）

羅　鋼　《敘事學導論》（昆明　雲南人民出社　１９９４）

陳俊輝　《海德格論存有與死亡》（臺北　臺灣學生書局　１９９４）

廖炳惠　《解構批評論集》（臺北　東大圖書　１９９５）

陳嘉映　《海德格爾哲學概論》(北京　三聯書店　1995)

南　帆　《文學的維度》(上海　三聯書店　1998)

方　生　《後結構主義文論》(濟南　山東教育出版社　1999)

李　鈞　《二十世紀西方美學經文本・結構與解放》(上海　復旦大學出版社　2001)

楊　牧　《隱喻與實現》(臺北　洪範出版社　2001)

　　　　《失去的樂土》(臺北　洪範出版社　2002)

期刊：

R.G Collingwood　〈理論與實踐〉(陳明福譯　《人與社會》2卷3期　頁48～54　1984年10月)

林安梧　〈論 R.G Collingwood 的「歷史的想像」〉(《鵝湖》10卷7期　頁1～7　1985年1月)

胡自信　〈時間是存在的本質──海德格爾論黑格爾的時間概念〉(《晉陽學刊》1995年1期　頁62～68)

Peter Haidu　〈變異的符號學：與詮釋學的比較〉(蔡淑玲譯　《中外文學》28卷3期　頁61～83　1999年8月)

李紀祥　〈時間、歷史、敘事－可逆性、可斷性、轉述及其它〉(《華岡文科學報》22期　頁169～190　1998年3月)

李文閣　〈時間：從絕對形式到生命本質〉(刊：《江漢論壇》2001年1期，頁30～36)。

其他：

裴學海　《古書虛字集釋》（臺北　廣文書局　１９６２）

松浦友久　《中國詩歌原理》（孫昌武、鄭天剛譯　瀋陽　遼寧教育出版社　１９
　　９０）

唐作藩等編　《漢語史論集》（北京大學出版社　１９８６）

程湘清主編　《先秦漢語研究》（山東教育出版社　１９９２）

申小龍　《語文的闡釋》（臺北　洪葉文化　１９９４）

莫勵鋒編　《神女之探尋──英美學者論中國古典詩歌》（上海古籍出版社１９９
　　４）

宋國明　《句法理論概要》（北京　中國社科院出版　１９９７）

唐子恒　《文言語法結構通論》（濟南　山東大學出版社　２０００

國家圖書館出版品預行編目

時間的影跡〈離騷〉晬論 / 許又方 著. -- 二版.
臺北市：秀威資訊科技，2003 民 92
面 ； 公分. -- 參考書目：面
ISBN 978-957-28331-5-5(平裝)

832.12   92001140

語言文學類　AG0005

時間的影跡——〈離騷〉晬論

作　　者 / 許又方
發 行 人 / 宋政坤
執行編輯 / 林秉慧
圖文排版 / 劉醇忠
封面設計 / 黃偉志
數位轉譯 / 徐真玉　沈裕閔
圖書銷售 / 林怡君
網路服務 / 徐國晉
出版印製 / 秀威資訊科技股份有限公司
　　　　　台北市內湖區瑞光路 583 巷 25 號 1 樓
　　　　　電話：02-2657-9211　　　傳真：02-2657-9106
　　　　　E-mail：service@showwe.com.tw
經 銷 商 / 紅螞蟻圖書有限公司
　　　　　台北市內湖區舊宗路二段 121 巷 28、32 號 4 樓
　　　　　電話：02-2795-3656　　　傳真：02-2795-4100
　　　　　http://www.e-redant.com

2006 年 7 月 BOD 再刷
定價：300 元

讀　者　回　函　卡

感謝您購買本書，為提升服務品質，煩請填寫以下問卷，收到您的寶貴意見後，我們會仔細收藏記錄並回贈紀念品，謝謝！

1. 您購買的書名：＿＿＿＿＿＿＿＿＿＿＿＿＿＿＿＿＿＿＿＿

2. 您從何得知本書的消息？

　□網路書店　　□部落格　　□資料庫搜尋　　□書訊　　□電子報　　□書店

　□平面媒體　　□ 朋友推薦　　□網站推薦　□其他＿＿＿＿＿＿

3. 您對本書的評價：(請填代號　1.非常滿意 2.滿意 3.尚可 4.再改進)

　封面設計＿＿＿　版面編排＿＿＿　內容＿＿＿　文/譯筆＿＿＿　價格＿＿＿

4. 讀完書後您覺得：

　□很有收獲　　□有收獲　　□收獲不多　　□沒收獲

5. 您會推薦本書給朋友嗎？

　□會　　□不會，為什麼？＿＿＿＿＿＿＿＿＿＿＿＿＿＿＿＿＿

6. 其他寶貴的意見：＿＿＿＿＿＿＿＿＿＿＿＿＿＿＿＿＿＿＿＿＿

＿＿＿＿＿＿＿＿＿＿＿＿＿＿＿＿＿＿＿＿＿＿＿＿＿＿＿＿＿＿＿

＿＿＿＿＿＿＿＿＿＿＿＿＿＿＿＿＿＿＿＿＿＿＿＿＿＿＿＿＿＿＿

＿＿＿＿＿＿＿＿＿＿＿＿＿＿＿＿＿＿＿＿＿＿＿＿＿＿＿＿＿＿＿

讀者基本資料

姓名：＿＿＿＿＿＿＿＿＿＿＿　年齡：＿＿＿＿　性別：□女 □男

聯絡電話：＿＿＿＿＿＿＿＿＿　E-mail：＿＿＿＿＿＿＿＿＿＿＿

地址：＿＿＿＿＿＿＿＿＿＿＿＿＿＿＿＿＿＿＿＿＿＿＿＿＿＿＿＿

學歷：□高中(含)以下　　□高中　　□專科學校　　□大學

　　　□研究所(含)以上 □其他＿＿＿＿＿＿＿＿

職業：□製造業 □金融業 □資訊業 □軍警 □傳播業 □自由業

　　　□服務業 □公務員 □教職　　□學生 □其他＿＿＿＿＿＿

秀威與 BOD

BOD（Books On Demand）是數位出版的大趨勢，秀威資訊率先運用 POD 數位印刷設備來生產書籍，並提供作者全程數位出版服務，致使書籍產銷零庫存，知識傳承不絕版，目前已開闢以下書系：

一、BOD 學術著作—專業論述的閱讀延伸
二、BOD 個人著作—分享生命的心路歷程
三、BOD 旅遊著作—個人深度旅遊文學創作
四、BOD 大陸學者—大陸專業學者學術出版
五、POD 獨家經銷—數位產製的代發行書籍

BOD 秀威網路書店：www.showwe.com.tw
政府出版品網路書店：www.govbooks.com.tw

永不絕版的故事・自己寫・永不休止的音符・自己唱